신의 뜨락에 그녀들의 자리는 없다

신의 뜨락에 그녀들의 자리는 없다

이정연 소설

초판발행 2022년 2월 24일

지 은 이 이정연
발 행 인 노용제
기 획 장서윤

발 행 처 정은출판
등록번호 신고 제301-2011-008호(2004. 10. 27)
주 소 04558 서울시 중구 창경궁로1길 29. 3F
전 화 02)-2272-8807, 02)-2272-9280
팩 스 02)-2277-1350
홈페이지 www.je-books.com
이 메 일 rossjw@hanmail.net

I S B N 978-89-5824-449-3 (03810)
값13,700원

신의 뜨락에
그녀들의
자리는 없다

이정연 소설

정은출판

차례

내 사랑 양언에게

나는 그걸 말하지만 숨길 수도 있다. 그렇지만 그러지 않겠다.

고맙군. 너는 참 기분 좋은 사람이야.

고마워. 너도 그래.

존 애시베리 〈매력적인 나의 분신〉 중에서

사십사 계단

성호가 사십사 계단을 오르기 시작했다. 나는 계단을 올려다 보았다. 까마득하다. 성호는 노란 머리칼을 흔들며 한꺼번에 두 계단씩 뛰어 올라갔다. 성호가 계단에서 멈췄다. 성호가 뒤따라 오르는 내 쪽으로 돌아섰다. 나를 두 팔로 안았다. 노란 머리칼이 내 얼굴을 덮으며 흩어졌다. 담배 냄새가 남아있는 입술이 내 입술 위에 포개졌다. 나는 성호의 냄새를 마음껏 탐했다.

"열 계단마다, 한 번씩 뽀뽀하자."

성호가 말했다.

"누가 먼저 할 건지 가위바위보로 정해."

"그걸 꼭 정해야 돼?"

"당근."

내 말에 성호가 침을 찍 뱉었다. 성호가 내뱉은 침에 거품이 섞여 나왔다. 성호의 입 주위에는 흰 거품이 조금 묻어 있다. 빡세게 당도를 투입할 때는 껌이 최고라는 성호는 지금 자일리톨 껌을 두 개나 씹고 있다.

"가위, 바위, 보."

나는 가위고 성호는 보를 냈다. 나는 성호의 귓바퀴를 살짝 물었다.

"야, 입에다 해."

"나는 네 귓불이 제일 섹시한데."

"씨바, 씨바."

성호의 입 안에 괴어 있던 당분 섞인 침이 튀어나왔다. 성호가 손으로 입가를 쓱 닦더니, 내 젖가슴 위에다 문질렀다. 내가 몸을 앞으로 내밀어 젖가슴을 더 둥글게 만들었다. 성호가 내 젖가슴을 움켜쥐었다. 나는 키득 웃었다. 두 번째 가위바위보에서는 성호가 이겼고, 내 입에 살짝 키스를 했다. 세 번째에서는 내가 이겼고 나는 다시 성호의 귓불을 잘근 물었다. 성호가 '어어' 했다. 네 번째는 비겼다. 갑자기 성호의 혀가 내 입 안으로 쑥 들어왔다. 내 혀와 성호의 혀가 입안에서 엉켰다. 자일리톨 당분 속에 두 개의 혀가 미끈거리며 서로를 감았다.

어느새 공터였다. 공터에는 깨진 술병 조각이 굴러다녔다. 빈 술병이 여기저기 나뒹굴었고 흩어진 담배꽁초가 발밑에 밟혔다. 발이 미끄러졌다. 납작하게 말라죽은 쥐의 시체가 발밑에 있었다. 발로 걷어찼다. 계단 위에는 익숙한 냄새가 떠돌아다녔다. 유령처럼.

중앙시장 안에서 깨를 볶는 고소한 냄새, 어묵을 기름에 튀기는 냄새, 닭강정 만드는 냄새, 한약 달이는 냄새가 바람을 타고 실려 왔다. 내일은 '전통시장의 날'이어서 상인들이 관광객을 맞을 준비를 하고 있다. 요즘 시장 안에서 파는 닭강정과 호떡은 관광객들이 줄을 서지 않고는 살 수 없는 인기 상품이다. 나도 언젠가 성호가 사 온 닭강정과 호떡을 먹어 보았는데 닭강정의 감칠맛과 호떡 맛은 내가 맛본 음식 중 갑이었다.

사람들은 중앙시장 끝자락에 있는 사십사 계단을 '사' 자가 두 개나 들어가 있는 '재수 없는 곳'이라고 하지만 '사사파'들에게는 이 지상에 유일하게 존재하는 자유로운 공간이다. 사십사 계단 꼭대기 공터에도 사람들이 살았던 흔적이 있다. 아직도 허물어진 폐가 하나가 만지면 풀썩 내려앉을 듯한 몸짓으로 간신히 서 있다. 봄이면 썩어 내려앉은 지붕 사이에서 민들레가 노란 얼굴을 내밀었다. 풀숲에서 까망이가 뛰쳐나왔다. 까망이는 내가 사십사 계단에서 만난 까만 들고양이다. 나는 까망이를 안아주었다. 까망이가 내 손을 핥더니 식빵 굽는 자세로 엎드렸다.

성호가 그나마 깨끗한 곳을 찾아 풀 속에 드러누웠다. 나도 성호 옆에 나란히 누웠다. 성호가 내 목을 휘감아 안고 몸 위로 올라왔다. 성호는 부드러운 내 몸속으로 자신의 빳빳한 물건을 성급하게 밀어 넣었다. 우리는 오래된 연인처럼 서로의 몸을 탐했다. 따뜻한 액체가 아랫도리를 흥건하게 적셨다. 내 몸의 실핏줄이 부풀어 오르는 기분이었다. '그냥 너를 안고 있으면 사는 게 무섭지 않아.' 성호가 내 귀에 대고 속삭였다. 노란 머리칼이 내 이마를 덮었다. 혀를 내밀어 성호의 이마에 돋은 땀을 부드럽게 닦아주었다. 짭짤했다.

"좋아?"

성호가 물었다. 나는 대답 대신 성호의 귓불을 입으로 핥아주었다.

"돈 벌면 뭐 하고 싶어?"

성호가 물었다.

"내가 돈을 벌 수 있다는 것만도 신나. 어디든 너랑 함께 떠나고 싶어."

성호가 담배를 꺼내 입에 물었다. 이번에는 내가 성호에게 물었다.

"너는 왜 돈 버는데?"

"돈이면 만사형통이니까. 엄마 집으로 기어 들어가는 상상은 생각만도 비참해."

"마루 밑에 들어가 덜덜 떠는 기분보다 덜 비참할걸."

내가 말했다. 누구는 '인간을 사랑하는 인간이 되라.'고 하지만 나는 그 말을 개뿔이라고 생각한다. 내가 기억하는 최초의 인간은 초등학교 때 술에 절어 세상을 버린 아빠다. 아빠는 알코올의 힘을 빌려 네 살밖에 안 된 나를 집 마당으로 내동댕이쳐 앞니를 다 부스러뜨렸다. 벤치든 망치든 집에 있는 연장은 가리지 않고 휘둘렀고 심지어는 야구방망이로 나를 후려치기도 했다. 서쪽 하늘에 저녁노을이 물들기 시작하면 내 심장은 빠른 박동으로 온몸을 두드리며 지옥의 시간이 다가오고 있다는 것을 알려주었다. 엄마와 나는 아빠를 피해 마루 밑에 기어

들어가 새벽이 올 때까지 덜덜 떨었다.

나는 버림받은 개였다. '사사파'에는 그런 애들이 수두룩했다. '사사파'들은 - 사람들은 우리를 그렇게 불렀다- 계단 끝 공터에 이르러서야 섹스를 하고 담배를 피우고 술을 마셨다. 지난번 십 층 아파트에서 떨어져 죽은 여중생도 '사사파'였다. 그 아이는 임신 중이었다는 소문이 돌았다.

"야, 성호."

어둠 속에서 영철이의 목소리가 들렸다. 노르스름한 가로등이 계단을 올라오고 있는 영철이의 모습을 비췄다. 영철이가 원숭이처럼 어기적거리며 계단 끝을 넘어 공터로 들어왔다. 영철이는 아저씨들처럼 헐렁한 바지를 입고 있었다. 아이들은 영철이의 아랫도리에 덜렁거리는 물건을 핫도그라고 불렀다. 얼핏 보기에도 영철이의 심볼은 영화관에서 먹는 뉴욕 핫도그만 했다. 핫도그를 발음하다가 핫의 모음을 '어'로 길게 끌며 소리 내는 바람에 아이들은 그날로 '도' 음절을 빼고 허그라고 불렀다. 아이들은 영철이를 보면 '허그 허그' 하고 불렀지만 영철이는 짜증스러워하는 낯빛이 아니었다. 오히려 재미있어했다.

"야, 허그, 이리 와."

성호가 소리 질렀다. 영철이는 우리가 진짜 반갑다는 듯이 풀썩 앞에 와 앉았다.

영철이는 성호가 없을 때 공터에 서 있는 내 등을 슬그머니 껴안기도 했다. 그럴 때마다 나는 영철이의 정강이를 걷어차곤 했다. 그러면 영철이는 멋쩍게 웃으며 물러났다. 영철이는 여자애들에게 치근덕거리기는 하지만 해코지를 하지는 않았다. 덕분에 여자애들은 영철이를 꺼리지 않았다.

영철이가 헐떡이는 숨을 가라앉혔다. 주머니에서 담배 하나를 꺼내 불을 붙였다.

"사십사 계단도 이제 폐쇄된다는데 모피나 왕창 훔쳐서 한몫 크게 잡는 게 어때?"

영철이가 한 손에 담배를 들고 우리를 향해 말했다.

"어떤 놈이 여기를 폐쇄한대?"

성호가 눈앞에 있는 적들을 후려칠 것처럼 목소리를 높였다.

"방법 없잖아, 경찰이 두드려 패서 내쫓는다는데."

영철이가 패배자의 목소리로 말했다.

시장 번영회에서 사십사 계단을 폐쇄하는 것을 적극적으로 건의했다는 소문이 돌았다. 관광객을 유치하는데도 인상이 좋지 않고 우범지역이 옆에 있으면 장사가 될 리 없다는 게 시장 상인들의 주장이라고 했다.

일이 더럽게 되었다. 우씨, 퍽하면 우리를 걸고 넘어지는 것들 때문에 한시도 편할 날이 없다. '사사파'들의 숨통을 죄는 것들에게 악마의 저주가 강림하기를.

"새꺄, 기회가 문제지. 한 번 힘껏 달려 한몫 챙겨서 토껴버릴까?"

성호가 엄지와 검지를 딱 소리 나게 맞부딪치며 과장되게 말했다. 사실, 모피를 훔쳐 팔아먹자는 제안을 처음 한 것은 영철이었다. 아니다. 영철이는 마음은 있었지만 움직이지 못하는 우리에게 불을 지핀 것뿐이었다. 게다가 옷 수선가게 아저씨의 응원도 한몫했지만, 하여튼 영철이의 제안 덕분에 모피를 훔칠 계획을 세울 수 있었다. 그래도 성호는 영철이에게는 우리가 모피 훔칠 계획이 있다는 말을 당분간 하지 말라고 했다. '짜샤, 치사하게 숨길게 뭐냐.' 나는 웅얼거렸다.

성호가 '넌 어때?' 하는 식으로 나를 보고 눈짓을 했다. 진짜 내 마음은 보관실에 있는 모피를 몽땅 훔쳐 팔아 돈을 들고 스페인의 말라가 해안으로 날아버리고 싶었다. 비치체어에 길게 누워 바다를 바라보다가 수영을 하고 바케트에 치즈를 끼워 우물거리면서 해질녘까지 빈둥거리고 싶었다.

"굿굿굿 아이디어, 손에 코 안 묻히고 코 풀면 더 좋지만."

내 말에 영철이가 박수를 치며 킬킬거렸고 성호가 가볍게 눈을 흘겼다.

<모피 비너스>에는 여러 매장에서 팔다 남은 모피들이 화물로 가죽 부대에 담겨 오기 때문에 분류작업과 입고 정리는 꽤 시간이 걸렸다. 성호와 나는 그 기회를 잘 이용하기로 했다. 게다가 한창 세일이 진행 중인 지금 같은 때는 다시 안 올 좋은 기회였다. 옷 수선가게 아저씨는 들키지만 않게 조심하라며 얼마든지 모피를 가져오라고 했다. 아저씨는 목소리를 낮춰 말하며 전략적으로 한탕 하면 목돈 좀 만질 수 있을 거라고 우리를 부추겼다.

그럴 때마다 성호와 나는 돈을 벌 수 있다는 생각에 흥분했

다. 성호와 나, 둘 다 돈이 필요했다. 학교를 때려치고 〈모피 비너스〉에서 모피를 나르는 성호는 집을 나와 고시원에 살고 있고 나는 〈모피 비너스〉에서 살고 있지만 언제 일터에서 잘릴지 알 수 없는 노릇이었다.

내 옆에 웅크리고 있던 까망이가 박수 소리에 놀라 야옹거리며 달아나려 하자, 영철이가 꼬리를 꽉 잡았다 놓아주었다. 까망이가 잡풀 속으로 달아났다. 나는 까망이를 위해 먹이를 챙기고 시간이 날 때마다 안아주었다. 까망이를 팔에 안고 털을 쓰다듬어 주면 까망이는 가르릉거리며 눈을 감았다. 가르릉거리는 소리를 들을 때마다 나는 포근한 보금자리에 도착한 기분이었다.

내가 '야옹야옹' 하고 소리를 내자, 잡풀 속에서 까망이가 뛰쳐나왔다. 나는 가방 속에 넣어 가지고 온 구운 생선 뼈를 꺼내 놓았다. 까망이는 〈모피 비너스〉 옆의 〈고갈비 식당〉에서 얻어 온 생선 뼈를 내 다리 사이에 엉덩이를 들이밀고 앉아 오도독 씹어 삼켰다. 까망이 등의 털을 손으로 쓰다듬었다. 생선 뼈를 다 삼킨 까망이가 내 손을 핥았다. 간지러웠다. 키득키득 웃음이 나고 아랫도리가 저릿저릿했다. 까망이는 혀를 낼름 내밀었다 들이밀고는 섹시한 걸음으로 걸어 다녔다.

요즘 까망이는 배가 불룩했다. 아기를 가진 모양이었다. 손으로 까망이의 긴 등뼈를 쓸어 주었다. 내 손길에 까망이가 등뼈를 쑥 위로 올렸다. 고혹적인 등뼈였다. 까망이를 보고 있으면 보드라운 아기의 볼이 그리워졌다.

〈마리의 집〉은 '싱글 맘'들의 쉼터였다. 사람들은 '미혼모의 집'이라고 불렀다. '싱글 맘'이라고 불러주면 좋을 것을 굳이 '미혼모'라고 부르는 건 뭐냐, 싶었다. 하지만 나 같은 인생들을 아기 낳을 때까지 품어 주었던 그곳을 이름 때문에 시비 걸 생각은 없다.

나는 임신 일곱 달째 집을 나왔다. 왜 대책 없이 그 지경까지 버텼냐고 하겠지만 달리 방법이 없었다. 경식이 오빠가 간신히 돈을 구해 왔을 때는 병원에서도 이미 칠 개월이 넘어 손을 쓸 수 없다고 했다. 경식이 오빠는 내 몸에 들어와 즐길 때는 눈치 볼 거 없이 화끈하더니, 오빠의 정액과 내 난자가 만들어낸 소중하고 위험한 선물을 모르쇠 했다. 내 닦달에 돈을 구한다고 경식이 오빠가 바쁘게 움직이는 사이 시간이 흘렀다. 나는 복대를 둘러 나오는 배를 누르고 집을 나올 궁리만 했다. 새벽마다 일을 나가는 엄마는 딸 뱃속에서 커가고 있는 생명체의 존재를 알 길이 없었다.

〈마리의 집〉에서의 일과는 청소, 기도, 요가, 성경읽기, 외부 강사의 교양 강의 듣기, 자유시간으로 비교적 단순했다. 외부 강사들은 은근히 우리를 개과천선해야 할 대상으로 생각했다. 나는 사는 일이 댁들처럼 편안했으면 여기까지 오지도 않았을 거라고 소리를 내지르고 싶었다.

방 한 칸에서 엄마와 있는 것도 싫고, 엄마가 돈이 없어 쩔쩔매는 꼴도 싫고, 학교에서 폐휴지처럼 구겨져 있는 것도 싫고, 모두 싫은 것 투성인데 날 좋아하는 경식이 오빠와 사랑을 나누는 것이 이 세상 무엇보다도 좋았다. 경식이 오빠가 아기 낳고 결혼해서 살자고 했으면 난 그렇게 살았을 거다. 학교를 다 때려치우고라도 말이다. 우리 아기랑, 경식이 오빠랑 나랑 살았으면 내 인생은 샛별처럼 빛났을 것이다.

하지만 현실은 달랐다. 엄마가 경식이 오빠 부모를 찾아갔을 때 오히려 엄마는 호되게 당하고 왔다. 계집애가 어떻게 몸을 굴렸길래 그 모양이냐는 둥, 다시는 우리 아들 만날 생각도 하지 말라면서 아기는 입양을 보내든지 맘대로 하라고 했단다. 엄마는 눈이 퉁퉁 부었다. 난 그 뒤로 경식이 오빠 얼굴을 보지도 못했다. 경식이 오빠의 아빠는 소문이 퍼질까봐 엄마에게 돈을 쥐어주며 빨리 나를 시설로 보내라고 했다. 그 후로 엄마는 사람 목소리만 들으면 깜짝깜짝 놀랬다.

이후, 나는 사랑 따윈 믿지 않기로 했다. 이 사막 같은 지상에서는 안전한 사랑도, 완전한 사랑도 꽃을 피우기는 영 글러 먹었다. 제기랄. 치사하고 더럽다.

〈마리의 집〉에서는 같은 처지의 아이들 대여섯 명이 함께 방을 썼다. 내가 태어날 애기를 걱정할 때마다 〈마리의 집〉에 있는 다른 아이는

"까짓거 베이비 박스에 던지면 그만이지."

베이비 박스를 쓰레기 박스 말하듯 시니컬하게 내뱉었다. 비상구 없이 꽉 막힌 상황이 우리를 자조적으로 만들었다. 물론 입양조건으로 돈을 내거는 아동복지 재단들도 있었다. 나는 아동 복지재단에 전화를 걸어 상담을 했다. 상담소마다 제시하는

조건은 달랐다. 'A상담소가 오십이라면 저희는 오십 더 써서 백으로 할게요.' 이 인간들은 내 뱃속의 아기를 놓고 경매를 붙였다. 재수 똥이다. 돈이면 다 되는 이런 세상은 망해버리는 게 낫다. 어쨌든 나는 아기를 무사히 낳았고 〈마리의 집〉을 빠져나왔다. 지금으로선 아기를 찾을 계획은 없다. 가능하지도 않다.

〈마리의 집〉을 나오자, 내 마음은 아기가 빠져나간 자궁처럼 허전했다. 갈 곳이 없었다. 나는 지방도시인 이곳, L시로 무작정 버스를 타고 왔다. 알림방 신문에서 일자리를 찾으며 전화를 해댔으나 선뜻 나를 써 주겠다는 사람은 나타나지 않았다. 조급한 마음으로 구인광고를 찾다가 '급구함, 청소, 매장정리, 여자 원함, 〈모피 비너스〉.'라는 광고가 눈에 들어왔다.

도심 상가에 있는 〈모피 비너스〉는 쇼윈도우 전면에 '여름 대박세일'이라는 대형광고를 내걸고 있었다. 매장 안으로 들어가 일자리를 구한다고 하자, 당장 세일시즌이 닥치고 맞춤한 일손을 구하지 못한 사장은 나를 보고 좋아라했다.

〈모피 비너스〉 사장은 다른 모피 숍에서 팔다 남은 상품들을 다 거두어 여름 한철에 대박세일을 했다. 아울렛 매장이 없는 이 도시에서는 사장의 역시즌 공략이 먹혀들었다. 이리저리 메이커숍을 돌던, 디자인이나 색상이 뒤떨어지는 모피는 여기에 다 모여들었다. J모피나 T모피 같은 대기업 제품에서, 듣지도 보지도 못한 중소기업 제품까지 흘러들어 왔다.

사장은 간단한 면접만으로 나를 쓰겠다면서 매장 뒤에 붙은 방으로 안내했다. 내가 머물 곳은 모피 보관실 옆에 붙어 있는 두 평 남짓한 작은 방이었다. 해야 할 일이란 수선한 옷들을 비닐에 넣어 가지런히 걸어 두거나, 분류해서 옷 수선가게에 맡기는 것, 손님이 오면 실장의 지시에 따라 손님의 몸에 옷을 피팅하는 것이었다. 매장 청소는 기본이었다. 나는 컴퓨터에 입고 물품을 입력해 넣거나 청소, 커피 심부름, 판매, 어떤 일이든 가리지 않고 했다. 시급은 육천 원을 밑돌았지만 잠잘 방이 있다는 것만도 다행이었다. 여름에 반값세일로 이월상품을 처리해야 하는 매장은 허드렛일이 많았다. 낮에도 줄줄이 켜 놓은 조명을 견뎌야 하는 내 눈알은 밤이 되면 쓰라렸다.

영철이가 이대로 헤어지기 싫다며 순댓국을 먹으러 가자고 했다. 영철이의 성화에 우리는 사십사 계단에서 내려와 중앙시장 순댓국 골목으로 갔다. 이 골목에는 주로 할머니들이 오래전부터 장사를 해왔다. 골목 입구에서부터 큰 가스 불 위에 커다란 솥이 걸리고 돼지머리가 삶아지고 있거나 국이 설설 끓었다. 간판이 보였다. 〈할머니 순대국〉, 〈장터 순대국〉, 〈돼지 순대국〉. 이름도 재미있었다. 삶은 돼지 머리에 눈이 갔다. 돼지 코가 징그럽고 재미있었다.

우리는 〈할머니 순대국〉으로 들어갔다. 특히 영철이는 〈할머니 순대국〉의 단골이었다. 성호와 내가 일이 끝난 시간에는 문을 여는 가게들이 없는데 이 순댓국 골목에는 열 시 이후가 가장 달아오르는 시간이었다.

성호, 영철이와 함께 〈할머니 순대국〉으로 들어섰을 때는 손님들이 한창 술판을 벌이고 있는 시간이었다. 식당 안에는 흙이 여기저기 묻은, 싼 등산화 여러 켤레가 놓여 있었다. 막일을 하는 아저씨들의 신발이었다. 우리는 순댓국 두 그릇과 모듬 순대 하나, 소주 두 병을 시켰다. 영철이는 주방에 가서 순댓국도 받아오고 냉장고에서 술도 꺼내왔다.

막일하는 아저씨들이 우르르 순댓국집을 빠져나갔다. 우리만 남아 소주를 세 병이나 더 마셨다. 순댓국집 할머니는 뜨거운 김이 나는 국물을 국자에 담아 국물이 줄어든 그릇에 부어 주었다. 그리고는 지폐로 불룩한 앞치마 주머니에 두 손을 넣은 채로 벽에 기대앉아 꾸벅꾸벅 졸았다. 영철이는 제집처럼 냉장고를 열고 소주도 가져오고 열무김치도 덜어 왔다.

할머니가 잠을 깬 시간은 새벽이었고 우리는 꾸역꾸역 돼지 순대와 소주로 창자를 채웠다. 이윽고 졸다가 깬 할머니가 빨리 집으로 돌아가라며 우리를 내몰았다.

나태하던 우리의 욕망에 불을 지른 것은 역시 영철이었다.

영철이와 헤어진 뒤로 성호와 나의 관심사는 '모피 한 건'에 꽂혀 있었다. 〈모피 비너스〉 여사장과 실장 언니가 도끼눈을 뜨고 매장을 감시하기 때문에 틈새를 파고들기가 어려웠다. 하지만, 모피가 대량으로 들어오는 세일기간에는 어쩔 수 없이 감시가 느슨해지기도 했다.

야호! 목돈이 생겼다. 모피를 훔쳐 파는 데 성공했다. 성호와 내가 이런 대과업을 수행하기 위해서는 각별한 주의와 노력이 필요했다. 사장과 실장이 전국 모피의류 판매협회 모임으로 자리를 비운 날이었다. 사장과 실장은 세일 판매 우수업체로 상을 받게 됐다면서 들떠 있었다. 덕분에 우리에게 기회가 온 셈이다.

타당, 끽. 급정거하는 오토바이 소리가 들렸다. 나는 쇼윈도우 밖을 내다보았다. 방금 마네킹 발치에 놓인 실크 스카프를 가지런히 접어놓는 중이었다. 성호가 쇼윈도우 안의 나를 쳐다보았다. 나는 마네킹 왼쪽 어깨로 흘러내린 모피를 치켜 올리며 손을 흔들었다. 성호가 검은 레이싱 글러브를 낀 손으로 오토바이 핸들을 비틀었다. 머리가 노랬다. 성호의 시선이 팬티와 브라만을 걸치고 붉은 여우 모피를 입은 여자 브로마이드에 걸렸다. 성호가 유리문을 열고 들어서며 검은 레이싱 글러브를 낀 두 손을 마주쳐 탁탁 소리를 냈다.

성호가 수선한 모피를 싣고 와 보관실의 행거에 걸었다. 나는 성호를 따라 들어갔다. 보관실 안은 어둡고 찐득하게 더웠다. 죽은 짐승의 털가죽 냄새가 열기를 타고 훅, 콧속을 후볐다. 보관실에 들어설 때마다 섬뜩할 때가 있다. 털가죽이 벗겨진 밍크, 붉은여우, 양, 수달, 족제비, 너구리, 담비, 비버, 토끼, 물개가 목을 죄는 인간의 손에서 마지막 탈출을 하는 가당치 않은 상상이 블링블링했던 내 기분을 블루블루하게 끌어내렸다.

성호는 손바닥으로 천천히 벽에 걸린 모피를 차례로 쓸어내렸다.

"이건 라쿤 털, 이건 어린 양의 껍질, 이건 앙고라, 라이터로 확 붙이면 잘 타겠다."

성호가 장난스럽게 모피에 라이터를 들이댔다. 팔꿈치로 성호를 세게 밀쳤다. 어, 비틀거리며 성호가 밀려났다. 모피 하나가 바닥에 떨어졌다.

"이건 스칸디나비아산 붉은 여우털이야. 털이 길고 부드러워서 여자들이 혹 반하는 물건이야."

성호가 으스대듯이 말했다. 성호가 모피를 집어 올려 행거에 걸었다. 붉은 여우모피는 탐스럽고 매혹적이었다. 아름다운 모피를 얻기 위해 동물들을 산 채로 껍질을 벗긴다고 사장은 말했다.

성호가 내 몸을 벽 쪽으로 밀어붙였다. 성호의 노란 머리칼이 부드러운 양모처럼 흔들렸다. 바지를 뚫고 튀어나올 듯한 두 다리 사이의 돌출이 느껴졌다. 성호의 입김이 가죽 냄새와 뒤섞여 얼굴로 몰려들었다. 노란 머리카락이 얼굴을 훑으며 지나갔다. 성호의 몸이 나를 압박해 왔다. 나는 성호를 안았다. 보관실 벽을 따라 걸려 있는 밍크 털에 성호의 뒤통수가 파묻혔다. 죽은 짐승의 털과 사람의 털이 뒤섞였다.

보관실을 먼저 나와 매장에 서 있는 내게 성호가 흰 모피를 들고나와 내 어깨에 걸쳐 주었다. 모피는 아랫단이 플레어로 퍼지는 스타일이었다. 나는 어깨에 모피를 걸치고 거울 앞에서 오른쪽 다리를 꺾어 폼을 잡았다. 불빛이 털 사이로 스며들었다. 구슬이 박힌 듯 모피의 털이 반짝였다.

"어때?"

"어얼, 멋있는데."

나는 아프리카 섹시 댄스를 추듯이 엉덩이를 흔들었다. 엉덩이로 성호의 불룩한 바지 앞을 톡톡 치며 자극했다.

"이걸로 해."

성호가 말했다. 뭘, 하는 표정으로 성호를 쳐다보다 확, 깨달았다. 오늘은 한 건 하는 날이라는 것을. 파박, 감이 왔다.

나는 작은 가위 끝으로 세심하게 흰 모피의 상표를 잘라내었다. 그리고는 성호가 가져온 입고 물품표에서 흰 모피를 빼고 번호 부분을 흰색 수정테이프로 문질러 지운 다음 번호를 다시 쓰고 복사를 했다. 컴퓨터를 켜고 흰 모피 입고번호를 슬쩍 빼고 입력하지 않았다. 대신 컴퓨터 화면에 뜨는 입고번호의 순서는 잘 맞춰 놓았다. 이만하면 훌륭했다. 마지막 세일 때문에 미쳐 돌아가는 와중에 흐름을 타고 어물쩍 넘어가야 한다. 나는 성호와 하이파이브를 했다. 성호가 가죽 부대를 가져와 흰 모피를 담았다. 성호는 비밀스럽게 모피를 옷 수선가게 주인에게 덤핑으로 넘겼다. 옷 수선가게 주인은 하룻밤이면 완전히 다른 물건을 만들어 팔 수 있는 재주가 있다고 큰소리쳤다.

돈이 생겼고 한 달에 한 번 있는 휴일이었다. 성호와 손을 잡고 맥도널드가 문을 열자마자 뛰어갔다. 코카콜라와 더블버거를 사서 입이 째지도록 밀어 넣었다. 프라이드포테이토에 토마토케첩을 듬뿍 뿌려 손가락에 묻은 케첩을 핥아가며 먹어댔다.

배를 채운 다음에는 호숫가에 있는 <포에버 랜드>로 바이킹을 타러 갔다. 성호와 나는 소리를 지르면서 바이킹을 즐겼다. 해적처럼 과감하게 서로의 입술을 훔치기도 하고 소리를 꽥꽥 질러대기도 했다. 바이킹이 하늘에 닿을 듯 치솟을 때마다 도시는 우리의 발밑에 무릎을 꿇었다. 호숫가의 물결이 발끝에 찰랑거렸다. 위험하고 아찔하고 짜릿한 기분이 혈액 속에서 팡팡 거품을 터뜨리는 듯했다. 바이킹이 높이 치솟을 때 멀리 <무비 몰>의 대형 간판이 우리를 유혹했다. 이런 유혹에 우리는 버티지 않고 복종하는 미덕을 지녔다.

<무비 몰>에서는 영화가 상영되기 전에 뉴욕 핫도그를 하나씩 먹었다. 빅사이즈 팝콘과 찬 맥주를 한 캔씩 들고 영화를 보았다. 영화 제목은 <사랑에 관한 이상한 상상>이라는 프랑스 영화였는데 어떤 장면에서는 지루하기도 했다. 이럴 때를 대비해서 언제든지 성호의 손이 내 허벅지 안쪽을 자극하도록 나는 무릎 사이를 열어 두었다. 성호는 능력자다. 시시한 장면들에선 내가 심심하지 않게 팬티 안쪽에 손을 넣어 내 보드라운 살을 만져 주었다. 스포르찬도, 포르테시모, 포르테, 피아노의 세기로 스타카토를 두드렸다. 그럴 때 나는 찬 맥주를 홀짝거리며 성호의 발랄한 애무를 즐겼다.

영화를 보고 나서 로비에 앉아 성호의 등에 손을 넣었다가 도드라진 상처의 감촉 때문에 깜짝 놀랐다. 손을 성호의 등줄기 쪽으로 올리니 얻어맞은 상처가 손가락에 느껴졌다.

"아프겠다."

내가 어두운 목소리로 말하자 성호가 말했다.

"괜찮아, 생각할수록 열 받네. 급습을 해서는 방어할 틈도 없이 후려친다니까, 이렇게 골프채로 얻어맞다가는 언제 골통이 부서질지 몰라. 우리 엄마가 공 하나는 잘 날리거든. 특히 벙커에 빠진 공을 잘 날리지, 나같이 벙커에 빠진 놈 말이야. 하긴 로프로 묶어 놓고 때리던 때보다야 낫긴 하지. 씨팔, 이런 얘기 기분 더러워."

보험 세일즈를 하는 성호 엄마는 집을 나온 성호를 예고 없이 습격해서 후려친다고 했다. 비밀리에 방을 옮겨야겠다고 성호가 말했다. 성호 엄마는 성호가 다시 집으로 들어오기를 바라지만 성호는 그럴 생각이 전혀 없다고 했다. 그래도 오라는 데가 있는 성호가 개털 같은 나보다 낫다.

세일기간이 며칠 남지 않자, 사장은 50프로에서 80프로 세일로 작전을 바꿨다. 아침부터 손님들이 밀려들었다. 손님들 몸에 옷을 피팅하다 보면 온몸이 무너질 지경이었다. 더위에 무거운 짐승의 털을 들고 이 손님 저 손님 쫓아다니는 일은 버거웠다. 털을 빼앗긴 붉은 여우처럼 비참한 기분이었다. 천장 위에서 내리비치는 형광 조명은 눈알을 쓰라리게 했다.

파김치가 되도록 모피를 들고 다녔건만 사장은 하루 결산을 하면서 매출이 별로 안 된다고 투덜거렸다. 실장 언니가 나를 째려보았다. 내가 희생양이 되어야 하나 보다. 사장의 눈빛도 내게로 쏠렸다.

"야, 손님들이 옷을 걸치면 섹시하다는 말은 기본으로 나와야 하고 설원 병원장 사모께서는 이런 걸 두 벌씩이나 사셨다는 둥, 사고 싶은 맘이 들도록 부추겨야지, 멍충이처럼 뻣뻣하게 서서 멋있네요, 멋있네요만 연발하고 있어."

사장은 말벌처럼 나를 콕 쏘았다. 킬힐로 사장의 눈가를 콱 찍어주고 싶었다. 콱 찍어주는 김에 할 수만 있다면 아예 갑,갑, 갑 하고 문신이라도 새겨주고 싶었다.

손님의 쇼핑 욕구를 오래 지속시키기 위해 손님이 들어오면 재빨리 원두커피나 냉 녹차를 권했다. 손님이 모피를 둘러보는 사이 행거 사이로 슬쩍 들어가 입구 쪽으로 등을 돌리고 열심히 상품을 홍보했다. 돈 때문에 망설이는 손님들에겐 카드 할부를 적극 권했다. 다 아는 셈법인데도 내가 나서서 12개월 할부 가격을 얘기해 주면 손님들은 갑자기 얼굴이 밝아졌다. 탐은 나지만 가격 때문에 망설였던 손님들이 적극적으로 모피에 관심을 갖기 시작했다. 손님들은 거울 앞에서 입어보다 한숨을 쉬며 행거에 걸어 두었던 모피를 꺼내 다시 몸에 걸쳐 보았다. 나는 그 순간을 놓치지 않았다.

"정말 사모님 옷이네요, 핏이 죽여요. 실루엣도 좋고요."

손님들은 나의 달콤한 유혹에 지갑을 열고 카드를 내밀기도 했다. 카드를 긁고 모피를 큰 가방에 담아 매장 출입문까지 손님을 배웅했다.

"멋지게 입으시고요, 또 들르셔서 커피 한잔하세요."

〈명품모피 80프로세일〉이라는 형광색 문자가 잠자는 도시를 향해 세일세일세일이라고 눈을 부릅뜨고 외치고 있었다. 내일도 곧 세일이 끝날까 안달하는 여자들이 모피를 사기 위해 이 숍으로 몰려올 것이다. 손님들은 까다로웠다. 나는 그들을 놓치지 않기 위해 부지런히 행거 사이를 뛰어다니고 촉수 높은 형광등 아래 킬힐을 또각거리며 발등이 꺾이지 않을까 걱정해야 했다. 사장은 팔십 프로 세일에 재고품을 모두 팔아 볼 전략을 생각하느라 바빴다. 나는 고객명단을 꺼내 메시지를 날리고 매장에 놀러 오시라고 전화를 걸었다.

성호와 〈모피 비너스〉를 나오다 입구에 머리를 긁적이고 있는 홈리스 아저씨를 발견했다. 아저씨의 머리는 기름이 흘러 떡이 되어 있었다. 오랫동안 씻지 않은 손가락이 새카맣게 반들거렸다. 비 오는 날, 아저씨 옆에 다가서면 지린내가 코를 찔렀다. 아저씨는 〈모피 비너스〉에서 내버린 종이박스를 정리해 고물상에 갖다 주고 번 돈을 술 마시는데 다 썼다. 그리고는 지나가는 사람들을 불러 세워 손을 벌리거나 먹을 것을 구걸했다. 성호와 내려오는 나를 발견한 아저씨는, '먹을 것 좀 사 줄 수 있어?' 하고 물었다. 아저씨의 말을 들은 성호는 건너편 편의점으로 가서 카스테라와 흰 우유를 사왔다. 성호가 아저씨의 시커먼 손에 카스테라와 우유를 들려주자 아저씨는 목울대를 울리며 우유를 마셨다. 부드러운 카스테라가 아저씨의 손에서 부서졌다. 카스테라를 입에 넣은 아저씨의 몸이 자벌레처럼 움츠러들었다.

"생각보다 따뜻하다 너."

"너나 나나 저렇게 되는 건 순간이야, 소문도 없이 죽지 않으면 다행이라니까, 존나 끔찍해."

성호의 말이 천만 번 옳다고 생각했다. 이미 집을 나온 나와 성호는 돈이 떨어지면 몸을 뉘일 곳도 없고 먹을거리도 구하지 못할 것이다. 뉴욕의 지하터널에서 홈리스들이 그들만의 지하세계를 구축하고 산다는 신나는 얘기도 이 '헬조선'에서는 어림도 없는 일이다. 젠장할. 불이라도 확, 질러버리고 싶다.

킬힐을 신은 채, 두 손에 모피를 들고 옷 수선가게를 들락거려야 하는 일은 죽을 맛이었다. 옷 수선가게 아저씨는 은근히 언제라도 좋으니 모피를 빼내 올 수 있느냐고 물었다. 재봉틀을 돌리다 멈추고 제안을 하는 아저씨의 목소리는 내겐 일종의 협박처럼 들렸다. 너도 연관되어 있다는 것을 다 안다는 듯이.

"다음 건은 언제야?"

하는 아저씨의 입에서는 점심으로 먹은 짜장면과 양파 냄새가 났다. 옷 수선가게 아저씨가 사장에게 입을 나불댈까 봐 간이 졸아들었다. 그 생각만 하면 매장에 서 있다가도 종종 허든거리기 일쑤였다. 불안을 떨쳐 버리기 위해 마음 한편에서는 '성호와 크게 한탕 벌이고 스페인행 비행기를 타고 날라버리면 되는데.' 하고 막연한 꿈을 꾸기도 했다. 성호에게 세일기간이 끝나기 전에 빨리 한 건 크게 하자고 얘기를 안 한 것도 아니었다. 성호는 '기다려.' 하고 대답은 해 놓고도 움직이려 하지 않았다. 모피는 부피만도 커서 물건을 숨기기가 쉽지 않기 때문에 성호의 도움 없이 나 혼자 모피를 훔치는 것은 힘든 일이었다. 기동성이 있는 성호는 언제든지 모피를 숨겨 다른 곳으로 옮길 수 있었다.

"대박세일 때 한탕해야 대박나지."

수선가게 아저씨가 돋보기를 내려뜨리고 일을 하며 말했다. 나는 아저씨가 한눈파는 틈을 타 옷 솔기를 뜯는데 사용하는 송곳 하나를 슬쩍해서 가방에 집어넣었다. 뾰족한 물건은 뭐라도 하나 있으면 든든하다. 은근슬쩍 나를 재촉하는 옷 수선가게 아저씨의 말을 뒤로하고 수선한 모피를 찾아 양손에 들었다. 팔이 빠질 것처럼 아팠다.

성호가 물건을 찾아오긴 하지만 급히 옷을 찾는 손님 때문에 이런 심부름을 가끔 해야 했다. 한 번에 모피 두 벌을 들고 걷다 보면 팔에 통증이 오곤 했다. 허리를 펴고 걸었다. 매장에서 뻣뻣하게 서 있던 다리를 바쁘게 놀리느라 붉은색 보도블록 틈새로 킬힐 굽이 툭툭 빠졌다. 몸이 앞쪽으로 굽혀졌다. 내리막길에서 넘어지지 않기 위해 허리 근육에 힘을 줬다. 앞으로 쏠릴 것 같은 자세 때문에 콧등에 땀이 솟았다.

〈모피 비너스〉 실장은 내가 시간을 지체할까 봐 한눈팔지 말라고 눈치를 주곤 했다. 발뒤꿈치가 아팠다. 유리문을 밀치고 들어서니 서늘한 냉기가 소름이 돋도록 밀려들었다. 일찍 오네, 이분들이 기다리고 계셔. 실장이 경찰 둘을 가리키며 말했다.

나를 기다리던 경찰 둘이 영철이의 행방을 물었다. 사장과 실장은 셋이 붙어 다니더니 '이제 어쩔 거냐.'는 표정으로 나를 째려보았다. 영철이의 오토바이가 중앙시장 공용화장실 근처에서 발견되었다고 했다. 순댓국집 할머니가 집을 판 날 숨졌다고 했다. 순댓국집 할머니는 벽에 기대어 목을 꺾고 칼에 맞아 죽어 있었다고 했다. 할머니의 현금다발도 사라졌다고 했다. '사사파' 아이들은 모두 경찰의 의심을 받았다. 경찰은 영철이가 범인이라고 단정 짓는 모양이었다.

성호와 나도 경찰서에서 진술서를 써야 했다.

"이참에 아주 사십사 계단을 폐쇄해 버려야 돼."

경찰은 목소리를 높이며 진술서를 작성하는 우리 사이를 쑤시고 다녔다. 볼펜으로 내 무릎의 맨살을 콕콕 찌르기도 하고 구둣발로 성호의 발을 퉁퉁 찼다.

"쓰레기 같은 놈들이 모여서 오줌이나 내깔리고. 풍기 문란하게 구는 꼴, 더는 못 봐. 돈 훔치려고 사람 목숨이나 노리고."

경찰이 소리를 질렀다.

나는 영철이가 사람을 찔러 죽일 인물은 못 된다고 생각했다. 돈이 필요하면 눈에 뵈는 게 없겠지만 그래도 영철이가 잔인한 인간은 아니라고 생각했다. 그렇지 않아도 이번 건은 영철이와 같이 크게 한판 해서 돈을 나누자고 성호와 얘기한 적이 있었다.

"영철이, 그 새끼, 어디서 계집애를 오토바이 꽁무니에 달고 열나게 달리고 있는 거 아냐?"

영철이를 성가셔하던 성호였지만 지금은 영철이가 걱정되는

가 보다.

나는 영철이가 정말 순댓국집 할머니를 죽이고 돈다발을 빼내 튀어 버린 것인지 억울한 누명을 쓴 것은 아닌지 혼란스러웠다. 못마땅한 짓을 할 때마다 내가 시퉁한 표정으로 소리 지르면, 멋쩍어하며 비실비실 물러나던 영철이가 지원세력도 없이 혼자서 사람을 죽였다는 게 이해하기 어려웠다. 그것도 단골로 다니던 <할머니 순대국>집 주인이라니. 그것이 사실이라면 몹시 불행한 일이라고 생각했다.

하지만 사람들이 우리 '사사파' 모두를 사람이나 죽이는 몹쓸 놈들로 보는 시선에는 분노가 솟았다. 태어날 때부터 사람이 다르다느니 하는 헛소리를 해대며 우리를 몰아칠 때, 내 내면에는 세상에 대한 복수심이 들끓었다. '사사파'들의 아픔에는 관심도 없던 인간들이, 사건이 터지자 가장 쉬운 논리로 우리를 다 안다는 듯이 떠들어대는 꼴은 참아주기 힘들었다. 사태를 피상적으로 바라보는 일만큼 천박하고 역겨운 것은 없다.

오늘 경찰이 급습할 거라는 소문이 아이들을 사십사 계단으로 불러들였다. 오후가 되면서 '사사파'들이 공터로 몰려들었다. '사사파'들은 자신들의 마지막 안식처인 사십사 계단을 지키기 위해서 모여들었다. 나와 성호도 사십사 계단에 올라왔다. 계단 입구에는 장사꾼들이 내다 버린 무, 배추, 나물 쓰레기들이 허술한 무덤을 이뤄 썩어가고 있었다. 배추 시래기 속으로 쥐 한 마리가 빠르게 사라졌다. 채소가 썩는 냄새가 났고, 계단

바깥쪽에 자란 키 큰 풀들이 계단 안쪽으로 넘어와 발에 휘휘 감겼다. 엉켜있는 잡풀에 발목이 걸렸다.

공터는 아무렇지도 않게 뱉은 '사사파'들의 담배 연기, 욕, 이빨 사이로 내뱉은 침, 발자국 소리를 투정 없이 받아들였다. 여기저기 아이들이 누웠던 자리가 보였다. 체육복이 삐죽 나와 있는 책가방도 하나 팽개쳐져 있다. 소주병 밑에 죽어있는 고양이가 검은 털 사이로 시뻘건 내장을 내밀고 있다. 소주를 마신 '사사파'들이 죽어가는 고양이를 상대로 다트놀이를 한 모양이었다. 위액이 식도를 통해 올라오는 것처럼 비위가 상했다.

피융. 휙휙. 냐옹냐옹, 찍찍. 클클. 까르르. 돌멩이질하는 소리, 휘파람 부는 소리, 고양이 우는 소리, 병 깨지는 소리, 히스테릭하게 우는 소리, 웃는 소리, 욕하는 소리가 공터를 부풀어 오르게 했다. '사사파'들이 공터에서 난장을 치고 있다. 바람은 그 위에 중앙시장에서 데리고 온 돼지머리 삶는 냄새, 소 내장 볶는 냄새, 생선 내장 썩는 냄새를 풀어 놓았다. 투덜대며 깡 소주를 입에 털어 넣거나, 계단 밑으로 오줌을 내깔기는 아이들도 있었다. 어둑한 공터 한쪽에서는 작은 연인들이 서로의 몸을 껴안고 풀 위를 뒹굴었다.

"허그다."

성호가 소리쳤다. 영철이었다. 반가움에 눈물이 쏙 빠져나왔다.

"너 어떻게 된 거야, 짭새들이 열라 찾던데."

"재수 꽝이야, 된통 엎어터졌어. 내가 할머니를 왜 죽여? 알리

바이를 증명해도 두드려 패기만 하는 짭새들 몽땅 죽여버릴 거야."

영철이가 정강이를 걷어 보였다. 핏줄이 터져 죽죽 금이 가 있었다. 영철이가 쇠공이 달린 줄을 휘휘 내둘렀다.

계단 아래가 시끄러웠다. 경찰차들이 계단을 에워쌌다. 경찰이 메가폰을 들고 모두 내려와 집으로 돌아가라고 방송했다. 소리는 웅웅거리며 사십사 계단 위까지 도착했다.

"돌아갈 집이 없다."

성호가 야유하듯이 소리쳤다. 성호의 말이 끝나자마자 아이들이 돌 수제비를 아래를 향해 날렸다. 다시 경찰의 메가폰 소리가 들렸고 아이들이 우우우우우, 함성을 내질렀다. 경찰들이 손에 방망이와 방패를 하나씩 들고 계단을 뛰어 올라왔다. 테이저 건을 든 경찰도 보였다.

"총으로 쏘겠다 이거지? 어디 한 번 해봐. 여차하면 뛰어내리면 되지. 겁날게 뭐야?"

성호가 곧 떨어질 사람처럼 사십사 계단을 내려다보았다.

"씨팔, 좆 빠지게 도망가게 생겼네."

성호 옆에 서 있던 남자애가 피우던 담배를 던지며 말했다.

"한 번 붙어 봐!"

담배를 던진 남자애가 가방 속에서 긴 쇠사슬을 꺼내 흔들었다. 잭나이프를 펴거나 쇠공을 꺼내 드는 '사사파'들도 있었다. 토끼사냥을 하듯이 경찰이 '사사파'들을 한쪽으로 몰았다. 몇몇 아이들은 둔덕을 타고 내리굴렀다. 공터에 서 있던 '사사파'들이 우우, 하고 소리를 지르며 한쪽으로 몰리다가 버티고 섰다. 아이들이 경찰 쪽으로 돌아섰다.

"여긴 우리 영토야, 해볼 테면 해봐."

성호의 목소리가 들렸다. 성호가 잭나이프를 꺼내 들고 경찰에게 덤벼들었다. 영철이가 쇠공을 휘 내둘러 경찰을 위협했다. 영철이의 쇠공이 턱, 경찰의 머리를 쳤다. 경찰이 방망이를 들어 영철이를 후려치려고 하는 순간, 뒤따라 온 경찰이 테이저건을 영철이의 팔뚝에 쏘았다. 영철이가 전극으로 팔뚝이 마비되었는지 주저앉았다. 영철이의 근육이 전극으로 마비되었다.

"힘 빼, 조용히 해."

경찰이 영철이를 끌며 위협조로 말했다.

"이거 뭐야, 야, 동영상 찍어 올려, 짭새들 죽여버릴 거야."

성호가 소리 질렀다. 다른 남자아이가 핸드폰으로 영철이의 고통스러운 얼굴을 찍었다. 경찰이 영철이를 질질 끌고 갔다. 경찰들이 몽둥이로 아이들을 후려치며 아래로 내몰았다. 아이들이 흩어졌다. 성호가 잭나이프를 들고 영철이를 끌고 가는 경찰을 위협했다.

"다 죽여라, 죽여."

성호의 목소리가 어둠 속에서 조각조각 깨지고 있었다. 경찰은 몽둥이로 성호의 등짝을 후려갈겼다. 순간, 성호의 등줄기에서 피가 흘렀다.

"안돼, 멈춰."

나는 소리 질렀다. 까망이가 나를 좇아왔다. 까망이의 불룩한

배가 걱정됐다. 경찰들이 들고 있는 몽둥이로 까망이를 후려치거나 방패로 내리찍을 것 같았다. 까망이를 놓쳤다. 나는 헉, 숨을 들이마셨다. 까망이가 야옹거렸다. 눈에 띄는 돌멩이를 발로 찼다. 까망이가 놀라 뛰었다. 나는 이를 앙다물고 눈을 크게 떴다. 까망이가 배를 출렁거리며 뛰어가다 굴렀다. 작은 진동 때문에 돌이 굴러 까망이를 덮쳤다. 까망이가 자지러지게 울었다.

"별 요망한 게 신경 쓰게 하네."

나를 쫓아오던 경찰이 돌덩이를 까망이 쪽으로 날렸다. 까망이 울음소리가 날카롭고 짧게 들렸다. 나는 돌덩이에 배가 납작하게 눌린 까망이를 안고 뛰었다. 까망이의 배에서 검붉은 피가 흘러나와 내 팔을 적셨다.

"거기 서."

경찰이 몽둥이를 들고 쫓아왔다. 나는 내리굴렀다. 돌멩이가 몸 위로 떨어졌다. 까망이를 놓쳤다. 피 묻은 돌을 주워 경찰을 향해 던졌다. 돌은 내 눈앞에 떨어졌다. 외등이 꺼졌다. 발등이 꺾였다. 아프다. 경찰이 내 한쪽 팔을 잡았다. 주머니 안에서 송곳을 꺼내 손에 쥐었다. 경찰이 내 팔을 잡아끌었다. 송곳으로 경찰의 팔뚝을 내리찍었다. 피가 튀었다. 나는 송곳을 꼭 쥐고 둔덕 아래를 향해 뛰었다.

산책자의 봄

나는 조르주 바타유의 〈에로티즘〉을 내 삶을 이해하는 하나의 방식으로 읽었다. 바타유는 죽음까지 인정하는 삶으로 에로티즘을 말했다. 그의 이런 글귀들은 나를 안심시킨다. 〈우리가 우리 내부에 있는 동물성을 부정해봤자 소용없는 짓이다. 비록 더럽고 짐승 같은 것으로 낙인찍혔지만 그래도 인간의 사물화를 최대한으로 막아주는 것 또한 성이다.〉

나는 최고의 쾌락은 죽음과 맞닿아 있다는 것을 안다. 인간의 모든 쾌락은 죽음이라는 한계에 갇혀 있다. 어느 순간 나의 깨달음이 에로티즘을 이해했을 때, 나는 이 마을의 자연 속에 있었다. 쾌락을 얻는 방식에는 여러 가지가 있지만 나는 죽음으로 그것을 얻으려 한다.

흰색의 오르골을 꺼내 콘솔 위에 올려놓는다. 오르골 뚜껑을 열자 리듬을 타고 눈부신 인형이 한 다리로 회전한다. 언제나,

언제나 같은 아침처럼 오르골 속에서 진주목걸이와 볼록렌즈를 본다. 이 두 가지 사물들은 다시 아침이 왔고 내가 살아있다는 것을 알려준다.

목걸이를 꺼내 목에 건다. 거울 속에서 주름진 목에 걸린 진주 알들이 반짝 빛난다. 심해의 모래밭에 묻혀있던 조갯살의 상처는 빛나는 결정체를 탄생시켰다. 나는 진주 위에 손가락을 얹고 목을 쭉 뺀다. 거울은 빛을 반사시키며 '당신은 살아있어.'라고 속삭인다.

아랫입술을 윗입술 아래 집어넣고 이빨로 아랫입술의 근육을 꽉 문다. 살 안쪽으로 침이 묻어난다. 볼록렌즈를 꺼내 손에 들고 방바닥을 비춘다. 흰 머리칼이 여기저기 빠져 있다. 흰 머리칼은 너무 선명하다. 방바닥에 흩어져 있는 머리칼은 후두암 환자인 내 두피에 붙어 있던 것이다. 몸을 잠식한 암 덩이는 곰팡이처럼 피어나 번지고 있다. 오른손 손등 위의 검버섯을 본다. 저승 반점이라는 거무스레한 얼룩이 손등 위의 뼈를 따라 길게 돋아나 있다. 왼손으로 검은 꽃이 피어난 살갗을 쓸어내린다. 볼록렌즈를 응시한다. 초점을 뚫고 솟아나는 불꽃을 바라보듯이.

다크 레이디. 젊은 날 나의 애칭이다. 검은색 긴 원피스와 검은 뿔테안경, 끈이 길고 부피가 큰 검은색 가죽 가방, 검은 펌프스, 내가 즐겨 하던 차림이다. 때론 오해를 사서 강의를 듣는 학생이나 교수들로부터 소박하다는 평가를 받곤 했다. 소박하다니. 나는 소박한 것을 꿈꾼 적이 없다. 예순두 살인 지금도 볼록렌즈가 종이를 태울 때처럼 활활 타오르는 정염에 사로잡히고 싶다.

오랫동안 어머니와 소원하게 지내왔다. 어머니가 세상을 뜨고 십 년이 지난 후에야 어머니가 살던 집으로 들어왔다. 이곳은 외할머니가 오래도록 홀로 사셨던 집이다. 어린 시절에는 자주 드나들던 집이었지만, 어머니가 이 집으로 이사를 하고 나서는 거의 왕래가 없었다.

오래 비워두었던 집으로 이사를 온 것은 도시 생활에 진저리를 칠 때쯤이었다. 이 집에 들어선 날, 뜰 가득 무성하게 자란 나무들이 몸을 흔들며 나를 축복해주었다. 어머니는 돌담으로 둘러쳐진 울타리에 아름다운 꽃나무들을 줄지어 심어 놓았다. 봄이면 꽃들은 숨이 막히게 아름다웠다. 황매화를 시작으로, 백목련, 자목련, 산벚꽃, 왕 겹벚꽃이 집을 둘러쌌다. 어머니가 영원히 눈을 감은 시간은 백목련과 자목련 꽃잎이 비로드 자락처럼 뜰 안에 깔려있던 때였다.

어머니의 열세 번째 기일이었던 날, 유골이 안치된 납골당 잔디밭에 앉아 포레의 레퀴엠 '천국에서'를 들었다. 어머니가 나를 부드럽게 어루만지는 느낌이었다.

집에 돌아와 보니 부엉이가 큰 눈을 부라리며 방 한가운데 앉아있었다. 내 입에서는 순간, '어머니' 하는 소리가 저절로 터져 나왔다. 상식으로는 불가사의한 일이었지만, 부엉이가 어머니의 현현(顯現)이리라는 직관에 전율했다. 보자기를 들고 부엉이

가까이 다가갔다. 새는 옴팍하고 반짝 빛나는 까만 눈으로 나를 바라보았다. 잠시 정지하여 부엉이와 나 사이에 흐르는 농도 짙은 열기를 몸 안에 새겼다. 두 팔을 벌려 보자기를 펼치며 새를 감싸 안았다. 창문을 열어젖히고 보자기를 풀자, 부엉이는 날갯짓하며 허공 저편으로 날아갔다.

남편과 사별한 어머니가 다른 남자를 받아들일 때마다 친구들은 서서히 내 곁을 떠나갔다. 친구들은 어머니보다 훨씬 보수적이었다. 친구와 친구의 부모들은 어쩔 수 없이 어머니의 삶을 받아들여야 하는 열네 살 소녀에게 따뜻한 눈빛을 보내지 않았다. 그들의 경멸을 눈부시게 받아들일 수만 있었다면 나는 마음껏 정염을 발산하는 인간이 되었을 것이다. 아쉽게도 나는 내 어머니의 보물을 놓쳐버렸다.

산책을 떠나기 전 방 안을 둘러본다. 작은 책상과 의자, 벽에 세워진 책장들, 그 안에 꽂혀 있는 시집들, 손때 묻은 필기구들, 음반들이 눈에 들어온다. 방을 나와 주방의 식기들을 본다. 커피잔들, 작설차를 우려내던 다기들, 그들이 내게 주던 따뜻한 온기를 생각한다. 신발을 신고 나와 문 앞에 세워 둔 스틱을 집어 든다. 후두암 말기로 접어든 내 몸은 가까운 마을 길 산책도 이 스틱에 의존하지 않으면 힘들다. 어떤 식으로든 죽음을 맞이하게 되겠지만 급작스럽게 자신의 몸에 암 덩이가 있다는 것을 알게 되는 순간은 누구나 놀란다. 나 역시 이건 너무 빠른 것이 아닌가 하고 신의 의지를 의심할 수밖에 없었다. 생각해보면 내가 죽음을 맞을 장소가 밀폐된 공간이 아니라, 사람도 풍경처럼 보이는 이 마을이라는 것에는 안도하게 된다.

담배 한 대를 맛있게 피우고 싶다. 글이 잘 풀리지 않거나, 어린 남학생의 잔향이 생각을 어지럽힐 때나, 저녁 시간 노천카페에서 커피를 마시다 문득 남자의 호기심 어린 눈동자와 마주치거나, 대상도 없이 그리움이 북받칠 때, 불쑥 열네 살 때의 살의가 목을 치밀 때면 나는 블랙스톤 체리를 즐겨 피웠다. 그럴 때면 방 안 가득히 퍼지는 체리 향을 맡으며 어머니가 자주 맡던 백합 향기를 떠올리곤 했다.

남자에게 버림을 받았을 때, 어머니는 오랫동안 앓아누웠다. 어머니는 돈을 주며 얘야, 꽃집에 가서 백합 한 다발을 사 오너라, 하고 말했다. 나는 꽃집에 가서 백합 한 다발을 사 들고 방으로 들어와 꽃병에 꽂아 놓았다. 어머니는 그제야 머리끝까지 뒤집어쓰고 있던 이불을 내리고 코를 킁킁거리며 백합 향기를 맡았다.

"백합 향기를 질식할 정도로 마시면 죽는다지?"

어머니는 곧 죽어야 하는 사람처럼 백합꽃 수술에 코가 닿도록 향기를 들이마셨다. 어머니는 아름다웠으나 그 모습을 바라보고 서 있던 내게는 잔인한 풍경이었다. 행복, 기쁨, 사랑의 감정들을 감출 수 없듯이 증오, 울분, 살의의 감정들도 감출 수 없다. 나는 어머니를 죽이고 싶었다. 그것이 열네 살 소녀의 꿈이었다. 마음이 이끄는 대로 남자들과 몸을 섞거나, 상처를 입을 때마다 신열을 앓듯이 들뜨는 어머니를 용서하기 어려웠다.

어린 내가 인형을 들고 어머니 방의 열린 문틈을 바라보고 있다. 어머니는 자신의 쾌락에 들떠서 불온한 응시자의 눈길을 전혀 의식하지 못했다. 어머니의 벌거벗은 몸은 역시 벌거벗은 사내의 몸과 엉켜 있다. 그들은 헐떡이고 있다. 나는 인형을 가슴팍 안으로 더 세게 끌어안았다. 오르가슴을 향해 치닫고 있는 그들을 향해 '뱀이야' 하고 소리 질렀다. 당황한 남자가 어머니의 몸에서 몸을 떼려고 했을 때 더 세게 남자의 몸을 끌어안는 어머니의 두 팔을 보았다. 어머니는 '빨리빨리' 하고 남자를 재촉했다. 어머니의 그 몸짓은 내게는 끔찍했다. 그 후 나는 어머니를 증오했다.

나의 증오는 철저한 오해였다. 교양으로 완벽하게 꾸며진 여성의 단아하고 고운 모습 뒤에는 가랑이를 벌리고 남자의 몸을 원하는 들뜬 열정이 고스란히 은폐되어 있다. 나는 원시적이고 동물적인 감각에 가까운 삶을 살았던 어머니를 오해했던 것이다.

사춘기를 지나면서 나에게 어머니는 언제나 반면교사였다. 어머니처럼 되지 않는 것. 오르가슴을 탐하지 않고, 남자를 적대시하는 것.

"네 몸은 왜 이렇게 열리지 않는 거니?"

스무 살 때 만난 사내애는 그렇게 물었다.

"왜 너는 몸으로 말할 줄 모르는 거야? 네가 쓰는 시가 머리로 쓰는 것이 아닌 것처럼 사랑도 몸으로 하는 거라고."

내 몸이 열리기를 기다리던 사내애는 저녁 그림자처럼 사라져버렸다.

돌계단 아래 흰색과 자주색의 목련 꽃잎이 흩어진다. 후박나무 우듬지에 작은 새들이 앉았다 날아간다. 새들의 비행을 좇아갔다가 이내 돌아온다. 그들은 너무 빨리 단풍나무로 옮겨 앉는다. 여기서 만나는 새들은 다 손안으로 들어올 것처럼 앙증맞다. 봄이 되면 새들은 뜰 안의 나뭇가지를 애무하기 시작한다. 나는 새들의 날렵한 몸짓과 애틋한 교성을 사랑한다. 나무들을 하나하나 보듬어 본다. 안녕, 내 사랑. 후박나무, 배롱나무, 당단풍나무, 매화나무, 백목련, 자목련, 산당화, 라일락.

눈을 들어 마을을 바라본다. 낮은 돌담들, 이른 아침이면 만나던 작은 이슬, 이 집에서 저 집으로 건너다니던 마을 노인들의 굵은 음성들, 어둠을 향해 짖어대던 개들의 위협적인 소리. 내 몸을 받아주던 낡은 의자. 그 의자에 앉아 쉼보르스카의 시집을 읽던 날들을 떠올린다.

스틱을 붙잡고 천천히 걸음을 떼어 놓는다. 낮은 돌담을 지나쳐 고샅길로 빠져나온다. 길 밑의 계곡으로 터질 듯이 물 흐르는 소리가 들린다. 눈을 들어 화채봉을 바라본다. 화채봉 위에는 아직 하얀 눈이 덮여있다. 겨울과 봄이 공존하는 히말라야처럼 산 위의 눈은 5월이 지나가야 녹는다. 저수지의 물이 계곡을 타고 내린다. 저수지는 화채봉 골짜기를 타고 내린 물을 넉넉히

담고 있다.

아침이면 마당에 나와 화채봉을 한참이나 바라보았다. 무슨 의식을 치르는 것처럼. 그리고 산속에 잠든 차가운 골짜기의 물, 부엽토, 버섯들의 생기발랄한 융기, 돌 위에 새겨진 신비한 무늬들의 원시적인 냄새를 떠올렸다.

스틱을 잡고 서서 계곡으로 귀를 기울인다. 물소리는 늘 시원(始原)을 일깨워준다. 내 집에서 창문을 열면 맹꽁이 소리, 두꺼비 소리, 개구리 소리가 물소리와 함께 들려 왔다.

천천히 걷는다. 검은색 리본이 매달린 모자가 봄볕을 살며시 투과시킨다. 리본이 달린 검은 모자는 나에게서 시를 배운 여학생이 보내준 선물이다. 모자에 대한 집착, 향이 좋은 담배, 부드럽고 신맛이 강한 과테말라 안티구아 필라델피아 커피. 이것들은 나를 다른 사람과 구별하게 해주는 기호품들이다. 아직도 나를 기억해 주는 몇몇 제자들은 내가 좋아하던 것들을 보내줌으로써 나에 대한 그들의 사랑을 확인하려 한다.

발밑에 감잎이 툭 떨어진다. 참새 혀처럼 작고 윤기 나는 잎이 발등에 살짝 올라앉는다. 이 마을엔 감나무가 많다. 가을이 되면 가지가 휘어지도록 감을 매단 나무들이 마을의 외곽을 둘러싼다. 그때마다 떨어진 감을 주어 항아리에 가득 담아 발효시킨다. 이것을 흰 보자기로 걸러낸 희부연 액체는 시간이 지나면서 엷은 갈색의 식초로 변한다. 나는 초여름에 만들어 둔 매실액과 식초를 섞어 소스를 만들고 이 마을에서 길러낸 채소와 섞어 샐러드를 만들어 먹었다.

이 마을에서 나는 나의 오감을 충분히 열어 놓고 지냈던 셈이다. 내 몸에 암 덩어리가 자라는 줄 알지 못했을 때 이 친밀한 것들과 사랑을 나눌 시간이 아직 많이 남았다고 생각했다.

길가에 어린 쑥이 자라고 있다. 잠시 앉아 쑥을 뜯어 입에 넣는다. 향긋하고 아릿한 냄새가 코를 통해 목까지 적신다. 옆에 있는 머위 싹도 뜯어 입에 넣는다. 말기 암 환자에게 금지된 음식들은 끝도 없이 많고 권장하는 음식도 끝도 없이 많다. 그것은 살아나기를 기를 쓰고 원하는 사람들에게 필요한 레시피이다. 나는 내가 맞이한 운명의 마차 위에 올라 자연으로 돌아가고 싶다.

설피 댁이 바랑을 짊어지고 길을 내려온다. 봄나물을 뜯어 오는 참이다. 설피 댁은 팔십 가까운 나이에도 여전히 채취를 즐긴다. 채취를 할 때마다 설피 댁의 얼굴은 점점 원시적 에너지로 가득 차오른다. 이 마을의 여자들은 그들이 자라났던 마을 이름 뒤에 '댁' 자를 붙여서 불린다. 지명을 앞세운 모호한 익명성. 그녀들은 들꽃처럼 이 마을에서 저 마을로 옮겨진다. 설피 댁, 안골 댁, 뒷골 댁, 쇠풍골 댁, 샘골댁. 이렇게 불리어진다. 나는 가끔 그들을 내 집으로 초대하곤 했다. 촉촉한 케이크와 믹스커피 만으로도 훌륭한 접대가 되었다.

그들은 나와 스스럼이 없어지자 자신들의 삶이 얼마나 고달팠는지를 앞다투어 말하고 싶어 했다. 또는 사내들의 폭력을 어떻게 견뎠는지 서로 내기를 하듯이 얘기하곤 했다. 이미 세상을 떠난 사내들에 대해서는 시원함을 감추지 않았고 아직 폭력을 당하는 와중에 있는 여자들은 이런 말을 내뱉기도 했다. '콱 죽여 버렸으면.' 하고. 설피 댁은 언젠가 내게 '사실은 내 남편은 내가 죽인 거나 마찬가지야.' 하며 자랑스러운 듯 속삭였다. 설피 댁이 말하길 자신이 재혼할 때 데리고 온 딸을 남편은 밤마다 따 먹었다고 했다. 마을 사람들은 설피 댁의 남편이 술이 떡이 되어 계곡에 빠졌다고 했다.

마을 제사를 지낼 때면 그들은 귀신을 지상으로 안내했다. 귀신을 위해 밥을 짓고, 떡을 하고, 술을 담그고, 전을 부치고, 생선을 찌고, 문어를 삶고, 찬 돼지고기를 썰고, 송이를 넣은 무나물과 고사리, 도라지나물을 볶았다. 그리고는 나를 초대했다. 설피 댁, 안골 댁, 뒷골 댁, 쇠풍골 댁, 샘골 댁이 부엌에서 바쁘게 움직일 때 나는 고무줄 바지 속에 감추어진 그들의 뽀얀 엉덩이를 생각해보곤 했다. 그들의 엉덩이는 너무 예뻐서 눈이 부실 것 같았다.

귀신을 위한 잔치가 끝나면 그들과 둘러앉아 화투를 쳤다. 일 점에 십 원짜리였다. 내가 이월 메조를 맞추어 가져올 때면 그들은 '앗싸, 임 왔네.' 하고 흥을 돋우었다. 그런 밤에는 집에 돌아와, 남은 흥을 못 이겨 빈 뜰의 후박나무를 두 팔 가득 껴안았다.

어머니는 시간만 나면 나를 외할머니댁에 보내려고 했다. 할머니는 언제나 나를 환대했다. 당신도 혼자 사시는 몸이라, 나를 더 없이 귀한 손님으로 대해 주었다. 여름방학이면 할미소에서 자맥질을 즐기곤 했다. 너럭바위 위에 앉아 태양에 달구어진 열을 견디다 못해 물속으로 뛰어드는 재미는 아찔하도록 즐거웠다. 바람이 불면 할미소 옆에 서 있는 개복숭아 잎이 떨어져 물 위에 떠다녔다.

초등학교 일 학년 여름방학 때 자맥질을 하다가 물속 깊은 곳에서 볼록렌즈 하나를 주웠다. 학교에 입학한 지 육 개월밖에 안 된 나는 그것이 학습용 도구인 줄을 몰랐다. 동네 언니들은 내게 볼록렌즈로 빛을 모으는 방법을 알려주었다. 너럭바위 위에 앉아 볼록렌즈로 빛을 모으자 신기하게도 검은색 종이에 가는 불길이 솟는 것을 보고 볼록렌즈가 마술을 피우는 도구라고 생각했다. 그 불길은 오래도록 내 안에 살아있었다.

서른네 살의 여름 한낮, 어린 시절 볼록렌즈의 초점을 통해 일어나던 불꽃을 생각해냈다. 그것은 강렬하게 나를 몰아붙였다. 옷을 모두 벗고 거울을 마주하고 앉아 젖가슴을 꽉 쥐었다. 거울 속에는 검은 거웃이 드러난 성기의 구멍이 보였다. 나는 강렬하게 육욕을 느꼈다. 내 눈에 사내의 몸이 보였더라면 그의 성기를 내 온갖 구멍으로 받아들였을 터이다. 그 구멍들이 선사할 부드럽거나 거칠거나, 강하거나 약하거나, 축축하거나 건조한 촉감은 그와 나에겐 낯설고 경이로운 경험이 되었을 것이다.

나는 더러운 아이야, 어린 날 중얼거렸던 여덟 음절은 전복되지 못한 채 나의 내부에 웅크리고 있었다. 더러운 아이는 내 쾌락의 감각을 죄악시하여 나를 더럽혔다.

당신 몸에서는 백합 향기가 나. 내 어린 연인이 이 말을 건넸을 때, 나는 이제 막 마흔 살이 넘어서고 있었다. 내 어린 연인은 흰 백합 백한 송이를 들고 나를 방문했다. 백 송이는 진부하잖아, 연인의 말이 끝나기도 전에 나는 연인의 목을 껴안았다. 우리의 격렬한 정사는 백합 향기보다 더 독했다.

나는 연인의 몸에서 달콤한 아가베 시럽을 핥으려는 것처럼 그의 다리를, 그의 복숭아뼈를, 그의 툭 튀어나온 힘줄을, 그의 허벅지를, 그의 음낭을, 그의 샅을, 그의 검은 털을 핥았다. 그리고 그의 성기를 입에 물고 부풀어 오르는 혈관을 내 혀 위에 올려놓았다. 그의 성기는 내 혀 위에서 펄떡였다. 내 두 손은 그의 갈비뼈를, 겨드랑이털을, 입술을, 코를, 두 눈을, 이마를, 그의 머리칼을 쓰다듬었다. 나는 내 가랑이 사이에 그의 머리를 가두었다. 그는 길고 도톰하고 수줍게 벌어진 내 살 틈에 혀를 밀어 넣어 그가 내 몸속으로 들어오기를 광기에 찬 목소리로 애원할 때까지 나의 쾌락을 저당잡고 있었다.

백합 향기 속에서 정사를 치르던 날, 나의 관성적인 섹스는 막을 내렸다. 더러운 아이는 그렇게 죽었다. 쾌락의 감각은 수액처럼 핏줄을 타고 온몸을 돌았다.

이후 나는 많은 연인을 가졌다. 운 좋게도 그들은 내 몸 위에 무게를 실어 동물적 쾌감으로 나를 만족시켰다. 연인의 유통기한은 자연스럽게 통보되었다. 그들의 손가락 움직임 하나, 그들의 목소리 한 음절, 그들의 내 몸을 핥는 강도, 그들이 내 몸 위에 실려 오는 몸무게의 기울기는 내게 그 징조를 알려주었다. 나는 그들보다 빨리 그들에게 떠날 때가 왔다는 것을 알려주었고 그들은 개똥지빠귀처럼 가볍게 나를 떠났다. 그들이 내 몸에 남긴 쾌락의 열기를 떠올리면 지금도 암 덩어리로 차가워진 내 몸이 따뜻해진다.

흰색과 검은색 털이 섞인 고양이가 고양이 바위 쪽으로 뛰어간다. 마을 산의 중턱쯤에 너른 고양이 바위가 있다. 그곳은 늘 햇볕이 비추는 따뜻한 곳이다. 고양이 바위 위로 눈을 돌려본다. 햇볕이 따뜻하게 내려앉은 바위 위에 대 여섯 마리의 야생 고양이가 옹기종기 모여 누워있다. 이 마을에서는 누구도 고양이를 기르지 않는다. 그런데도 그들은 살아나가고 기하급수적으로 개체 수를 불리고 있다.

급속도로 불어나는 개체 수에 위기감을 느낀 마을 사람들은 고양이를 총으로 쏴 죽여야 한다고 했지만 나는 그 의견에 찬성하지 않았다. 나는 고양이들의 성적 에너지를 만끽할 수 있어 좋았다. 오히려 고양이의 번식을 위하여 뜰 앞에 생선 뼈 나 구운 고기 몇 점을 던져 놓고는 했다. 집 뜰에 앉아 그들의 식탐을 지켜볼 때면 그들은 그 매력적인 등뼈의 능선을 한껏 위로 들어 올리고 내 허벅지에 부드러운 털을 비벼대곤 했다.

이 마을의 야생 고양이는 썩은 생선 뼈를 찾아 쓰레기봉투를 찢는 도시 고양이와는 다르다. 도시 고양이가 생존의 불안 때문에 번들거리는 눈동자로 허겁지겁 살아가고 있다면 이 마을의 고양이들은 섹시하다. 나는 그들의 느릿한 걸음걸이를 사랑한다. 암고양이와 만나면 금방 낮거리 라도 한판 벌일 것 같은 그 눈동자의 원시성을 사랑한다.

왜 사람들은 끝없이 사랑스런 행위를 '밤일'이라고 부르는가? 그들이 한껏 게으를 수 있다면, 고양이나 개처럼 난잡한 낮거리를 즐길 수 있을지도 모른다. 먹고 살 만큼만 일하고 시간이 남으면 섹스를 즐겼다는 도미니카 사람들처럼 우리가 섹스를 즐길 수 없는 것은 원시적 감각에서 너무 멀리 떨어져 나와 있기 때문이다.

나는 한낮의 섹스를 꿈꾼다. 먼저 나의 오감을 다 열어 놓을 수 있는 장소가 필요하겠다. 그곳은 깊은 산속이어야 하고 계곡 물소리와 반짝이는 햇빛과 가끔 떨어지는 나뭇잎의 촉감을 느낄 수 있는 곳이어야 한다. '그곳에서 한낮의 낮거리를 즐길 수 있다면, 그렇게 원시적 동물 세계로 가까이 다가갈 수 있다면.' 하고 갈망한다.

내 몸이 지상을 떠난 후에도 봄이 오면 나무들이 꽃을 피울 것이다. 황매화, 목련꽃, 라일락꽃, 벚꽃이 정염의 인간이었던 나를 증명해 줄 것이다. 새들은 여전히 애틋한 교성으로 나를 기억할 것이고, 고양이들은 그 섹시한 걸음으로 성적 에너지를

지구상에 퍼뜨릴 것이다. 무기질이 되어 버린 나는 원시의 세계에 가장 가깝게 다가가게 될 것이다

설피 댁은 나를 지나친다. 잔잔한 미소를 띤 채 말없이 지나치는 설피 댁을 다행으로 생각한다. 진전사 3층 석탑을 향해 걷는다. 길옆으로 '궁전 민박'이 보인다. '궁전 민박'의 주인은 궁전 같은 민박을 지어 놓고는 세상을 떴다. 그는 살아있는 동안 조울증에 시달렸다. 그가 조증일 때는 집을 허물고 다시 짓고 논, 밭을 마구 사들이고 이 집 저 집을 드나들며 많은 이야기를 해댔다. 계절과 계절 사이에 울증이 심할 때면 그의 얼굴을 마을 안에서 보기는 어려웠다. 울증의 와중에서 그는 제초제를 마시고 납 독이 오른 것처럼 푸르죽죽한 얼굴로 세상을 등졌다.

나는 조증의 상태를 경험하지는 못했지만 아주 오랫동안 울증의 상태를 경험했다. 초조와 불안은 나를 끝없는 나락으로 밀어 버렸다. 자위와 흡연과 불면의 밤들이 울증의 와중에 있었던 나를 대변해 준다. 나는 정신과 의사의 상담을 받았고 그가 준 약을 먹으며 주어진 삶을 버텼다.

도시에서의 생활은 매일 누런 모래를 방안에 토해 놓은 듯 버석거렸다. 사람들과의 관계에서 돋아나는 가시가 두려워 늘 혼자였지만, 내 내부에서 자라는 고독은 선인장 가시처럼 삶을 찔러대며 독성을 부풀렸다.

마을 건너편으로 다리가 놓여있다. 사람들은 그곳을 무당골

이라고 부른다. 지나가던 차가 옆에 선다. 남자가 창을 내리고 묻는다.

"여기 굿하는 곳이 어디지요?"

손으로 다리 건너를 가리킨다. 남자는 창을 올리더니 무당골 쪽으로 커브를 튼다. 산책을 할 때마다 자주 그 다리를 건너가고 싶은 충동을 받는다. 무당골의 기운은 늘 나를 유혹한다. 남아있는 생을 바라보듯 다리 건너를 바라본다.

영매(靈媒)들은 산 자와 죽은 자의 화해를 몸으로 주도한다. 화해의 축제를 위해 몸으로 죽은 자를 불러들인다. 죽은 자는 영매의 몸을 통해 산 자와 만난다.

어머니의 영혼을 만날 수 있다면, 이제야 당신을 온전히 이해하고 있다고 전하고 싶다. 당신의 삶을 오해했던 나는 단절과 금기 안에서 피폐하게 살아갈 수밖에 없었다고 고백하고 싶다. 어머니의 물기 젖은 목소리를 다시 들을 수만 있다면 죽어가는 몸 안에서도 영롱한 불꽃이 치솟을 것이다.

화채봉 산봉우리를 쳐다본다. 산은 오르가슴을 경험한 몸처럼 초록의 휘장을 감고 있다. 마을 길을 따라 계속 올라가면 진전사 폐사지가 있는 둔전리에 이른다. 둔전리 사람들은 송이를 채취해 큰돈을 만지기도 한다. 가끔 송이 채취 시기에 산책하다 보면 '송이 좀 땄어?' '송이가 다 뭐야, 방 안에서 좆만 쳐다보고 있어.' 하는 말이 내 귀를 자극하곤 했다.

숨을 헐떡인다. 봄 햇살 속으로 스틱을 꽉 잡고 걸어간다.

"등산객인 줄 알았네, 지팡이까지 짚고."

친숙한 사이처럼 예사롭게 반말을 하는 이 사내를 나는 모른다. 그 또한 나를 모를 것이다.

"저는 산책자예요."

정답게 인사를 한다. '나'를 모른다고 그를 탓하지 않는다. 이 마을에서 그와 나는 풀이나 나무 같은 존재이기 때문이다.

진전사 3층 석탑을 올라가는 계단을 따라 봉축 등이 죽 늘어서 있다. 줄로 연결된 연등은 바람을 따라 출렁인다. 부처님 오신 날이 멀지 않았다. 빨강, 파랑, 분홍, 노랑, 보라색의 연등이 사바세계에 불을 밝힌 듯 환하다. 스틱으로 줄을 툭 건드린다. 연등들이 출렁이기 시작한다. 겹벚꽃잎이 연등 위로 떨어진다. 휙, 꽃잎이 나를 축성하고 지나간다.

잔디밭 위에 드문드문 놓인 돌은 통일신라 때 지어진 진전사의 주춧돌이다. 폐사지의 검은 주춧돌 위에 앉을 때마다 그 아득한 시대의 신비를 느낀다. 사십 년을 넘게 매만진 도의선사의 고독이 숲속에서 알 수 없는 힘으로 뿜어져 나온다. 주춧돌 위에 앉아 석탑 건너편 숲속의 적막을 바라본다. 흙 속 깊이 뿌리박은 자작나무의 흰 밑동을 내려다본다. 흙의 떨림을 감지한다.

높은 구릉과 낮은 구릉들의 교접, 계곡물과 언덕들의 교접, 하늘과 땅의 교접, 바다와 뭍과의 교접을 생각한다. 자작나무를 휘감고 있는 물안개의 베일, 나뭇잎과 나뭇잎들의 친밀한 접촉, 정적 속에 가둔 숲의 떨림을 오래도록 느껴본다. 검고 큰 까마

귀가 고대로부터 날아온 철편처럼 숲속으로 사라진다. 숲은 봄의 시간에서 여름의 시간으로 옮겨 가며 몸을 부풀린다.

할미소가 있는 곳으로 내려온다. 복숭아나무 아래 선다. 꽃비를 흠뻑 맞는다. 너럭바위 위에 앉아 할미소 안으로 빨려 들어가는 물을 바라본다. 목걸이를 풀어 놓는다. 진주 알들이 햇빛에 빛난다. 검은 모자를 벗고 그 안에 목걸이를 놓는다. 아침마다 나에게 살아있음을 확인시켜 준 이 사물을 모자 속에 둔다. 신발을 가지런히 벗는다. 회색 데님 바지와 녹색 카디건을 벗는다. 바지에서는 부엽토 냄새가 난다. 카디건 앞섶에 어린 단풍나무 잎이 붙어 있다. 속옷을 벗는다. 햇빛 속에 알몸이 드러난다. 젖가슴을 쓸어내린다. 어린것에게 물려보지 못한 젖가슴은 엄나무 껍질처럼 거칠하다. 유두의 검붉은 꼭지를 만진다. 두 다리를 껴안는다.

할미소의 물은 내 모습을 비춰 줄 사이도 없이 소용돌이친다. 한 발을 바위 아래로 밀어 넣는다. 물이 차다. 한쪽 발을 마저 밀어 넣는다. 맑은 물은 내 몸의 구멍 속으로 서서히 차오르며 감각을 일깨운다. 나는 소용돌이 속으로 기꺼이 내 몸을 집어넣는다.

집 앞에 조등이 걸려있다.

내 육신은 지상을 떠날 것이다. 육신의 곰팡이들이 타 버리고 뼛가루만이 내가 사랑하던 나무 밑에 뿌려질 것이다. 오늘을 위해 이웃들에게 내 뼛가루를 후박나무 밑에 뿌려달라고 부탁했다. 처음부터 그들이 내 부탁을 흔쾌히 들어준 것은 아니었다. 내가 살던 집과 작은 텃밭을 마을에 기증하겠다고 했을 때, 그들은 나의 죽음에 한없이 친절했다.

이웃들이 쓸쓸히 죽은 영혼을 위해 내 집 앞 울타리를 들어선다. 설피 댁, 쇠풍골댁, 안골 댁, 뒷골 댁의 모습이 보인다. 내게 초대를 받고 달콤한 케이크를 기대하던 때의 호기심 어린 표정은 아니다. 슬픔을 담고 돌담 옆을 비켜 울안으로 들어선다.

노르스름한 불빛 아래 후박 향이 솟아오른다.

나는 조등 위에 올라앉는다.

팔랑,

조등이 경쾌하게 흔들린다.

보트 위의 소녀

첫물을 쏟아내는 댐을 보러 가기로 한 날이다. 아저씨는 댐에 가서 물 구경을 하고 '불금'을 즐기자고 했다. 일찍 학교를 빠져나왔다. 학교쯤 빠지는 것은 일도 아니다. 뭐, 불금을 즐길 만큼 아저씨와의 시간이 황홀한 것은 아니지만 돈이 생긴다면 아아, 나는 오르가슴에 도달한 척해야 한다. 입안에 껌으로 풍선을 팡팡 터뜨려 불며 학교를 빠져나온 나를 격려했다.

외국인 관광특구인 이곳의 클럽들은 밤이 되어서야 활기를 띤다. 닫힌 클럽 앞문에는 엉덩이를 위로 치켜든 여자의 그림이 걸려있다. 클럽과 양복점과 사진관을 지났다. 사진관에는 혼혈아를 가운데 두고 흑인 남자와 한국여자가 찍은 가족사진이 내걸려 있다. 행복했던 순간들이 박제되어 있지만 그들의 행복은 벌써 달아나 버렸을 것이다.

긴 파마머리에 몸집이 큰 여자가 미군의 팔을 끼고 걸어간다.

러시아 언니다. 이제, 이곳엔 필리핀이나 우크라이나, 러시아에서 옮겨 온 언니들이 많다. 스팽글이 반짝거리는 짧은 원피스를 입은 필리핀 언니들이 클럽 쪽으로 걸어가고 있다. 뿌리째 삶을 바꾸고 싶은 사람은 나만이 아닌가 보다.

스키니진에 탱크탑을 입은 여자가 길가에 나와 서성였다. 탱크탑 밑으로 드러난 여자의 배꼽에는 금빛 피어싱이 앙증맞게 매달려 반짝거렸다. 스키니진이 걸을 때마다 피어싱이 달랑거렸다. 스키니진이 내게 불쑥 껌을 내밀었다.

"너도 영업할래?"

나는 껌을 가로챘다. 스키니진을 노려보며 껍질을 벗겨 껌을 입에 넣었다.

"씨발 년."

툭 말을 내뱉은 스키니진이 가방을 잡아챌 듯, 내게로 몸을 기울였다. 가방 안에 든 돈 봉투 생각에 황급히 가방을 앞가슴에 안고 뛰었다. 스키니진이 멀어져갔다. '돈으로 할 수 있는 건 뭐든 해 줄게.' 아저씨의 목소리가 불개미처럼 달라붙었다. 몸이 스멀거렸다.

"끝내주지?"

수문이 열렸다. 엄청난 에너지를 간직한 물은 흰 거품을 일으키며 높은 시멘트 보를 타고 쏟아져 내렸다. 물소리는 순식간에 사람들의 목소리를 집어삼켰다. 그 순간 세상의 기운은 수문을 향해 집중되었다.

"첫물이 쏟아질 때는 누구나 환호하지."

댐의 물길을 바라보며 아저씨가 내 머리칼을 쓰다듬다가 혀로 목덜미를 핥듯이 내 목 뒤를 쓸어내렸다. 돈을 준다는 구실로 내 몸을 다 사 버린 듯이 구는 아저씨가 싫지만 돈을 벌기 위해서는 참아야 한다. 나는 몸을 틀었다. 비둘기가 발밑에서 구구거렸다. 비둘기의 모가지를 꽉 그러쥐고 싶었다. 오늘따라 까탈스럽게 흘러가는 내 마음을 나도 잘 모르겠다.

"아다라시는 역시 사람을 흥분시킨단 말이야."

쏟아지는 물에 시선을 박은 아저씨가 말했다. 나는 '아다라시'가 무슨 뜻인지 물었다.

"누구도 거쳐 가지 않은 처녀란 뜻이지. 너처럼."

엿 먹어. 나는 머릿속에서 아저씨를 걷어찼다. 난 널 위한 처녀림이 아니야, 난 살아있는 인간이야. 인간과 인간은 서로 거쳐 가는 존재야. 누가 누구를 밟고 가는 그런 존재가 아니야.

난 아저씨와 섹스를 하고 돈을 번다. 때론 곰살맞게 구는 아저씨가 있어 나 같은 쪽방촌 하층 소녀도 즐거울 수 있다. 아저씨가 주는 돈은 내겐 엄연한 노동의 대가이다. 때론 공정한 대가에 넘치게 돈을 줄 때도 있다. 물론 넘치게 서비스를 요구할 때도 있다. 내겐 준비된 몇 가지 서비스 메뉴가 있다. 빨기, 삼키기, 흔들기, 뒤대기, 그런 건 기본이다. 그런데도 아저씨가 내 서비스 메뉴에 없는 이상한 놀이를 요구할 때는 쳇, 이다.

아저씨를 처음 만나던 날이 생각난다. 호숫가의 벤치에 앉아 있는 내 옆으로 아저씨가 다가왔다. 아저씨는 외롭다고, 가끔 메일을 쓰거나 만날 수 있느냐고 물었다. 나는 친구에게도 메일은 쓰지 않는다고 답했다. 그리고 외로운 사람들끼리 만나면 외로움의 덩어리는 더 커져서 나중에는 두 사람을 집어삼킬거라고 말했다. 아저씨는 가방에서 종이와 볼펜을 꺼내 자신이 메일을 쓸 테니 메일 주소를 적어 달라고 했다. 나는 아저씨를 쳐다보며 싫다고 했다. 아저씨가 아무거나 써 달라고 했다. '아무거나요?' 내가 물었다. 아저씨가 고개를 끄덕였다. 나는 볼펜을 들어 흰 종이에 사선을 쭉 그었다. 됐죠, 하곤 종이를 아저씨에게 내밀었다.

차를 타고 음식점들이 있는 곳으로 이동했다. 차를 세운 아저씨가 글러브 박스를 잡아당겼다. 글러브 박스 안에 든 오만 원권 돈다발에 눈이 확 꽂혔다. 건축 일을 하는 아저씨는 현금을 많이 가지고 다닌다. 저걸 다 훔쳐 튀고 싶다. 아저씨가 돈다발에서 오만 원권 몇 장을 꺼내 슈트 안주머니에 넣고 차에서 내렸다.

담임에게 정기 상담을 받던 날의 일이다. 담임은 산다는 것은 빛나는 선물이라고 말했다. 개뿔, 그런 허접한 위로는 개한테나 던져주라고. 선물을 받아 본 것은 열다섯 여름이 처음이었다. 슈슈와가 선물해 준 민트색 브라팬티 세트. 이런 게 진정 선물이다.

선생들이 거의 퇴근한 교무실은 고요했다. 교무실엔 담임과 나만 남아 있었다. 내 옆을 지나가던 남선생이 이상하게 끈적한 눈길로 나를 훑어보았다. 남선생은 교무실 문을 열고 밖으로 나가며 내게만 들리는 낮은 목소리로 말했다.

"몸 좋네, 돈 되겠어."

담임이 아무 일도 일어나지 않았다는 듯이 물었다. 수업료와 수학 여행비를 언제 낼 수 있지? 나는 달려들어 담임을 물어뜯고 싶었다. 으으으으콱.

돈이 필요했다. 나는 아저씨에게 메일을 보냈다. 아저씨가 노트에 슬쩍 끼워놓고 간 명함 덕분에 연락이 되었다. 몸은 돈이 되었다.

가난한 인간들에게 믿을 것은 몸뿐이다. 175에 65킬로그램. 팔과 다리에 탄력이 붙는 내 몸을 매일 매일 확인하는 일은 정말 짜릿하다. 카누선수인 나에게 강한 체력은 필수다.

카누선수가 항상 끼고 살아야 하는 골반 반동운동은 카누를 앞으로 밀고 가는 추동력을 키우는 기술이다. 골반에 반동을 주어 노를 저으면 카누에 추진력이 붙어 빨리 앞으로 나아간다. 나는 나무 봉을 들고 복도에 서서 골반 반동운동을 한다. 백 번, 이백 번 나무 봉을 들고 골반을 앞으로 밀어낸다. 나는 깊은 밤에도 104호 아저씨가 매달아 놓은 샌드백을 오백 번 두드리고 아령을 백 번, 역기를 스무 번, 팔굽혀펴기를 오십 번, 하면서 땀을 쏟는다. 아저씨는 카누선수인 나를 자랑스럽게 생각하며 격려한다. 브라보. 파이팅. 아저씨의 목소리가 복도에 울릴 때면 내 몸에선 엔돌핀이 흘러나온다.

몸짱인 아저씨는 칠십 대의 나이에 지상파방송 드라마에서

엑스트라로 돈을 번다. 드물게 책을 읽는 아저씨는 나중에 자기도 드라마를 쓸 거라면서 허세를 떤다. 이런 아저씨는 베리 굿이다.

폐지를 줍는 107호 아줌마는 은근히 아저씨를 좋아해서 폐휴지 틈에서 주워 온 헌책으로 아저씨의 마음을 사려 한다. 아줌마는 나에게 계집애가 무슨 운동이냐 공부나 하라며 진상을 떨어댄다. 나는 남의 인생에 훈수를 두고 마침내는 경고까지 해대는 족속들이 베리베리 리얼리얼 싫다.

아저씨가 음식점들이 몰려있는 곳으로 앞장서 걸어가다 새로 생긴 고급 레스토랑으로 들어갔다. <티파니에서 아침을>. 삼각형의 돌출된 유리창 위에 레스토랑 이름이 반짝였다.

레스토랑 안에는 사람들이 별로 없었다. 아저씨와 나는 호수가 보이는 창가에 앉았다. 메뉴를 보던 아저씨는 안심 스테이크와 새우를 곁들인 야채 샐러드를 시켰다. 아저씨는 네이비 슈트에 핑크빛 남방을 받쳐 입었다. 키가 작고 왜소한 아저씨의 몸피가 부풀어 보였다. 기분이 좋을 때는 아저씨를 '리틀 프린스'라고 부른다.

"와인 괜찮아?"

"땡큐, 리틀 프린스."

나는 장난스럽게 까불었다.

알코올이 때론 삶을 아름답게 꾸며준다. 엄마는 감당할 수 없는 현실이 닥치면 알코올을 들이부었다. 도피의 나라에서 엄마는 울다가 웃다가 했다. 어린 시절, 술 취한 엄마가 너만 없었다면 내 인생은 달라졌을 거라고 울었을 때, 나는 노란 장화 속으로 사라지고 싶었다. 노란 장화 속에는 아직 펼쳐지지 않은 멋있는 세상이 숨어 있다고 믿었다.

쪽방촌이 곧 철거될 거라고 엄마가 술 취한 목소리로 말했다. '이제 너랑 나랑 떠돌이가 되겠구나.' 엄마는 아직도 징징대면서 소주병을 갈아치우고 있을 것이다. 싱글 맘으로 출발한 엄마는 식당 주방 보조, 룸살롱 주방 아줌마, 파산한 소주방 주인을 거쳐 나를 데리고 쪽방촌에 도착했다. 보증금 백만 원에 월 십사만 원짜리 방이 엄마와 나의 보금자리이다.

일 층에는 열두 개의 방이 나란히 번호를 달고 늘어서 있다. 부엌지붕은 비 가림막인 비닐 막이 전부이다. 연탄아궁이 옆에 가스레인지를 놓고 밥과 반찬을 해 먹는다. 물도 공동 수도에서 길러 와야 한다.

쪽방은 몸이 녹아내릴 듯이 뜨거운 여름과 장기까지 얼어붙을 것처럼 추운 겨울을 선사했다. 벽에서는 습기가 배어 나오고 민달팽이들이 벽 위를 기어 다녔다. 누르스름한 살덩이들이 행렬을 지어 벽을 타고 올라가다 툭 툭 바닥으로 떨어졌다.

아저씨는 레드와인 두 잔을 곁들여 달라고 종업원에게 주문했다. 나는 슈슈와를 생각했다. 이곳에 슈슈와를 데리고 오고 싶었다. 토끼 이빨을 드러내며 토스터에서 갓 튀어나온 빵처럼 내게 안긴 슈슈와는 슬픈 듯이 와인을 홀짝일 것이다. 지금쯤 슈슈와는 해리와 만나고 있을 것이다. 눈앞에 슈슈와가 있는 것처럼 모습이 선명했다. 어제 오후 생일 선물을 전하기 위해 슈슈와를 만났다.

야외카페 '헤븐 하우스'에서 슈슈와를 찾았다. 노란색 바탕에 파란색 잔잔한 꽃무늬 프린트 원피스를 입고 경쾌한 웨이브 머리에 킬힐을 신은 슈슈와는 레이디 가가처럼 섹시 했다. 잘 구워진 크로아상처럼 짙은 갈색 피부를 멋지게 장식할 줄 아는 슈슈와의 미감은 단연 으뜸이다. 슈슈와의 매력적인 몸매는 어디서나 눈길을 끌었다. 노라 존스의 〈컴 어웨이 위드 미〉가 흘러나왔다. 슈슈와에게 선물을 건넸다. 산호 귀걸이를 선물 받은 슈슈와가 토끼 이빨이 드러나도록 웃었다. 슈슈와가 귀걸이를 귀에 달았다. 슈슈와의 연한 브라우니 귓불 밑에서 빨간 산호가 달랑거렸다. 슈슈와가 홀터넥 퍼플 원피스에 아쿠아마린 목걸이를 한 나를 보고 '어쩜어쩜' 하면서 요란을 떨었다.

"주문을 도와 드리겠습니다."

검은 앞치마를 입은 남자가 메뉴판 두 개를 들고 왔다.

"오늘은 내가 쏠 테니 마시고 싶은 거로 맘껏 마셔."

"무슨 돈이야?"

"몰라도 돼."

"비밀이야?"

내가 고개를 끄덕였다. 아저씨 얘기를 비밀로 한 것은 잘한 일이었다. 슈슈와가 메뉴판에서 칵테일을 오른쪽 검지로 짚었다.

"피나 콜라다 두 잔이요."

남자가 메뉴판을 접어서 들고 갔다. 잠시 후, 남자가 칵테일 두 잔을 가져와 탁자에 놓았다. 파인애플 가니쉬가 장식된 칵테일글라스는 눈이 부셨다. 슈슈와가 피나 콜라다 글라스를 들고 내 글라스와 부딪쳤다.

"와우, 브라보, 축배를! 내 비밀과 생일을 위해"

슈슈와가 글라스를 높이 들었다. 슈슈와는 노란 액체를 쏙 빨아들이다 나를 똑바로 쳐다보며 말을 이었다.

"나, 임신했어. 그런데 곧 지워버릴 거야. 난 해리가 하라는 대로 할 거야."

나는 눈을 크게 떴다. 분노가 내 마음을 잡아챘다. 슈슈와는 문제없다는 듯, 피나 콜라다를 쏙 빨아들였다. 슈슈와는 미군인 해리가 외박을 나올 때마다 집을 나왔다. 오늘도 슈슈와는 해리를 만나기로 했다고 말했다.

"너만 아는 비밀이야."

슈슈와가 목소리를 낮추며 말했다.

"죽을 때도 가져갈게."

"네 비밀도 말해줄 거지?"

"내 비밀은 아직 완성되지 않았어."

내 말을 들은 슈슈와가 혀를 쏙 내밀고 웃었다. 하지만 슈슈와의 내면은 슬픔과 두려움으로 엉망이라는 것을 나는 안다. 늪에 빠져 허우적대는 슈슈와를 본 것처럼 아찔했다. 슈슈와가 시계를 들여다보았다.

"아직 시간이 남았네. 귀여운 애들 보러 갈까?"

나는 슈슈와의 눈빛에서 초조한 근심의 기미를 읽었다. 언제나 밝은 표정의 슈슈와였지만 오늘 슈슈와의 눈가에는 희미한 그늘이 내려와 있다. 슈슈와, 기다려. 난 널 구할 거야. 주먹에 힘을 주었다. 슈슈와는 간신히 이곳을 버티고 있었다. '난 이 헬조선을 떠날 거야, 지긋지긋해.' 슈슈와가 라면 발이 섞인 빨간 국물을 뒤집어쓰고 내게 달려와 울던 날이 생각났다. 슈슈와는 겉모습이 우리와 다르다는 이유로 괴롭힘을 당했다. 짓궂게 장난질을 하고 그 장난질을 구경만 하는 사람들 때문에 개구리처럼 폴짝거려야 했다.

포비아들에게 저주를!

슈슈와를 따라 일어섰다. 야외카페 한쪽에는 새들과 원숭이들이 우리에 갇혀 눈을 굴리고 있었다. 슈슈와가 원숭이에게 과자를 던졌다. '안녕하세요안녕하세요,' 앵무새가 목울대를 움직이며 소리를 냈다. 나는 손으로 나팔을 만들어 앵무새를 향해 '바니타스 바리타툼' 하고 외쳤다. 앵무새가 멈칫했다. 나는 앵무새가 내 말을 따라 해 주기를 기대했다. 하지만 앵무새는 '넌 누구니넌누구니' 하고 다른 소리를 냈다. '난나야난나야' 내가 목을 길게 빼며 소리를 질렀다. 슈슈와가 낄낄대며 발을 굴렀다. 나와 슈슈와는 멍청한 앵무새라고 비웃으며 공작새가 있는 곳으로 자리를 옮겼다. 공작새가 시큼한 냄새를 피우며 꽁지를 펼쳤다. 원숭이들은 이 나무 저 나무를 건너다니며 가끔 나무 위에 앉아 사타구니를 벅벅 긁어댔다. 나와 슈슈와는 벤치 위에 앉았다. 동물원의 시큼하고 텁텁한 냄새가 바람에 묻어 날렸다. 슈슈와는 다리를 모아 앞뒤로 까닥거렸다. 슈슈와의 원피스 자락이 바람에 날렸다.

"정말 내 비밀을 알고 싶어?"

나는 슈슈와의 얼굴을 들여다보며 진지하게 물었다.

"지금 꼭 알고 싶은 건 아니야. 해리를 만나는 일이 더 급하거든. 하지만 나한테 꼭 알려줘야 해. 난 너밖에 없어."

슈슈와가 내게 가벼운 키스를 했다. 슈슈와는 해리를 만날 시간이 다 되었다며 엉덩이를 들더니 서둘러 떠났다. 슈슈와가 떠난 자리엔 원숭이가 내뱉은 과일 껍질이 발밑에 으깨져 있었다. 해리고 아저씨고 아빠고 세상 남자들을 흠씬 두들겨 패 주고 싶었다.

"무슨 생각을 하지?"

눈을 들어 아저씨의 네이비 슈트에 꽂힌 흰 손수건을 쳐다보았다. 그 순간, 왜 원형극장에서 사자에게 물려 피 흘리는 노예들을 보며 흰 손수건을 휘날리는 숙녀들이 생각났는지 모르겠다. 피의 맛에 광분하는 고대 원형극장의 상상은 나를 약간 흥분시켰다.

아저씨의 와인글라스와 내 와인글라스가 부딪쳤다.

"첫물을 위하여."

나는 와인을 벌컥 마셨다. 아저씨가 웃었다.

"와인이 처음인가 봐, 뭐든지 처음엔 거리를 두지 못하는 법이야."

나는 또 와인 한 모금을 벌컥 목으로 넘겼다. 아저씨의 개소리를 깔아뭉갰다. 나이프로 스테이크를 썰자, 핏물이 배어 나왔다. 나이프를 든 손을 잠시 멈췄다.

"스테이크는 살짝 핏물이 배어 나와야 제맛이지."

흐라발도 모르는 이 인간을 찍어버리겠다는 듯이 포크로 고기 한 점을 찍어 입에 넣었다. 찝찔했다. 내 몸에서 한 달에 한 번 배출되는 피의 맛은 어떨까. 슬픈 짐승들의 피 맛은 모두 같을 거라 생각하며 고기를 씹어 삼켰다. 레스토랑을 나왔다.

"댐을 한 바퀴 돌아볼까? 더 자세히 보게 말이야."

아저씨가 댐을 더 자세히 보자는 것은 시간을 끌기 위한 핑계라는 걸 알고 있다. 차는 댐 옆을 미끄러져 갔다. 푸른 물 위로 물비늘이 반짝였다. 반짝인다고 다 아름다운 것은 아니다. 윤슬이 눈을 찔렀다. 눈을 감았다. 이슬, 윤슬, 눈물, 애액 - 물로 된 이것들은 아름답고 슬프다. 잠시 반짝이다가 소멸하는 것들,

아저씨가 사람들이 잘 보이지 않는 숲 근처에 차를 세웠다. 숲 안으로 들어섰다. 아저씨는 떡갈나무 아래에 멈췄다. 납작한 바위 위에 손수건을 깔고 내게 앉으라고 했다. 나무 사이로 보이는 태양은 물혹처럼 불룩했다. 엄마 자궁에서 커 가던 물혹을 기계를 통해 보았을 때처럼 슬펐다.

"난 많이 외로워. 많은 걸 이뤘는데도 가끔은 허전하고 쓸쓸해. 쓸쓸해서 힘들 때가 있어. 난 살아갈 힘을 얻기 위해 노력을 하지. 너를 안고 있으면 살아갈 힘을 얻어."

진짜 외로움을 아는 인간은 징징대지 않는다. 진정한 외로움

의 아우라는 성채가 되어 빛난다. 그 성채 속에 집을 지은 인간은 그 깊이 만큼 자유로운 단독자이다. 미래지향적이며 근원적 후퇴를 사랑하는 인간. 한탸.

쪽방 똥통에 앉아 한탸의 이야기에 몰입하고 싶다. 지하층에는 생생한 인간인 한탸가 살고 있다. 쪽방에는 생생한 소녀가 살고 있다. 미래를 위한 전진과 근원을 위한 후퇴를 사랑하는 소녀가.

아저씨가 퍼플 드레스 뒤로 손을 넣었다. 아저씨의 손이 꼬리뼈 근처에 닿았다. 손에는 끈적거리는 열기가 묻어있다. 아저씨의 입김이 귓속을 달궜다. 뜨거웠다. 아저씨가 다른 손으로 젖가슴을 움켜잡았다. 퍼플 드레스에 달린 레이스가 터질 것 같았다. 아저씨의 얼굴을 쳐다보았다. 구멍이 숭숭 뚫린 잘 발효된 에멘탈 치즈처럼 시큼한 냄새가 났다.

"넌 날 흥분시켜."

아저씨가 젖가슴을 움켜쥔 채로 내 입술 위에 자신의 두꺼운 입술을 포갰다. 고기 냄새가 입안을 더럽혔다. 으으, 바니타스 바리타툼.

학생은 조용히 공부나 하라는 분들이 있는데 그건 정말 노탱큐다. 열일곱에도 인생은 피어나고 시들어 간다. 조용히 공부나 하다가 피지도 못하고 시든다면 그보다 구리구리한 일은 없다. 가만히 있으라는 어른들의 경고를 착실히 들었던 수많은 언니 오빠들이 물속으로 사라진 뒤부터 나는 더는 어른들의 말을 믿지 않는다. 흥, 한탸만큼 세상을 통찰할 수 있는 어른이 또 있을까. 삼십 오 년 동안 멋진 책 한 권을 찾아내기 위해 폐휴지 더미 지하실에서 고독을 견디었던 빛나는 정신, 고독에 단련된 높고 쓸쓸한 어른을 만나고 싶다.

난 쪽방촌 똥통에 앉아 책을 읽고 일을 본다. 쪽방촌 똥통 화장실은 땅속에 드럼통을 묻어 나무 발판을 놓고 앞과 옆을 합판과 검은 비닐로 막아 놓았다. 여름이면 종아리에 기어오르는 누런 구더기는 서늘했다. 요즘 그런 화장실이 어디 있느냐고 할 사람들이 있을지 모르겠다. 고층아파트에 가려져 있어 보이지 않으나, 엄연히 존재한다. 보이지 않는다고 없는 것은 아니다. 진실은 사랑할 때만 보인다.

똥통에 앉아 체코 작가인 흐라발의 책을 읽는다. 아줌마의 폐휴지 더미에서 작가 이름에 끌려 슬쩍 해온 책이다. 똥 냄새 속에서 주인공 한탸의 지하 인생에 경의를 표하며 책을 읽는다. 내가 닮고 싶은 인생은 한탸 뿐이다. 누군가 급하게 똥통 문을 걷어차기 전까지는 똥통에서의 책 읽기는 내겐 몰입의 시간이다.

'바니타스 바니타툼, 헛되고 헛되도다.' 삼십 오 년을 지하에서 폐휴지를 모아 압축시켜온 한탸의 통찰은 쪽방촌 똥통에서도 빛난다. '지하에서는 생생한 인간이 살아있다.' '미래로의 전진, 근원으로의 후퇴' 나는 흐라발의 구절들을 씹고 또 씹는다. 지하 폐휴지 더미에서 살아가는 한탸는 책의 향기를 맡고 문장을 온전히 자기의 것으로 혈관 속에 녹여놓았다. 나를 강하게 하는 것은 운동과 한탸이다.

나는 한탸에게서 다시 태어났다.

둑 아래 보트장이 보였다. 사람들이 댐에 몰려있어서 보트장은 한산했다. 손님이 보이지 않는 보트장에는 보트들이 서로 부딪치며 물의 흐름에 따라 움직였다. 연인을 실은 보트 한 척이 보트장으로 들어왔다.

보트가 흔들렸다.

"아빠."

나는 아저씨의 팔에 매달렸다. 아저씨의 동공이 확 커졌다가 줄어들었다. 아저씨는 내게 이런 장소에선 아빠라고 부르라고 했다. 내겐 아빠가 없다. 이 세상에 제 자식을 모르는 척하는 비열한 인간들은 순댓집 앞에서 웃고 있는 돼지코 같은 것들이다. 내 아빠는 엄마와 사랑을 나누고 엄마가 임신하자, 나와 엄마에게서 달아났다. 아빠 없이 자란 나는 아빠라는 존재가 성가시다.

보트장 주인은 오랜만에 손님이 온 듯, 눈을 비비며 의자에서 일어났다.

"따님과 보트 타러 오셨군요, 다정하고 좋습니다. 요즘 애들은 우리 때하고 달라서 성숙해 보여요, 어려도."

보트장 주인이 말했다.

'뭘 모르는 소리, 이 아저씨는 딸 같은 여자를 사서 주무르는 게 취미예요.'라고 말하고 싶었다.

"보트 하나 주세요."

아저씨가 말했다.

"댐에서 내려왔어요?"

"네."

"오늘은 댐 구경 때문에 손님이 없어요. 댐 때문에 호수가 다 썩고 말 거예요, 벌써 저 끝에는 녹조가 시작되고 있어요. 이젠 보트 장사도 끝났어요."

보트장 주인의 목소리는 우울했다. 나는 힘이 빠진 보트장 주인을 쳐다보았다. 아저씨는 한 시간 이용료를 냈다.

아저씨가 차 키를 보트장 주인에게 내밀었다,

"물에 젖을까 봐요, 잠시 맡아주세요."

"아빠, 차 키는 제가 워터 푸르프 포켓에 보관할게요."

"그게 좋겠네요, 아빠는 노를 저으시고 따님은 앉아 계시면 되니까."

보트장 주인이 거들었다. 아저씨가 내게 차 키를 내밀었다. 나는 글러브 박스 안의 돈다발을 생각하고 있었다. 입안에 침이 말랐다. 허벅지 안쪽이 저렸다. 나는 워터 푸르프 포켓을 목에 걸었다. 애당초 글러 먹은 일일지도 모르지만 아저씨의 돈을 훔치겠다는 희망 한 조각이 풍선처럼 떠 있는 순간은 나쁘지 않았다. 돈만 있다면 슈슈와와 함께 멀리 떠날 수 있을 것이다. 돈, 나는 돈이 필요했다.

"보트는 중심을 잘 잡아야 해요. 중심을 잃으면 보트가 뒤집혀 져요. 지난번에 젊은 커플이 보트에서 장난을 치다가 뒤집혔어요."

가방을 받아들던 보트장 주인이 말했다.

보트장 주인은 눈을 가늘게 뜨고 멀리 다리 밑을 지나 물 한 가운데를 가리켰다.

"저긴 아주 깊어요. 조심해야 해요."

나는 보트장 주인이 가리키는 지점을 바라보았다. 검푸른 물이 소용돌이치는 지점이었다. 똥통 화장실에서 읽었던 <아메리카의 비극>이 생각났다. 그 헌책은 오래되어 누렇게 떴고 드문드문 페이지가 잘려나가 있었다. 그래도 얘기는 흥미진진했다. 여공인 애인을 호수에 빠뜨려 죽인 사람은 그녀의 애인이었는데 다른 여성과 결혼하기 위해 그는 임신한 애인을 호수에 빠트려 죽일 끔찍한 음모를 꾸몄다.

보트에는 두 개의 고무로 만들어진 노가 매달려 있었다. 아저씨가 노를 보트의 고무링에 끼워 바깥쪽으로 젓자 보트가 움직였다. 아저씨의 옆에 앉은 나는 다리를 쭉 뻗었다. 보트장 주인이 가운데에 자리를 잡으라고 소리쳤다. 보트가 물 위로 미끄러져 갔다.

"여기서 보니 세상이 다 새롭게 보인다."

새로울 것도 없는 세상을 새롭다고 하다니. 이런 인간들이 좋아하는 것은 아다라시, 첫물, 새것, 어린 여자애. 인생이 지루하다 보니 별 해괴한 생각만 들이박혀있다.

흐라발이 생각났다. 멋진 문장을 사탕처럼 빨아 음미하는 한타. 문장은 천천히 스며들어 한타의 뇌와 심장을 적실뿐 아니라, 혈관 깊숙이 비집고 들어간다. 한탸는 철학자이며 사색가이다. 폐휴지 더미에 있던 괴테, 실러 횔덜린. 칸트, 니체, 세네카, 사르트르, 카뮈의 사상이 그의 혈관 안에서 숙성된다.

무심한 하늘 위로 커다란 독수리 연이 떠 있다. 일론카, 스스로 폐휴지 압축기 속에 들어가 폐휴지처럼 압축되어 죽어가는 한탸에게 계시처럼 떠오른 이름. 나는 한탸가 사랑하는 집시 여자의 이름을 떠올렸다. 그리고, 슈슈와. 슈슈와를 떠올리는 순간, 돈다발을 훔쳐 떠날 수 있다면, 나는 간절해졌다.

보트는 잔잔한 호수 위를 미끄러져 갔다. 짙은 녹색의 소용돌이가 보이는 지점을 바라보았다. 그곳은 보트장 주인이 가리키던 곳이었다.

"더 깊은 데로 가요, 우리."

내가 아저씨를 졸랐다.

"그럴까?"

아저씨가 힘차게 노를 저었다.

"기분 좋지?"

"무서워요."

내가 몸을 떠는 시늉을 했다.

"내가 있는데, 괜찮아."

"아저씨가 무서운걸요."

아저씨가 얼굴을 찡그렸다.

"왜? 내가 널 죽일까 봐."

"그래요. 아저씨가 날 이 호수에 빠뜨릴지 누가 알아요?"

"난 널 좋아하는걸. 넌 아주 몽상적인 데가 있어. 그래서 더 달콤해. 난 늘 이런 낭만적인 장소에서 한 번 하는 꿈을 꿔."

"아저씨는 내 몸만 좋고 난 아저씨의 돈만 좋아요."

"공정한 거래니까 문제없지."

아저씨가 천천히 노를 저었다. 바람이 호수 위에 물방울을 날렸다. 찬 기운이 돌았다. 이슬, 윤슬, 눈물, 애액, 물로 된 이런 것들은 아름답고 슬프다. 바리타니, 바리타움. 헛되고 헛되도다.

아저씨가 내 종아리를 더듬으며 말했다.

"돈을 세 배로 줄 테니 내가 하라는 대로 해."

아저씨가 보트를 세울 듯하면서 손을 내 허벅지 안으로 집어넣었다.

"그만둬요."

나는 소리쳤다.

"원래 아찔할 때가 더 맛있을 때지."

"아무 때나 내 몸을 주무를 생각 말아요, 씨발."

"뭐, 이 년이 어디서 욕지거리야, 분에 넘치게 돈 줬더니 이젠 눈에 뵈는 게 없어. 어쨌든 내가 하고 싶은 대로 할 거야, 널 샀으니까."

아저씨가 내 팬티를 끌어 내렸다.

"이 씨발 놈아. 니가 어른이야?"

나는 아저씨의 배를 걷어찼다. 아저씨가 뒤로 자빠졌다. 몸을 일으킨 아저씨가 다시 내게로 달려들었다.

나는 일어서서 노를 들고 죽을 힘을 다해 물살을 갈랐다. 물이 빠르게 흐르며 보트를 흔들었다. 보트가 휘청했다. 나는 두 손으로 노를 잡고 골반에 반동을 주었다. 갑자기 소용돌이가 일었다. 소용돌이에 보트가 빙글 돌았다. 보트는 센 물살을 견디지 못하고 한쪽으로 기울어졌다.

"멈춰."

아저씨가 소리를 질렀다. 나는 한쪽 방향으로 노를 더 세차게 저었다.

"이 년이 죽을래. 너 같은 건 없어져도 눈 하나 깜짝 안 해."

아저씨가 노를 들고 일어섰다. 흥분한 아저씨가 노를 들어 나를 치려고 했다. 나는 아저씨의 노를 힘껏 후려쳤다. 아저씨가 노를 놓쳤다. 노가 보트 밑으로 미끄러져 들어갔다. 아저씨가 노를 잡으려 허리를 굽히자, 보트가 기우뚱했다. 태양 빛이 유리 조각처럼 내리꽂혔다. 물이 치솟았다. 원피스 위로 물이 흘러내렸다. 나는 한 쪽 방향으로 힘을 주어 노를 저었다. 무게 중심이 한쪽으로 쏠렸다. 아저씨가 두 손을 벌려 보트를 붙잡고 멈춰! 멈추지 못해! 하고 악을 썼다. 기분이 좋다. 기분이 좋을 때면 나는 아저씨를 리틀 프린스라고 부른다.

리틀 프린스의 네이비 슈트 위로 흘러내린 물이 금목걸이와 핑크빛 남방을 적셨다. 네이비 슈트가 검게 죽어갔다. 물살이 빠르게 보트를 휘감았다. 물살에 갇힌 보트가 한쪽으로 휘청, 돌았다. 물이 보트 안으로 튀어 올랐다. 리틀 프린스가 겁먹은 목소리로 소리쳤다. '살려줘.'

보트는 물살을 벗어나지 못하고 빙빙 돌았다. 보트가 기울었다. 나는 어깨에 힘을 주었다. 노를 뒤쪽으로 힘껏 밀었다. 물이 탄력을 받고 솟구쳤다. 보트 안으로 물이 쏟아졌다. 균형을 잃은 보트가 휘익, 솟아올랐다. 노 끝을 리틀 프린스의 가슴에 댔다. 있는 힘을 다해 물속으로 밀어냈다. 리틀 프린스가 물속에서 허우적댔다. 보트가 심하게 흔들렸다. 나는 위험하다. 계시처럼 이름 하나가 솟아올랐다. 슈슈와.

오주의 모자

오주는 아파트 공터에서 사내의 트럭을 발견했다. 일용직 노동자였던 사내의 트럭 안에는 빈 포대 자루와 삽이 뒤엉켜 있었다. 손으로 트럭 바닥을 쓸었다. 벌건 녹이 묻어났다. 사내는 밀린 월세를 받으러 온 주인을 죽이고 자신도 목숨을 끊었다. 오주는 귀갓길에 스쳐 갔던 얼굴들을 떠올려 보았으나 트럭을 몰던 사내에 관해서는 아무것도 아는 것이 없었다.

이동도서관 버스가 공터로 들어섰다. 싫다는 아이를 데리고 나와 책을 빌리던, 극성스러운 엄마들은 이사를 가 버린 후였지만 버스는 매주 목요일, 아파트를 찾아왔다. 이동도서관 직원이 대출 관련 방송을 했다.

버스 안으로 들어선 오주는 서가에 꽂힌 책을 훑어보았다. 버스 안의 노르스름한 불빛이 빽빽이 꽂혀 있는 책들을 비췄다. 책들은 빛의 수렁 속에 가라앉아 있었다. 오주는 〈모비딕〉을 뽑아 중간 부분을 펼쳐 훑었다.

- 그 책은 너무 두꺼워서 오래 걸리겠는데요.

순한 인상의 도서관 직원이 걱정하듯이 말했다.

- 다음 달부터 이 아파트엔 못 오게 될 텐데, 그때는 직접 도서관에 책을 반납하셔야 합니다.

오주는 펼쳤던 책을 제자리에 꽂고 노란 버스에서 내려섰다.

시간이 지날수록 아파트 계단을 오르내리는 발자국 소리가 줄어들었다. 살인사건의 소문이 계단을 저벅거리며 돌아다니기 전만 해도 통로는 아기 우는 소리와 어린아이에게 고함치는 남자들의 목소리로 시끄러웠다. 철거계획과 흉흉한 소문이 사람들의 이사를 부추겼다. 어린애들을 데리고 있거나 혼자 사는 여자들이 먼저 떠났다. 오주도 집을 비우라는 통보를 받았다. 집주인에게는 재테크의 기회였고 오주에게는 낭떠러지로 내몰리는 일이었다.

대형 트럭과 포클레인 옆을 지나 아파트로 들어서던 오주는 회색 모자를 쓰고 있는 여자를 보았다. 모자에는 은빛 나비가 불안하게 매달려 달랑거리고 있었다. 여자는 아파트 위쪽을 바라보며 서성거렸다. 오주가 무심히 아파트 입구로 들어서자, 사람의 낌새를 느낀 여자가 몸을 돌려 공터 쪽으로 걸어갔다. 흘깃 보았으나 낯빛이 파리해 보이는 여자는 분명 이 아파트에 사는 사람은 아니었다.

엘리베이터가 없는 오 층짜리 아파트는 삼십 년이 넘어가는 낡은 건물이었다. 계단이 비좁고 앞집과의 공간이 궁색했다. 아파트 복도 벽에는 중화요리, 수도 배수관 공사, 부동산 광고 스티커가 낡은 삶의 문장처럼 붙어 있었다. 통로를 따라 텔레비전 소리가 웅웅거렸다. 아파트 안쪽에서는 하루종일 텔레비전 소리가 벽을 울리며 들려왔다.

- 테레비 소리 좀 줄일 수 없어요?

- 내가 원양 어선 타면서 하도 많이 얻어맞아 귀가 안 들려.

403호 아저씨와 402호 여자의 실랑이하는 소리가 들렸다. 403호 아저씨가 바다에서 돌아오는 날이면 통로는 늘 시끄러웠고 오주의 기분도 무겁게 가라앉았다. 열린 문틈으로 오주가 시선을 들이밀었을 때, 트레이닝복 차림의 아저씨가 텔레비전 소리에 묻혀 검은색 소파에 누워있었다. 403호는 텔레비전 소리로 부풀어 오르는 중이었다.

오주는 식탁 의자에 앉아 하늘을 올려다보았다. 하늘에는 짐승의 등뼈 같은 구름이 떠 있었다. 구름의 등뼈는 추워 보였다. 오주는 자신의 등뼈를 생각했다. 아무도 안아주는 사람 없는 시린 등뼈.

손을 뻗어 싱크대 서랍을 열었다. 통장을 꺼냈다. 이백오십사만 칠천사백원이 마지막으로 찍혀있었다. 수입 없이 오 년을 버티는 동안 남아 있던 돈은 절로 줄어들었다. 오주는 방 안을 눈으로 훑었다. 한눈에도 낡은 아파트라는 것을 알 수 있었다. 오래된 수도관에서는 녹물이 흘러나오고 베란다 창틀은 헐거워져 바람이 부는 날이면 집 전체가 앓는 소리를 냈다. 하지만 오주에게는 더없이 따뜻한 공간이었다.

몇 년 전만 해도 오주는 아침이면 베이컨과 버터구이, 감자와 삶은 달걀, 커피로 식사를 했다. 회사에서 돌아온 저녁이면 밥을 하는 수고를 즐거워하며 혼자만의 식탁을 차리고 베란다엔 허브를 가득 키웠었다. 오주는 직장을 잃고부터 이 모든 일상을 밀어내 버렸다.

오주가 다니던 회사는 자동차 부품을 보급하던 하도급업체였다. 소규모 회사였지만 직원들의 월급을 연체한 적은 없었다. 하지만 회사는 부도 위기까지 갔고 구조조정에 들어갔다. 구조조정이 시작되자, 더없이 친절하던 남자직원들은 오주를 잉여인간 바라보듯 했다. 총무팀장은 오주가 이 년제 전문대를 나왔다는 것을 빌미로 퇴직을 강요했다. 오주는 자신의 존재가 웅덩이의 어둠, 그 자체라고 느꼈다. 회사를 그만두면서 세상과 묶여있던 끈을 서둘러 수거한 이후 더 이상 세상을 향해 로프를 던지지 않았다.

갑자기 차임벨이 울렸다. 오주는 놀랐고, 놀라는 자신의 존재를 스스로 확인하는 이상한 감각에 사로잡혔다. 오주가 자리에서 일어섰을 때, 차임벨 소리가 멈췄다. 오주는 그 자리에서 멈추었다가 다시 의자 위에 앉았다.

회사를 그만둔 뒤부터 찾아오는 사람이 없었다. 그나마 있었던 인연들마저 서서히 멀어졌다. 가끔 연락하던 동료들도 곧 연락을 끊었다. 오주는 자신의 아파트 문 앞에서 스스로 차임벨을 누르곤 했다. 그럴 때마다 자신이 아닌 누군가가 그 공간 속에 앉아있을 것만 같은 기대감과 불안감을 동시에 느꼈다.

차임벨이 다시 울렸다. 오주는 소파에서 일어나 머리를 한 번 쓰다듬고 거울 속의 자신을 바라보았다. 검고 긴 니트 카디건이 스키니진 위로 헐렁하게 내려와 있었다. 오주는 아파트 문을 삼분의 일쯤 열었다. 아파트 앞에서 서성이던 여자였다.

- 누구시죠?

오주가 경계하는 목소리로 물었다.

- 아, 집을 좀 보고 싶어서요.

- 곧 헐릴 집인데요.

여자가 문틈으로 잃어버린 것을 찾겠다는 듯이 집요하게 안을 살폈다. 오주가 몸을 앞으로 내밀어 틈을 막았다. 여자는 오주의 차가운 기색에 눈빛을 거두었다.

- 저한테 무슨 볼일이 있으신가요?

오주의 목소리가 뾰족하게 솟아올랐다. 여자는 오주의 눈길을 피했다. 그리고는 바삐 계단을 내려가기 시작했다.

- 무슨 일인지 말씀을 하고 가셔야죠?

오주의 목소리가 계단을 내려가는 여자의 등을 향해 날아가 달라붙었다. 놀란 여자가 다시 계단을 올라왔다. 오주는 문 앞에서 여자를 기다렸다. 은빛 나비는 오주 앞에서 정지했다. 여자를 바라보는 오주의 얼굴이 순간적으로 굳어졌다. 여자가 망설이다가 입을 열었다.

- 오랫동안 살았던 집이라 헐리기 전에 보고 싶어서요. 안으로 들어가서 둘러봐도 될까요?

여자의 말투에는 간절함이 배어 있었다. 오주에게 타인이란 성가신 존재에 불과했다. 오주는 현관 손잡이를 비틀었다. 문을 닫으려는 순간, 여자의 발이 문 안에 들어와 있었다.

- 꼭 한번 보고 싶어요.

오주의 얼굴에는 여자를 밀어내고 싶다는 표정이 노골적으로 나타나 있었다. 세상과 연결될 필요도 없고 그런 기회를 만들 이유도 없었다. 여자의 모자에 달린 은빛 나비가 앞으로 쏠렸다. 여자가 모자를 고쳐 썼다.

- 제가 곧 이사 갈 테니 그때 와 보시죠.

오주가 어두운 표정을 지으며 손잡이에 힘을 주었다.

- 마지막 손님이라고 생각하시면 안 될까요?

전 손님 같은 건 안 키워요, 라는 말이 튀어나올 뻔했다. 가까이서 본 여자는 오십 대 후반쯤으로 보였다. 여자는 물러설 기색이 아니었다. 오주는 빚쟁이를 들이는 심정으로 문을 열었다. 여자가 안도하는 표정으로 머리를 가볍게 숙이면서 안으로 들어섰다. 오주가 패브릭 소파를 가리켰다.

- 앉으세요.

아파트 내부를 둘러보던 여자가 소파에 앉았다. 불빛을 받은 여자의 얼굴에는 사려 깊은 병자의 기색이 있었다. 오주는 가스 불에 물을 끓여 카모마일 차를 만들어 식탁 위에 놓았다. 여자는 카모마일 차로 바짝 마른 입술을 천천히 적셨다. 식탁에서 누군가와 얼굴을 마주하고 앉아있는 것이 오주에게는 퇴화된 고대양식처럼 느껴졌다.

- 여전히 이 공간은 다정하네요. 이 집을 좋아하시나 봐요? 저도 이 집을 좋아했어요. 허물어진다는 소식을 듣고 놀랐어요. 어려서부터 한 공간에서 오래 살아 본 적이 없어요. 늘 이삿짐을 들고 육 개월에 한 번꼴로 월세방을 전전하는 부모가 지겨웠었죠. 어렸을 때부터 살았던 방을 성냥갑 세우듯 하면 신기록 고층아파트 미니워쳐가 될 거예요. 서른두 살에 이 아파트에 들어와 살았죠. 처음으로 사는 기쁨을 느꼈어요.

여자는 오랜 친구에게 자신을 드러내듯 거리낌이 없었다. 카모마일 차로 자주 입을 적신 여자는 말을 멈추지 않고 내달렸다.

- 남해 요양병원에 있는데 이젠 더 먼 곳으로 떠나게 될 것 같아요. 언젠가 이 집에 와서 다시 살게 되기를 애타게 바랐는데, 죽음이 가까워졌어요. 살아갈 날이 한 달이 될지 석 달이 될지 알 수 없지만, 허겁지겁 짐을 꾸려 이사 가던 어린 날처럼 죽음을 맞기는 싫어요.

여자가 모자를 벗었다. 나비가 툭 그녀의 무릎 위로 떨어졌다. 머리칼이 하나도 없는 머리가 드러났다. 나비가 떨어지면서 오주의 내부에도 정지했던 감정들이 움직이기 시작했다. 여자가 떨어진 나비 핀을 모자에 다시 달았다.

- 처음이자 마지막으로 살았던 집다운 집이에요. 떠나기 전에 꼭 한 번 와 보고 싶었어요.

여자는 자리에서 일어나 카모마일 잔을 식탁 위에 놓더니 모두 눈에 담아가겠다는 표정으로 베란다 창문에 기대어 밖을 바라보았다.

- 이십 년 전엔 여기에 나와 맥주를 마시며 맥주의 흰 거품을 파도의 거품인양 손등에 문지르곤 했지요. 흙 상자에 상추, 깻잎, 고추를 심어 베란다에 놓고 키웠어요. 어찌나 잘 자라주었던지. 아침이면 싱싱한 잎사귀를 입속으로 밀어 넣곤 했어요. 연탄재를 잘게 부서뜨려서 흙과 섞어 상자 속에 담으면 멋진 텃밭이 되었었는데…….

여자의 목소리는 들떠 있었다. 핏기가 사라진 볼이 살짝 붉어졌다. 여자가 작은 방으로 걸음을 옮겼다. 그리고는 오주를 돌아보며 말했다.

- 저도 여기에 오디오를 놓았었죠. 집에 있는 시간이면 밤이 늦도록 음악을 들었어요. 여기서 들었던 음악들이 가끔 생각나요. 온전히 제 인생으로 꽉 차 있던 시기였어요. 그런데 이 공간이 허물어진다니 막막해요. 귀신이 되어서도 오고 싶은 곳이었는데, 이젠 귀신이 되어도 올 수가 없네요.

여자의 눈에 반짝 물기가 어렸다. 여자가 묻어 둔 자신의 기억을 캐내듯이 아파트 실내 곳곳에 눈길을 주며 벽을 쓰다듬었다. 오주가 살기 시작하면서 한 번도 타인의 눈길을 받아보지 못한 벽과 가구들이 눈을 반짝였다.

여자는 추억을 불러내고 있었다. 오주는 끊임없이 자신의 말을 쏟아내는 여자가 이상했지만 그렇게 이상할 것도 없다고 자신에게 말했다. 오주는 아파트 단지에서 노파가 봉쇄된 쓰레기 투입구 안에 살해되어 처박혔다는 얘기는 하지 않았다. 오주가 머뭇거리는 순간, 여자는 자리에서 일어섰다.

- 불쑥 집을 보여 달라고 해서 죄송해요. 고맙고요.

여자는 가볍게 머리를 숙여 인사를 하고 아파트를 빠져나갔다.

오주는 아파트 문을 열고 나가 걸어가는 여자의 뒷모습을 바라보았다. 여자의 발걸음이 주차장 근처에서 멈췄다. 여자가 얼굴을 들어 오 층을 쳐다보고 희미하게 웃었다. 햇빛이 여자의 웃음을 삼켰다. 여자가 다시 걸어가기 시작했다.

폐휴지를 주워 온 노인이 리어카를 끌고 아파트 공터로 들어오고 있었다. 리어카가 기우뚱했다. 리어카 위에 쌓여있는 접힌 박스들이 노인의 머리보다 더 높았다. 노인이 리어카의 손잡이에 매달려 있는 것처럼 위태로웠다. 리어카가 심하게 요동치며 앞으로 쏠렸다. 종이박스가 떼거리로 노인을 덮쳐 매장시킬 것만 같았다. 오주는 눈을 감았다.

낡은 스피커가 지지직거렸다. 삼 일 후까지 집을 비우라는 관리실 남자의 목소리가 흘러나왔다. 오주는 머그잔 안에 남은 카모마일 차를 목으로 넘겼다. 밍밍했다. 방 안을 둘러보았다. 방 안은 깨끗하게 정돈되어 있다. 언제든 떠날 준비가 되어 있는 여행자의 집처럼. 오디오 옆에 서 있는 아기 식탁 의자가 눈에 들어왔다. 아기의 배를 묶는 벨트가 의자 밑으로 늘어져 있다. 아기 식탁 의자는 재활용장에서 주워 온 오주의 독특한 장식품이었다. 아기용 의자는 매혹적이었다. 오주는 아기가 까르르 웃는 환청과 턱에 흘린 시큼한 젖 냄새, 침 냄새, 복숭아를 갈아 만든 달콤한 이유식 냄새의 환취를 즐겼었다. 그 순간만큼은 세상 안에 받아들여진 것 같은 안도감을 느낄 수 있었다.

아기 식탁 의자 위에 꽃병이 놓여있다. 꽃병 속에는 붓꽃이 꽂혀있다. 보랏빛 붓꽃은 삶의 열정을 가졌던 한때, 그녀의 취향을 잘 말해 주고 있다. 꽃대궁은 건드리면 부서져 내릴 듯 바짝 말라 있고 꽃병 안은 검푸른 이끼가 테를 두르고 있다. 꽃병 속의 말라버린 꽃을 볼 때마다 오주는 자신의 죽음에 대한 상상 속으로 빠져들었다. 오주는 의도적으로 자주 굶었다. 음식물을 계속 줄여나가면 위는 쪼그라들 것이고 결국엔 음식이 들어갈 주머니가 없어져 먹지 못하게 될 것이다. 몸속에 남아 있는 지방과 단백질이 서서히 빠져나가 동백꽃의 모가지가 꺾이듯 툭 하고 부러질 것이다. 오주는 그렇게 언젠가는 삶을 끝내버리겠다고 벼르고 있었다. 삶은 오주에게 너무 지루했고 다가올 죽음의 시기는 가늠할 수도 없을 만큼 멀게 느껴졌다. 오주는 통장 잔액이 줄어드는 것과 같이 자신이 쪼그라들어 말라버리기를 바랐다. 물론 고층아파트 옥상에서 떨어져 죽거나 수조 속으로 머리를 들이박을 수도 있겠지만 그런 방법들이 마음에 들지 않았다. 시들어 죽는 것. 그것이 죽음에 대한 오주의 고유한 상상이었다.

일 년 전 엄마가 죽었을 때, 오주는 엄마의 뼈가 녹는 장면을 가족 대기실에서 지켜보았다. 미처 녹지 못한 뼈들은 절구에 넣어져 빻아졌다. 오주는 깔끔한 기계식 화장장에서 엄마의 몸이 가루가 되는 치밀한 공정을 담담하게 바라보았다.

엄마의 자궁에는 아빠가 외국 여자에게서 옮겨 온 인유두종 바이러스가 뿌리를 내리고 자라나 생명을 빨아 먹었다. 오주는 자업자득이라고 생각했다.

오주의 엄마는 모든 좋은 것은 아빠가 바다에서 돌아온 뒤에야 할 수 있다고 말하곤 했다. 아빠가 그 험한 곳에 있는데 어떻게 우리끼리 맛난 것을 먹고 좋은 옷을 입니? 어린 오주가 스팽글이 반짝이는 드레스를 입고 싶다고 징징댔던 날, 엄마는 오주의 머리칼을 감아쥐고는 방바닥에 내팽개쳤다. 오주의 코에서는 코피가 흘렀고 머리에는 혹이 달렸다.

아빠가 바다에 나가 있는 동안 엄마에게서는 나쁜 광기가 흘러나왔다. 엄마는 늘 화가 나 있고 울분에 차 있다가 아빠가 바다에서 돌아오는 날부터 다시 상냥해지곤 했다. 오주의 부모는 모든 시간을 섹스를 하면서 보냈다. 그들은 자주 앓는 소리를 냈고 시뻘건 살코기들을 요리해 먹으면서 영양보충을 했다. 오주는 그들이 징그러웠다. 부모는 어린 오주를 방 안에 가두었다. 오주는 좁은 방에서 어둠을 먹었다 토해내며 중얼거리는 놀이에 집중했다.

외항선원인 아빠는 아직 남태평양에 있었고 오주는 오동나무 유골함에 엄마의 뼛가루를 봉인한 채 아빠가 오기를 기다려야 했다. 남태평양에서 돌아온 아빠가 물었다.

-난 늘 바다에 나가 있어서 못 와 볼 텐데, 네가 자주 와 볼 수 있냐? 유골안치소는 15년이나 계약을 해야 하고 또 연기를 해야만 하는데.

오주는 낮지만 또렷하게 대답했다.

-아니요, 이젠 엄마를 보러 오지 않아요, 이제야말로 편안해졌는걸요.

아빠는 그날로 유골함을 들고 갔다. 아빠는 엄마의 뼛가루를 남태평양 바닷가에 뿌리겠다고 했다. 그후 오주에게는 '가족'이 사라졌다.

오주는 여자가 떠난 방바닥에 등을 대고 누웠다. 두 다리를 공중으로 들어 올렸다. 발끝으로 허공을 찌르는 포즈를 만들었다가 이내 바닥에 내려놓았다. 여자가 잠시 앉았던 소파가 눈에 들어왔다. 말끝이 살짝 올라가던 여자의 음성이 귀에 들렸다. 오주는 잠시 벗어났던 고독이라는 그물에 걸려들었다. 끝없는 막막함을 깨기 위해 오주는 중얼거리면서 자위를 했다. 오주는 섹스는 더러운 짓이라고 여겼으나 그녀 내부의 은밀한 욕망은 자주 자위를 충동질했다.

식탁 위에 있는 머그컵을 앞으로 끌어당겼어. 당신의 입술이 여러 번 닿았던 그머그컵이야. 머그컵은 보랏빛 바탕에 고양이 그림이 있고 손잡이는 붉은 고양이 발 모양을 부조처럼 새겨 넣은 거야. 검은빛 에나멜을 칠한 손톱이 머그컵의 손잡이에 닿을 때면 이상하게 흥분이 몰려와. 당신 온몸에 꿀을 바르고 핥아

먹고 싶어, 라고 당신은 말했지? 당신은 내 질 속을 연모하며 봉긋, 바지 앞섶을 들어 올리곤 했어. 내 질은 식인식물처럼 탐욕스럽게 벌어지곤 했지. 내 몸에 한 갤럽의 꿀을 부어 놓은 것처럼 당신은 내 어깨를 달콤하게 핥아주곤 했지.

끝내야 해. 언젠가는 언젠가는 말이야.

오주의 말들이 비눗방울이 되어 방 안을 날아다녔다. 비눗방울은 무지갯빛으로 방 안을 돌아다니다가 오주의 몸에 부딪혀 흔적도 없이 사라졌다. 오주는 다시 중얼거렸다. 중얼거림은 견딜 수 없고 미칠 것만 같은 하루를 벗어나는 마약이었다.

더 이상 버틸 수 없을 때는 매듭을 지어야 하는 날이 올 거야.

비눗방울은 수천 개로 증식하며 오주의 몸을 감쌌다. 비눗방울이 오주의 몸을 공기 중으로 들어 올렸다. 보랏빛, 빨강, 파란빛의 비눗방울이 오주의 몸을 독특하게 감쌌다. 비눗방울이 오주, 오주, 오주 하며 오주를 들어 올려 빙글빙글 공기 속을 돌아다녔다.

거실 벽 스피커에서 관리소에 이사 날짜를 통보해 달라는 남자의 목소리가 흘러나왔다. 남자의 목소리는 남아 있는 사람들을 밀어내겠다는 듯이 위압적이었다. 오주는 아파트 관리소에 가기 위해 집을 나섰다. 공터에는 짐을 내다 버리는 사람들, 포클레인에 앉아 담배를 피우는 운전기사들, 쇠파이프를 나르는 공사장 인부들의 모습이 눈에 띄었다. 트럭 옆을 지나치면서 오주의 걸음걸이가 빨라졌다. 여자의 모자가 눈에 들어온 탓이었다.

공사장 인부들이 즐겨 먹는 현장식당 앞을 지났다. 오주의 아파트를 중심으로 양옆과 아래쪽에 세워지는 15층 아파트 신축 공사로 인해 식당에는 점심식사를 하는 공사장 인부들이 넘쳐났다. 철거되는 아파트 자리에는 민간업체의 시공 아파트가 들어설 예정이고 옆쪽으로는 주공 아파트가 들어설 예정이었다. 아파트 입구에 걸린 플래카드가 눈에 들어왔다. 〈축, 재개발 확정〉〈화목한 이웃, 거리감 없는 단지 조성〉.

천막을 친 현장식당 입구에는 음식을 삶고 끓이는 냄새와 뜨거운 김이 오주의 앞을 가렸다. 식당 안에 앉아있는 사람들이 저세상 너머의 사람들 같았다. 현장식당 앞을 지나는 오주의 시선에 사내의 기사가 실린 신문이 눈에 띄었다. 철제책상 위에 신문을 펼쳐 들었다. 사내의 사진과 기사가 실려 있었다. 노파를 죽인 사내는 오랫동안 가족과 연락을 끊고 지냈고, 일 년 전부터는 일거리가 없어 생계가 곤란했다는 기사가 실려 있었다.

- 골로 가길 잘했지, 살아봐야 감방 신세 아니야?

- 월세가 얼마나 된다고 그것도 못 내고 있다가 사람을 죽여?

근육질의 남자들이 김이 뿌옇게 솟아나는 뚝배기 앞에서 떠들고 있었다. 카운터 앞 의자에 앉은 남자가 삽질하듯이 밥을 떠서 입안에 넣은 다음 커다란 깍두기를 우적우적 씹었다.

오주는 신문을 접었다. 잠시 눈길이 머물렀던 사내의 신문기사에 애도의식을 치르듯 오른손을 얹고 눈을 감았다. 굵고 매듭진 손이 밧줄을 나무 위에 던져 올가미를 만드는 모습을 본 듯했다. 오주는 벼랑 끝에 서 있는 자신과 다를 게 없는 사내에게 연민의 정을 느꼈다. 더 이상 삶을 버티지 못할 때, 사람들은 자신을 죽이거나 다른 사람을 해치는 것으로 막을 내린다.

- 무얼 드릴까?

주인여자가 '처음처럼'이라고 쓰인 앞치마에 손을 닦으며 물었다.

- 순두부로 한 상 올릴까?

주인 여자가 입안 가득 웃음을 터뜨리며 말했다. 순두부 냄새가 속을 톡 쏘았다. 오주는 가볍게 아니요, 하면서 천막을 빠져나왔다.

사내의 소문을 듣던 날, 오주는 뒷베란다의 쓰레기통 뚜껑에 붙어 있는 화물용 테이프를 떼어내고 뚜껑을 벌컥 잡아당겼다. 쓰레기 투입구 뚜껑은 시뻘겋게 녹슬어 있었다. 투입구 안에는 끝없는 어둠이 긴 통로를 따라 출렁거렸다. 오주는 투입구 속으로 머리를 밀어 넣었다. 매캐한 냄새가 어둠을 따라 올라왔다. 어둠 속으로 노파의 몸을 밀어 넣던 사내의 투박한 손과 불운한 노파가 떠올랐다.

오주는 투입구가 연탄재를 버리기 위해 있는 것이 아니라 사람의 몸을 밀어 넣기 위해 만들어진 것 같다고 생각했다. 오주는 머리를 처박은 채, 이 구멍에 던져 넣어도 되겠는데, 하고 혼잣말을 했다. 오주의 말이 퉁, 퉁 매캐한 어둠 속으로 떨어졌다.

오주가 관리소에서 돌아올 때도 여자는 여전히 공터에 앉아 있었다. 오주는 서둘러 집으로 들어와 식탁 의자에 앉았다. 짐승의 등뼈 같던 구름은 시간이 지나면서 살이 붙은 곰처럼 뚱뚱해졌다. 삼월이지만 아직 봄은 아니었다. 바람이 차가웠다. 의자에서 일어나 앞 베란다 창가에 섰다. 하늘을 쳐다보던 오주는 공터의 포클레인 옆에서 시선을 멈췄다.

공터의 돌 위에 앉아있는 여자는 포클레인의 덩치에 압도된 듯이 몸을 숙이고 있었다. 여자가 쓰레기장에 버린 인형처럼 줄어든다고 느꼈다. 오주는 자신의 신경 줄을 건드리는 여자 생각을 떼어 버리기라도 하듯 커튼을 닫았다.

오주는 컵에 물을 따라 마셨고 싱크대 서랍을 열었다 닫았다. 낡은 오디오를 누군가에게 주었더라면 어땠을까, 하는 부질없는 생각을 했고 쌓아놓은 책 제목을 소리 내어 읽었다. 오주는 방바닥에 누워 중얼거렸다. 하지 않겠습니다. 하지 않겠습니다. 기필코 싸워 이기겠다. 기필코 싸워 이기겠다.

붉은 물이 거대한 나무들을 쓰러뜨렸고 소, 돼지, 양, 닭들이 큰물에 마구 휩쓸렸다. 집과 차들이 서서히 가라앉고 도로가 뭉툭 끊어져 물속으로 가라앉았다. 오주는 가라앉는 집 속에 갇혀 있었다. 누군가 오주에게 집에서 나오라고 소리 질렀다. 소리를 지른 사람은 여자였다. 오주는 소스라쳐 놀라 일어나 현실이 아니라는 것에 안도했다. 어처구니없는 꿈이었다.

오주는 일어나 커튼을 열었다. 여자가 아직 거기 앉아있었다. 그 뒤로 사내의 트럭이 보였다. 커튼을 닫았다. 커튼으로 세상을 떼어놓으려 했지만, 사내의 얼굴과 여자의 얼굴이 연속적으로 오주를 곤혹스럽게 했다. 자신과 사내와, 여자가 한 사람이 되어 머릿속으로 얼굴을 들이밀었을 때, 오주는 결심을 해야 했다.

오주는 패브릭 소파에 놓여있던 패딩조끼를 입고 계단을 내려갔다. 복도의 어둠이 오주의 발소리에 놀라 물러났다. 초봄의 저녁 바람이 포클레인 아래 앉아있는 여자의 옷자락을 스쳐가고 있었다. 여자는 오주를 보자 놀란 표정을 지었다.

- 여기서 아파트가 허물어질 때까지 기다려야 할 것 같은 기분이 들어서요. 발걸음을 떼기가 어렵네요.

오주는 여자의 모자를 가만히 바라보았다. 모자는 계절에 맞지 않게 얇은 회색 면으로 만든 것이었다. 추워 보였다. 파리했던 여자의 낯빛은 노리끼리한 빛깔을 띠고 있었다.

- 오늘 밤을 보내실 곳은 있으세요?

- 무작정 찾아와서요. 모텔이라도 얻을 수 있겠죠.

오주가 어렵게 말을 꺼냈다.

- 원하시면 오늘 밤을 제 아파트에서 보내세요. 곧 떠나야 하는 아파트라 어수선해요.

- 고마워요.

여자가 손을 내밀었다. 그러나 오주는 패딩 조끼 주머니에 넣은 손을 꺼내지 않았다. 여자가 모자를 고쳐 쓰고는 닳아서 반들거리는 브라운 숄더백을 어깨에 메고 뒤를 따라왔다.

여자는 첫 방문 때보다는 익숙한 태도로 소파에 앉았다. 오주는 이 공간을 친숙하게 받아들이는 여자의 태도에 자신의 경계심이 무너지는 것을 느꼈다. 오후의 햇빛이 베란다를 비췄다.

- 저는 감자 두 알을 삶아서 먹는데…… 원하시면 식사를 시켜드리거나, 현장식당에서 드실 수도 있어요.

- 아, 저도 감자가 좋아요. 많이 먹지 못해요. 겨우 음식을 넘기죠. 그래도 지금은 무언가 먹을 수 있을 것 같은 기분이 드네요.

오주는 햇빛을 받아 몽고반점처럼 파란빛이 도는 감자 네 알을 씻어 냄비에 물을 붓고 가스 불 위에 얹었다. 감자는 불맛을 즐기며 서둘러 자신의 몸을 익혀갔다.

오주는 식탁 접시 위에 익은 감자 네 개를 올려놓았다. 햇빛을 받은 부분은 푸른색이 살짝 돌았다. 오주는 과도로 그 부분을 도려내었다. 익은 감자 두 알을 여자의 접시에 놓아주었다. 여자가 감자의 껍질을 벗겼다.

- 먼저 드세요.

여자가 말했다.

- 같이 들어요.

오주는 여자의 감자가 알몸을 드러낼 때까지 기다렸다.

- 삶은 감자 한 알이 참 맛있어요. 땅속의 사과라서 더 좋고요. 햇빛 때문에 파랗게 변했지만 독 사과는 아니에요.

순간, 오주는 자신의 흥분한 말투가 삶은 감자 때문이 아니라는 것을 깨닫고 있었다. 여자는 오주의 말을 침착하게 들으며 미소로 답했다. 두 여자의 입에서 나온 뜨거운 김이 공중에서 서로 엇갈리다가 합해지면서 증발했다.

오주는 옅게 우려낸 카모마일 차를 여자에게 주고 자신은 커피를 마셨다. 커피의 신맛은 다가올 봄처럼 독했다. 여자는 카모마일 한 방울을 손에 떨어뜨려 물기 젖은 손가락으로 식탁에다 동그라미를 그렸다. 동그라미는 나타났다 사라졌다. 여자가 식탁에 동그라미를 그리면서 나지막한 소리로 입을 열었다.

- 여동생이 있었어요, 동생 혼자 치매인 아버지를 모시고 살았죠. 내가 병들었으니 자신이 아버지를 맡았던 거죠, 근래에 아버지를 모시고 살기가 힘들다고 호소했고 그럴 때마다 나는 '그럼 아버지는 어떡해' 하고 타박하듯 말했었죠. 그 아이의 말을 들어 볼 생각을 하지 않았어요. 그런데 그 아이는 얼마 전에 화장실에서 목을 맸어요. 아버지는 요양원으로 옮겼는데 아마도 내가 먼저 죽겠죠.

오주는 움찔 놀라 여자를 바라보았다. 오주가 입을 열었다.

- 벼랑으로 밀려 본 사람만이 동생을 이해할 수 있을 거예요. 저 역시 여기서 이제 갈 곳이 없어요. 사는 일에 점점 지쳐가요. 오히려 죽을 수 있는 사람이 부러워요.

오주의 말은 끝마다 추가 달린 듯 둔탁했다. 여자가 깊이 이해하고 있다는 표정을 지으며 오주의 얼굴을 들여다보았다. 여자의 눈빛이 순간적으로 오주를 포옹했다.

- 천지에 널린 게 죽음이에요. 정말 죽고 싶다면 죽어도 좋지만 제 부고를 들을 때까진 기다려 줄 수 있겠죠?

여자의 말 한마디, 한 마디는 오주의 피부에 통증으로 와 닿았다. 오주는 명치끝에서 치밀어 오는 통증을 피하기 위해 굴렌 굴드를 시디 플레이어에 걸고 플레이 버튼을 눌렀다. 피아노 음이 두 여자 사이를 이어주는 다리가 되어 주었다. 변주곡은 두 여자에게 또 다른 하나의 세상이었다.

아침 햇빛이 낯선 방문객이 있는 거실을 따뜻하게 비추고 있었다. 오주는 떠날 채비를 하는 여자를 물끄러미 바라보았다. 여자는 거울 앞에서 나비가 매달린 여름 모자를 벗었다 다시 쓰며 모양을 매만졌다. 머리칼이 한 올도 없는 두피는 퍼석한 비스킷처럼 말라 있었다. 오주는 가까이 있는 죽음의 징후가 오히려 자신의 살아있음을 부각시킨다는 아이러니가 더 마음 아팠다. 여자의 머리칼을 쳐다보던 오주는 방에서 붉은색 모직 모자를 들고 나왔다.

- 아직 날씨가 차가운데 이 모자를 쓰세요, 도톰하고 따뜻해요. 생일선물로 받은 모자예요. 스물여섯 살 생일에 선물로 받을 때는 화환처럼 근사했었는데 이젠 색이 바래가네요.

오주는 자신의 붉은색 모직 모자를 여자에게 내밀었다.

- 모자가 없이는 나다닐 생각을 못해요. 남해는 아직 따뜻한데 여기는 춥네요.

여자는 모자를 받아 머리를 감추고는 거울 속을 들여다보았다. 핏기없는 얼굴 위로 붉은빛이 어렸다.

- 환해 보이네요. 오래되었지만 따뜻해요.

- 고마워요. 이 모자는 여기 놓아두고 갈게요. 나비는 처음이자 마지막으로 남자에게서 받은 선물이에요. 아마 서른 살 초반일 거예요. 남자를 잊지 못하는 건 아니구요, 내 인생에 선물이 있었다는 것을 잊지 못해요.

여자는 모자를 식탁 위에 올려놓았다. 은빛 나비가 경쾌하게 달랑거렸다. 여자의 선물이 오주의 선물이 되었다.

- 요양원은 여기서 먼가요? 여행이라고는 해 본 적이 없어서 남해라고 해도 가늠이 안 되네요.

- 꽤 먼 걸요, 거기라면 제 뼈를 태우고 해풍에 날려 보내도 괜찮겠다 싶어요. 갈매기 뱃속을 채우거나 고래의 뱃속을 채우거나, 그러지도 못하면 먼지로 날아가거나 제멋대로 하라죠.

여자는 죽음을 즐기기로 작정한 사람처럼 유쾌했다. 작별인사를 하려고 아파트 문 앞에서 돌아선 여자는 브라운 숄더백의 끈을 만지작거리더니 오주를 바라보며 말했다.

- 부탁이 있어요. 한 번 안아 봐도 될까요? 사람을 안아본 지가 언제인지 몰라요.

여자가 오주의 등으로 팔을 돌려 안았다.

- 저도 그러네요. 그런 몸짓을 잊어버렸어요.

오주는 여자의 등을 부드럽고 가볍게 안았다.

- 이번엔 제가 한 번 더 안아 봐도 되겠죠.

여자는 소중한 이의 몸이 부서질지도 모른다는 듯이 두 팔로 조심스럽게 오주의 몸을 감싸 안았다.

오주는 앞 베란다에서 자신의 붉은 모자가 소실점으로 보일 때까지 여자의 뒷모습을 바라보았다. 오주는 만남의 어긋남을 생각했다. 여자에게 다가와 있는 확실한 죽음이 자신의 것은 아니며 허물어지는 아파트에서 떠나야 하는 것이 온전한 자신의 몫이라고 생각했다.

책을 정리하던 오주는 꾸려 놓은 짐 위에 걸터앉았다. 단정한 방은 표정 없이 오주를 바라보았다. 오주는 책상 위의 모자를 바라보았다. 여자가 두고 간 여름이 방안으로 내려앉았다. 여자에게 다시는 여름이 없을 것이다. 오주는 무릎에 떨어진 햇빛을 보며 남해바다를 떠올렸다. 오주는 모자를 들어 머리에 썼다. 얇은 회색 면 모자는 머리를 폭 감쌌다. 모자는 오주의 얼굴에 희미한 그늘을 만들었다. 후둑, 눈물이 무릎 위 햇빛 속으로 떨어졌다.

포클레인 여러 대가 시멘트 바닥을 긁는 소리가 들렸다. 오주는 창문을 열고 공터를 내려다보았다. 운전기사가 이리저리 포클레인을 몰고 다니며 아파트 주위의 골재를 정리하고 있었다. 곧 철거가 시작될 모양이었다. 십 톤 트럭들이 공터로 들어와 한구석에 정렬하기 시작했다. 건축물 쓰레기를 처리할 트럭이었다. 스피커에서 남자의 둔하면서도 엄숙한 목소리가 끼이끽거리는 소음에 섞여 나왔다.

삼 일 후에는 단수 단전 조치를 취할 예정이니 아직 남아 있는 입주민께서는 서둘러 집을 비워 주시기를 부탁드립니다.

오주는 한때 환상과 환취를 가져다주던 아기 식탁 의자를 쳐다보았다. 신발장에서 망치를 꺼냈다. 의자 안의 꽃병을 꺼내 개수대 안에 놓았다. 망치를 들어 의자를 내리쳤다. 아기의 등을 받쳤던 지지대는 금방 허물어졌다. 네 조각으로 부서진 의자를 들고 뒷베란다로 나갔다. 쓰레기 투입구를 열고 부서진 아기 식탁 의자를 던져 넣었다. 나무 조각들은 텅, 하고 어둠 속으로 떨어져 내렸다.

오주는 꽃병 안에서 마른 꽃대궁을 가져다 쓰레기 투입구에 던져 넣고 뚜껑을 닫았다. 쇠뚜껑이 닫히는 바람에 얼굴에 마른 꽃잎 부스러기가 달라붙었다. 개수대 수도꼭지를 틀었다. 물이 찔끔거렸다. 수세미로 꽃병 안을 정성스레 닦았다. 꽃병 안의 검푸른 띠가 지워지기 시작했다.

열어놓은 주방 창문으로 햇빛이 들어왔다. 눈이 부셨다. 바람이 팔랑, 은빛 나비를 건드렸다. '살아야 해.' 오주는 여자의 목소리를 들었다. 쉭, 잠시 물이 끊겼다가 흘러나왔다. 물에서는 쇳내가 났다. 손등 위로 검은 피 같은 녹물이 작은 거품을 일으켰다. 오주는 녹물에 손을 씻었다.

세븐틴

열일곱 생일이 되던 날, 나는 주체적으로 보호를 끝냈다. 보호 종료. 나를 가두었던 틀에서 과감히 벗어나기로 했다. 전날 밤 꿈은 지저분했고 운명은 암울한 징조를 폭풍처럼 몰고 왔다.

까르페디엠. 라틴어 명구는 보육원 강당에서 지저분하고 너덜거리는 플래카드가 되었다, 아이들의 악쓰는 합창에 나는 얼굴을 찌푸렸다. 넌 표정이 아침부터 왜 죽상이야. 카르페디엠, 큰소리로 외쳐봐. 내 입은 꽉 다물려있다. 널 악어처럼 씹어 줄 테다. 나는 그를 쏘아보았다. 악의가 담긴 주먹이 내 머리통을 후려쳤다. 개새끼. 뭐 개새끼? 계집애가 입이 더러워. 씨발. 뭐? 이마로 주먹이 날아왔다. 이마에서 피 한 방울이 실내화에 떨어졌다. 떨어진 피가 흰 운동화에 번졌다. 온몸의 피가 분노를 향해 달렸다. 피 묻은 이마를 숙이고 아침밥을 먹어야 할 때 위장은 경직되고 항문은 슬펐다. 즐거이 먹지도, 통쾌하게 배출할 수도 없었다.

성씨를 모르는 아이들은 모두 원장의 성을 받아 백씨가 되었다. 생일을 모르는 아이들은 보육원에 들어온 날이 생일이 되었다. 백씨가 스무 명이 넘고 생일이 비슷한 아이들이 세트로 있는 곳. 돌봐주는 사람들은 무조건 엄마가 되는 이상한 나라. 공장에서 찍어내는 듯한 판박이 인생에 질렸다.

부르르 떠는 것은 살아있다는 징표다. 부르르 떨었기 때문에 나는 캐리어 하나에도 차지 않는 짐을 챙겨 보육원을 나왔다. 일 년만 참으면 정착금이 나와. 참아, 참아. 나를 학대했던 선생들이 훈수를 두었다. 참았기 때문에 여기에 이르렀다. 물속에 머리를 처박았던 다섯 살 이래로 오로지 살아남기 위해서 견뎠다. 김장용 대야에 물을 담아 머리를 처박은 다음 벌거벗은 몸을 흔들며 노래를 부르라던 언니, 오빠, 선생들. 미션을 수행하지 못하면 주먹이 날아왔다. 사디즘적인 인간들에게 나는 박해받았다.

부산역에서 서울역으로 가는 무궁화호를 탔다. 기차를 타고 오는 동안 불쑥 솟아난 불안과 두려움 때문에 울었고, 맞은 편에 앉은 남자가 내게 손수건을 건네주었다. 아무것도 묻지 않았다. 젖은 손수건을 접어 건네주자, 남자는 넣어두라고 했다. 맞은편 남자의 손수건을 고이 접어 주머니 안에 간직했다. 무궁화호가 서울역에 도착했을 때, 맞은편 남자는 내게 눈인사를 건넸다.

서울에 도착해 홍대 앞 원룸을 얻었다. 보증금 없이 삼십 만 원. 아침엔 컵라면도 제공된다. 익명의 청춘들이 득실거리는 곳에 둥지를 틀고 나니, 호두과자만한 희망이 생겼다. 세 평의 원룸은 첫 출발로는 좋은 안식처였다. 혼자 잔다는 기쁨. 어떤 억압도 없는 공간이 주는 자유로움은 학업 포기, 보육원 출소가 주는 두려움을 능가했다.

구역질 나는 강당의 합창이 사라진 지금, 라틴어 명구는 내게 힘을 주었다. 카르페디엠.

살풋, 창문에서 착지한 고양이가 발밑에 와 낮게 엎드린다. 도끼다. 도스토예프스키. 이상하게 꼬인 인간들을 그린 작가. 내가 가장 사랑하는 작가인 그를 도끼라 부른다. 도끼는 진짜 도끼만큼 광적이다. 미친 듯이 먹고 미친 듯이 잔다. 무방비 인생에 상상의 무기라도 있으면 좋겠다는 심정으로 고양이를 도끼라고 이름 지었다.

도끼는 식빵 굽는 자세로 앉아 나를 쳐다보다가 슬그머니 다가와 무릎에 제 몸을 부벼댄다. 야옹. 습식사료를 접시에 담아 도끼의 턱밑에 들이민다. 치킨이 주재료인 습식은 도끼가 좋아하는 식사다. 도끼는 접시로 다가와 짧은 시간, 탐욕스럽게 핥아먹는다.

습식을 단번에 해치운 도끼가 얼굴 앞에서 엉덩이를 치켜든다. 도끼의 엉덩이를 톡톡 두드린다. 엉덩이의 근육은 두드릴수록 탄탄해진다. 엉덩이를 두드리다 귀찮아지면 손에 힘을 주어 아래로 내리누른다.

잿빛 털가죽과 앙상한 뼈와 두 개의 호동그란 눈동자로 이루어진 도끼가 내 앞에 발라당 누워 앞다리를 가슴 앞에 가지런히 하고는 나를 본다. 도끼는 거리에서 중성화를 당했고 그 표시로 귀를 잘렸다. 아무리 편의 때문이라도 몸 일부를 잘라내는 행위를 너그럽게 받아들이는 세계는 저질이다.

일자리를 구하러 갔다가 망한 기분으로 집으로 돌아오는 골목길에서 내 앞에 발라당 눕는 고양이를 발견했다. 반가웠다. 얼룩진 가슴 털을 쓰다듬자 순하게 내게 안겼다. 길고양이가 사람을 꺼려하지 않다니, 길가에서 럭키세븐을 주운 기분이었다. 두 팔로 껴안고 집으로 왔다. 냉큼 창문턱에 올라앉는 고양이에게 넌 도끼야, 도끼하고 불렀다. 고양이는 도끼든 쟁기든 상관없다는 듯 간식을 먹고 그루밍을 했다.

공포와 두려움으로부터 완전히 해방된 자세를 취한 도끼는 사랑 그 자체다. 쪼그라든 인간의 영혼이 자유로운 동물의 영혼을 본다. 나는 호박색의 눈동자 안에 잠시 머문다. 도끼가 꾹꾹이를 한다. 기분이 좋을 때만 나오는 습관. 뭉쳐놓은 이불을 꾹꾹 밟고 있는 도끼는 지금 평화롭다.

베이비 박스 안에 던져졌던 말랑하고 작은 아기. 열일곱이 된 그 아기는 자신을 박스 안에 던진 그들을 만났다. 입양확인서에는 그들의 연락처가 버젓이 적혀 있었다. 버젓이, 뻔뻔하게도. 네가 연락을 하고 싶으면 해도 좋아. 입양기관의 직원은 말했다. 한번은 만나야겠다고 생각했다. 돈이 필요했고 막 보육원을 나온 터라 쉬고 싶었다. 그렇게 될 거라고 믿었던 나는 한심한 인간이다. 연락을 했고 그들은 각각 시간을 내주었다. 널 키워줄 수는 없구나, 내 형편이. 찾지 않았으면 더 좋았을걸.- 그 여자. 일 년만 기다리면 돈이 나오는데 왜 벌써 나왔어. -그 남자. 각각은 형편과 돈을 들어 나를 다시 보지 않겠다고 선언했다. 씨발것들. 가짜들, 더러운 것들, 아웃 센티멘탈이다. 씨발의 세계다.

분명 비위생적인 장소였으리라. 그곳에서 그들은 섹스를했고 그 여자가 피임을 안했기 때문에, 그 남자가 콘돔을 쓰지 않았기 때문에 임신을했고 없애버릴 시간이 지났기 때문에 낳았고 낳는 즉시 즉흥적 죄의식이 담긴 편지 한 장과 함께 베이비 박스 안에 던졌다.

광화문 〈랜드 프러덕트 컴퍼니〉에서 면접을 보았다. 부모님은 뭘 하시지? 부재…… 돌아가셨구나. 네. 그럼 어디서 자랐니? 보육원인데요. 정적. 나가 있으라고 한다. 그들은 회의를 한다. 보육원에서 자란 애들은 피해의식이 깊고 낮은 자존감 때문에 대인관계가 어설퍼. 우리 회사는 클라이언트와 프랜들리하게 지낼 수 있는 인재가 필요해. 문틈으로 들려온 소리에 나는 떠날 준비를 한다. 프랜들리 하지 않은 세븐틴은 필요치 않다. 부동산 사고파는데 무슨 똥폼들인가. 떨어진 떡고물이나 주워 먹는 주제들에.

인사동 편의점에 들러 면접을 보았다. 점주가 물었다. 영어 좀 합니까? 아니요. 여긴 외국인들이 많아서 영어 좀 해야돼요. 죄송하지만 안 되겠네요. 이런, 꽉 막힌 똥구멍 같은 세상.

나는 매달리고 싶다. 날 사주세요. 싸게 팔아요. 생리대도 사야 하고요. 햇반도 사야 하고, 전기세도, 가스비도 내야 해요. 도끼에게 습식도 주어야 한다니까요. 급매. 미치도록 쌉니다. 제발 일을 주세요. 괜찮은 상품이에요.

광화문 길 건너편 대형 광고판에 쓰인 시가 눈에 들어왔다.

눈부신 그대의 아침, 파라다이스로 가는 넓은 길이어라.
사이프러스 나무 그늘 아래 그대의 영혼 편히 쉬리니.

웩, 토할 것 같다. 허세 가득한 시구 아래에서, 이유 없이 물에 빠져 죽은 아이들의 부모들이 사태를 밝히라는 서명을 받고 있다. 난 서명을 하고 노란 팔찌를 사서 가방에 넣었다.

젊은 파마머리 여자가 내게 태극기를 쥐어준다. 얼결에 받아 든다. 파마머리가 눈짓으로 대열 안으로 들어서라고 한다. 무슨 국장을 치르고 있나 싶을 정도로 장엄하다. 엄청난 사람들이 태극기를 흔들며 행진하고 있다. 비감한 음악이 흘러나오고 사람들은 태극기를 흔들며 울고 있다. '나라가 망해가고 있습니다. 이게 국가입니까.' 한 남자가 단상에서 핏대를 올리고 있다. 나는 사람들을 따라 운다. 나라를 위해 운다. 슬픔은 전염성이 강하다. '애국시민 여러분, 여러분, 나라를 위해 일어나세요.' 내 슬픔은 나라를 위한 슬픔이 된다. 태극기를 흔들며 소리를 질러댄다. 뿌듯하다. 늦은 저녁 행사가 끝났다. 사람들은 카페나 음식점에 몰려가 술을 마시고 떠들어댄다.

-기특하구나, 어린 학생이. 나라 사랑하는 마음이. 밥은 먹었니?

난 고개를 젓는다. 남자는 빨간 바지를 입고 위에는 흰색 폴로 티를 입었다.

- 밥 먹으러 가자. 어른들이 챙겨야 하는데.

나는 말 없이 따라간다. 빨간 바지는 곱게 늙은 남자다. 골프로 다져진 듯한 몸매, 고요하고 깊은 울림의 말씨, 몸에서 나는 향수 냄새. 나는 잽싸게 따라붙는다.

- 좋아하는 음식이 뭐지?

- 다 잘 먹어요.

빨간 바지와 나는 인사동 한정식집으로 들어간다. 사람들이 꽉 차 있다. 빨간 바지는 불고기를 곁들인 한정식을 주문한다. 한 상 가득, 불고기에 샐러드에 간장 게장에 잡채에, 인삼과 대추가 올라앉은 돌솥밥이 함께 나왔다. 입안 가득 집어넣는다. 생일상이다.

-아가씨가 식사 잘하네.

후식으로 나온 식혜까지 먹고 나서 밖으로 나왔다. 좁은 골목을 지나갈 때, 빨간 바지가 내 엉덩이를 꽉 움켜쥔다.

- 좀 쉬었다 갈까?

- 생리 중이라고요.

난 소리를 높인다. 빨간 바지가 웃는다. 박쥐 같은 새끼. 습하고 어두운 눈매가 재빨리 사태를 수습한다.

- 다음 집회 때 또 보자구.

빨간 바지는 조계사 쪽으로 빠져나간다.

메시지가 있다. 카론이다. 내일 2시, 시간 있어? 일이 있어, 연락해줘. 일감이다. 나는 넵, 하고 답을 한다. 카론. 이승에서 저승으로 가는 비통의 강을 건네주는 뱃사공이다. 나는 핸드폰에 영미씨를 카론이라고 저장했다. 영미씨는 장례지도사다.

-페이도 괜찮고 까다롭게 참견하는 사람도 없어.

이혼하고 자식을 먹여 살리기 위해 이 직업을 택했다는 영미씨는 이 일을 능숙하게 해낸다.

동식 선배의 시신을 보러 갔다가 영미씨를 알게 되었다. 바쁜 영미씨를 돕다가 영미씨와 말을 트게 되었고 내 사정을 듣고 난 영미씨는 내게 일거리를 주었다.

일은 병원 지하에서 진행되었다. 시신의 얼굴에 화장을 한다. 나는 눈썹을 그리고 입술에 빨간 립스틱를 칠했다. 미색의 얼굴이 어색하게 살아있는 듯 보였다. 손을 잡고 고맙다고 말을 걸어 줄 것 같은 시신을 보다가 순간, 섬뜩해졌다.

동식 선배의 장례식장에는 스무 명 정도의 보육원 선배들이 왔다. 동식 선배는 보호종료가 끝난 지 오 년이나 되었다. 그의 원룸엔 150장의 입사 원서가 파일로 저장되어 있었다. 그의 통장엔 아직 버틸만한 예금도 있었지만 그는 끝냈다. 생명 종료.

동식 선배의 시신은 나의 터미널 포인트를 미리 보는 것처럼 쓸쓸했다. 스무 명의 보육원 출신들은 얼마간의 돈을 모아서 동식 선배의 유골을 안치했다. 1단에서 3단으로 유골함을 높이는 데는 여러 사람의 금전적 지원이 필요했다.

보육원 선배들은 그 자리에서 자살 스톱 클럽을 만들었다. 이틀 건너 한 번씩 전화하기. 한 달에 한 번 모이기. 제기랄, 싫다. 보육원 인간들은 이제 아웃이다. 연민과 즉흥적 연대만이 있는 이들보다는 영미씨와 같이 카론의 배를 저을 테다.

- 일요일 시간 있어?

- 응, 아직 일을 시작하진 않았어.

- 강화도에 놀러 갈까?

- 그래, 연락해.

정호 선배가 집적댄다. 노랗고 교활한 눈 속에는 내 몸을 한 번 타 보겠다는 욕망이 지글댄다. 난 부드럽게 몸을 기울여 답한다. 종이봉투에 꾸물거리는 작은 것을 담아 베이비 박스에 던지는 일은 하지 말아야 한다. 콘돔을 준비해야겠다.

일주일 후 정호 선배는 렌트카를 가지고 왔다. 정호 선배는 선글라스를 쓰고 있다. 노랗고 교활한 눈은 가려져 있다. 내게 한 다발의 장미를 안긴다.

- 혼자 살아?

- 아니, 도끼와.

- 도끼?

- 고양이지.

- 무얼 하며 지내? 요즘.

- 카론에게 바디 페인팅을 배우고 있어.

- 예술을 하는 거야?

- 응, 불멸의 예술이지.

- 넌 남다를 줄 알았다.

- 왜?

- 넌 반항했잖아.

- 그래서 깨졌지. 피 터지고 살이 찢기고.

- 난 널 보면 무서웠어. 그때는 한 끼 밥을 못 먹을까 봐 떨었지. 선생들이 협박했어. 너에게 관심을 주면 밥을 굶기겠다고.

정호 선배는 펜션 앞에 차를 세웠다. 펜션은 독채였다. 서해 바다의 바람이 나를 들뜨게 했다. 정호 선배가 회를 배달시켰고 와인과 복숭아를 준비해왔다. 오랜만에 먹는 회는 비렸고 피보다 짙은 와인은 정신을 몽롱하게 했다. 밤은 깊었고 정호 선배가 좋아하는 포르투갈 파두 '검은 상처만이 나를 감싸 네'는 리플레이되고 있었다.

갑자기 정호 선배가 울었다. 로맨틱한 상황를 기대했던 나는 놀랐지만, 정호 선배의 울음을 지켜주었고 손수건을 건네주었다. 맞은편 남자가 주던 손수건. 당신의 슬픔을 깊이 이해한다는 표정의 맞은편 남자가 생각났다.

- 너를 보는 순간, 너에게 부탁하고 싶었어. 난 그동안 수면제

를 모아왔어. 혼자는 너무 무서워. 같이 가 달라고는 안할께. 나를 지켜봐 줘.

- 고난을 딛고 살아야 한다는 것도 강박이야. 죽어야 한다는 것도 강박일지 몰라.

- 이젠 그런 말도 지겨워. 난 불면과 두통에 시달려. 요즘엔 환청과 환각에 시달려. 정신과 상담도 이젠 끝내고 싶어.

- 난 선배와 같이 죽을 수는 없어. 선배의 죽음을 지켜 줄 수도 없어. 나도 낭떠러지에 도착한 기분이야. 하지만 지금은 아니야.

정호 선배의 슬픔은 깊었다. 난 그 슬픔의 깊이를 안다. 그래서 아무 말도 할 수 없었다. 난 그 밤에 정호 선배를 두고 도끼에게로 돌아왔다.

정호 선배가 약물 과다복용으로 죽었다는 소식을 들었고 펜션주인의 증언 때문에 경찰서를 들락거렸다.

- 넌 자살을 방조한 거야.

- 제가 왜요?

- 정호가 너에게 죽겠다고 고백했잖아.

- 아니요. 난 정호 선배를 잘 몰라요. 함께 강화도로 갔다가 도끼 때문에 집에 돌아왔어요.

정호 선배의 시신 부검이 이루어진 후, 나의 알리바이가 정당하게 인정된 후에야 경찰로부터 자유로워졌다. 자살 스톱 클럽은 충격에 빠져 이틀이 멀다 하고 전화를 해댔다. 그런다고 될 일은 아니었다. 난 그 커뮤니티에서 발을 뺐다. 당분간은 안 죽을 자신이 있었다.

영미씨가 불러주는 틈틈이 일자리를 알아봤지만 아직 구하지 못했다. 초조해진다. 점심은 편의점에서 삼각김밥으로 때우고 저녁은 마포 도서관 식당에서 2,000원에 해결했다. 3,500원짜리 특별식으로 돈가스를 먹는 날도 있었다. 도서관 밖은 놀기가 좋았다. 믹스커피를 마시며 벤치에 앉아 시간을 보냈다.

영미씨가 저녁을 사주겠다고 했다. 오랜만에 돌판에 삼겹살을 구워 먹었다. 영미씨가 내게 맥주도 한잔하라며 따라주었다. 기름기가 지글거리는 삼겹살 만찬이 무르익어갔다. 영미씨는 소주를 연거푸 석 잔 마셨다. 살짝 붉어진 볼이 시신을 다루던 그녀와는 다르게 발랄하게 보였다.

- 일자리는 구했어?

- 아직이에요.

- 힘들어도 열심히 버텨.

- 그래야죠,

- 공부도 해야지. 우리 애들은 둘 다 교사가 될 거야. 교대, 사대에 갔으니까. 너도 열심히 해서 교사하지, 그래. 2등급 이상은 나와야 하니까.

- 전 선생 안 해요.

- 니가 사는데 겁이 없구나. 그런 탄탄한 직장이 싫다구?

삼겹살이 퍽퍽했다. 영미씨가 말이 많아지고 있다.

- 어떡하든 먹고 살 수야 있겠죠.

- 세상 얼마나 힘든지 아니? 더구나 부모지원도 못 받는 너 같은 경우는 특히.

- 난 그런 가짜들 싫어요.

- 뭐가 가짜야?

- 선생들이 가짜라구요.

- 그럼 뭐가 진짜야?

- 아줌마도 가짜예요.

- 뭐?

- 시체에 빨간 립스틱를 칠한다고 뭐가 달라지냐고요. 죽은 사람들한테 그러는 거 아니에요.

- 너 취했니?

- 씨발.

나는 고개를 숙이고 남아있던 맥주를 마저 마셨다.

- 뭐라고? 너 뭐라 그랬어. 너 막돼먹었구나.

- 씨발.

나는 주먹으로 상을 내리쳤다. 젓가락이 진동을 받아 탁자 밑으로 떨어졌다. 컵이 쓰러지면서 맥주가 흘러 영미씨의 쉬폰 원피스를 적셨다. 영미씨가 놀라 쉬폰 원피스 자락을 걷어 올렸다.

- 너 이런 애였어?

- 적어도 전 진짜예요. 제 폰번호 지워주세요. 갈께요.

핸드폰이 울렸으나 받지 않았다. 영미씨였다. 카론, 카론, 카론. 저승의 강을 건네주는 뱃사공이 세 번이나 나를 호출했다. 됐네요. 나는 정지 버튼을 눌렀다. 제기랄, 되는 일이 없다.

호도과자 만한 희망조차 짓이겨지고 나니, 아침이 싫다. 잠이 이불 속의 나를 애벌레로 만들어 죽음으로 순간이동 시켰으면 좋겠다. 나의 영혼은 무기력하고 불안하고 두려움에 가득 차 있다. 영혼 건조. 나의 영혼은 말라 부스러진 비스켓처럼 더이상 부르르 떨 힘조차 없다.

원룸을 나섰다. 후끈한 열기가 욕망의 찌꺼기를 모아 냄새로 발산한다. 거리를 걷는다. 머리칼이 흐트러지고 겨울 파카를 껴입은 여자가 망가진 유모차에 짐을 싣고 내 옆을 지나간다. 지린내가 공기 속으로 피어올랐다. 코를 싸쥐고 지나가는 사람들이 보인다. 나는 노숙자의 뒷모습에서 나를 읽는다. 독이 흐르던 내 핏속엔 무기력한 슬픔이 흘러간다. 베이비 박스에서 탄생한 나의 삶은 하나의 루머에 지나지 않는다.

거리를 걸어가는데 좁은 빌딩 사이에 여자아이가 앉아 있다. 만화 카페 앞이다. 나와 눈이 마주쳤다. 지루하고 심심한 눈치다.

- 언니 어디 가요?

나는 계속 걸어갔다. 열 발자국쯤 가다가 마음을 바꿨다. 아직 아이는 그곳에 앉아 멍하니 토사물이 넘쳐나는 골목을 바라보고 있다. 클럽들이 모여있는 이 거리에서는 어젯밤에 해비메탈 비트와 환호성이 흘러 넘쳤을 것이다.

- 얘, 나비 보러 갈래?

아이는 나를 빤히 쳐다보았다.

- 나비가 어딨어?

- 저 둑방에 가면 나비가 떼로 날아다녀. 아주 아름다워.

- 흰나비요?

- 노랑나비, 호랑나비, 흰나비, 온갖 나비들이 꽃 위를 날아다니지.

핑크빛 원피스를 입은 아이는 입을 쭉 내밀었다가 눈을 게슴츠레 뜨며 나를 따라나섰다. 아이가 내 손을 잡는다. 둑방 근처에서 솜사탕을 사서 들려주었다. 아이가 명랑하게 말을 건다.

- 언니도 회사 다녀?

- 아니, 난 바디 페인팅을 해.

- 그게 뭐야?

- 응, 예술이야. 벌거벗은 몸에 그림을 그리는 거야.

아이가 갑자기 까르륵 웃는다.

- 재미있겠다. 나도 해줘.

- 너도 해줄 수 있지. 빨간 도트무늬를 그려줄 수 있지.

- 도트무늬가 뭐예요.

- 빨간 동그라미를 그리는 거야.

- 그럼 옷 입을 필요 없겠네.

- 그럼.

아이의 입가에 희고 찐득한 솜사탕이 묻어있다. 아이가 입을 움직일 때마다 애벌레가 꾸물거리는 것 같다.

- 애벌레다.

아이가 놀란다.

- 징그러워

- 사는 게 징그럽다.

늪에는 한여름의 풀이 키를 넘게 자라 있다. 낚시하던 사람들도 보이지 않는다.

- 야, 나비다.

아이가 탄성을 지른다. 코스모스와 노란 나리꽃이 무더기로 피어 있는 길 안쪽 나대지에는 나비들이 떼를 지어 날아다닌다.

- 나비 예쁘다. 나 저거 잡아줘요.

나는 피곤해진다. 아이를 떼어놓고 가고 싶다.

- 저기도 멋지지. 더 가보자. 늪 가로 가면, 물고기도 볼 수 있어.

- 난 나비 갖고 싶어요. 잡아서 말려두고 싶단 말이에요.

나는 아이를 쏘아본다

- 누군가 네가 너무 예뻐서 포르말린에 담가두고 오랫동안 사랑하겠다고 하면 좋겠어?

아이는 입을 빼물고 이마를 찡그리며 울 듯한 표정이 된다.

- 언니는 내가 죽었으면 좋겠어?

아이가 운다. 성가시다. 아이의 원피스 앞자락에 쓰인 VICTORY를 본다.

- 걱정마, 넌 안 죽어.

이마에 땀이 송글송글 맺혀있는 아이가 나를 따라온다. 사람들이 잘 다니지 않는 늪 가에 자리를 잡았다. 물은 여전히 탁했다. 나는 가방에서 생수를 꺼내 아이에게 충분히 물을 먹였다. 물을 마시고 난 아이는 생기로 반짝였다.

- 여기 물은 지저분해, 물고기도 안 보이네.

- 기다려봐. 너 보러 이제 나오겠지. 시끄럽게 떠들면 고기들 다 간다.

나비 한 마리가 아이의 머리 위로 날아간다. 아이가 나비를 잡으려고 이리저리 뛴다.

나는 거덜 난 통장과 월세와 도끼의 습식을 걱정한다. 도끼의 습식에 대한 탐욕은 갈수록 게이지가 올라간다. 도끼는 잘 먹고 태평하게 늘어져 잔다. 방이 좁아도, 캣타워가 없어도, 엄마 아빠가 없어도 친구가 없어도 즐거운 묘생을 엮어간다. 참견하지 않고 참견받기 싫어하는 이 동물은 나의 짝꿍이다. 유일한 위로가 되는 물렁 하고 폭신한 동물. 나는 도끼를 구해야 한다. 다시는 길거리로 내쫓기지 않도록.

내키지 않지만 영미씨에게 일거리를 달라고 부탁해야겠다. 영미씨는 은근슬쩍 나를 받아줄 것이다. 사는 일이 구질구질하다.

열기를 타고 분노가 가슴 밑바닥에서 치민다. 나의 눈은 늪의 깊이를 가늠한다. 깊다. 나를 베이비 박스 안에 버린, 다시는 찾지 말라던 그 여자의 냉정한 눈동자와 돈타령을 하던 그 남자의 함부로 내뱉던 두툼한 입술을 불러낸다. 늪 속에 처박는다. 늪의 물이 흔들린다. 나의 처음인 당신들 영원히 굿바이.

- 아악.

아이의 비명에 놀란다. 아이는 늪 아래로 미끄러져 간다. 급히 아이의 손을 잡는다.

- 나 죽어요, 나 빠져요.

아이는 두려움이 가득한 눈으로 운다. 아이의 축축한 손은 가늘게 떤다. 나는 다리에 힘을 주어 아이를 끌어 올린다. 아이가 하아, 하고 숨을 내뱉는다. 놀란 아이에게 물을 먹인다. 아이의 눈이 반짝인다. 살아났다는 안도감. 괜찮아. 나는 아이를 안심시킨다. 분노와 위험 속에서 벗어난 나와 아이는 손을 잡는다. 나비 두 마리가 눈앞에 어지럽게 난다. 아이는 집으로 가고 싶다고 한다. 도끼가 보고 싶다. 나비가 멀리 날아간다. 우리는 손을 잡고 늪을 벗어난다.

요하

요하가 또 나를 찾아왔다. 주먹으로 얻어맞은 얼굴은 푸르퉁퉁했다. 웃옷은 엉겁결에 입었는지 얇은 여름옷이었다. 치마의 천도 성기어서 다리가 얼비쳤다. 봄 밤의날씨는 겨울의 찬 기운과는 달랐지만 얇은 옷으로 버티기엔 쌀쌀했다.

다리 건너 산밑 약초쟁이의 외딴집 옆에는 샘물이 있어 나는 훌라를 데리고 자주 물을 뜨러 다녔다. 눈이 아직 녹지 않은 이월에 물을 뜨러 갔다가 샘물 옆에서 덜덜 떠는 요하를 데리고 와 내 집에서 재워 준 적이 있다. 그 후로 요하는 약초쟁이에게 얻어맞거나 쫓겨나는 날이면 내게로 들이닥쳤다. 내 집에 초대도 없이 들이닥친 사람은 그녀가 처음이었다. 그녀의 대책 없는 행동이 내겐 특별히 흥미로웠다.

내 집은 마을과는 멀리 떨어져 있어 사람들의 눈을 피할 수 있다. 주위에는 폐가와 무덤 서너 기가 있고 둔덕 아래 개울 앞엔 <인간경영 센터>란 정체 모를 단체의 휴양시설이 있다. 도심에서 멀리 떨어진 외진 건물에는 여름에만 사람들이 듬성듬성 드나들었다. 몰락하는 건물들 사이에 서식하는 것은 뱀과 거미, 족제비뿐이었다.

작년 겨울 눈이 많이 내렸을 때, 고라니, 토끼, 멧돼지가 먹이를 찾아 헤매고 다녔다. 나는 뒷산 근처에 말린 시래기, 생선, 닭을 삶아 찢어 뿌려놓았다. 큰 짐승들이 다녀간 밤이 지나면 낮에는 들고양이들이 찾아왔다. 나는 새벽빛 속에서 시래기를 주워 먹다 기척에 놀라 달아나던, 고라니 가족을 그리워하기도 했다.

스무 가구 남짓한 이 마을은 거의 노인들만이 남아 있다. 노인들은 멀리 떨어진 농토의 농사를 대부분 포기했고 오래뜰 텃밭만을 기력이 남아도는 만큼 지었다. 깊은 산과 저수지를 머리에 이고 있는 덕분에 마을 사람들은 산속에서 산나물, 송이버섯, 노루궁둥이버섯, 능이버섯을 따다 팔기도 한다. 산 계곡에서 흘러나온 물은 저수지에 모이고 마른 논밭을 적시는 젖줄 역할을 한다.

마을 가까이에는 운항노선이 적은 공항이 있다. 가끔 공항에서 출발하거나 공항으로 들어가는 비행기가 낮게 날았다. 그런 밤이면 나는 비행기의 빨간 불빛을 보며 담배를 피웠다. 어딘가로 떠나고 싶다는 간절함이 담배 연기를 타고 폐부를 찔렀다.

기척을 느낀 홀라가 소리를 지르며 케이지 이쪽저쪽으로 뛰어다닌다. 갑자기 나타난 요하 때문이다. 훌라는 내가 키우는 일본원숭이다. 몸무게가 10킬로나 나가는 훌라는 내 오랜 친구다. 훌라를 위한 케이지는 넓고 쾌적하다. 케이지 안에는 큰 떡갈나무가 버티고 있다. 훌라는 떡갈나무를 타고 놀거나, 가을이면 드레드레 달린 도토리를 따서 던지며 즐긴다. 사람들과 나 사이에 척력이 존재한다면 훌라와 나 사이엔 인력이 존재한다. 나는 훌라의 어미라도 된 것처럼 훌라의 털을 뒤져 벼룩이나 이를 잡아준다.

허브향의 수제 초에 불을 붙인다. 담배 한 개비를 꺼내 입에 문다. 담배 연기와 허브향이 섞여 침실에 퍼진다. 오른쪽 팔로 왼쪽 팔을 쓰다듬는다. 울퉁불퉁한 살갗이 만져진다. 혀를 내밀어 살갗을 핥는다. 짭짤하다. 수차례에 걸친 화상 치료와 수술로 나는 살아났다.

자식들이 성장해서도 아버지, 그 인간은 여전히 폭력의 맛을 버리지 못했다. 얻어맞고 사는 어머니에게 일말의 동정도 생기지 않았다. 독일 유학에서 돌아온 나는 아버지와 어머니와 나 자신은 물론 그 지긋지긋한 공간까지도 지상에서 없애겠다고 생각했다. 나는 신나를 집 구석구석에 뿌렸다. 특히 서재의 책들을 향해 빈틈없이 뿌려주곤 불을 질렀다. 불행하게도 나는 살아남았고 어머니와 아버지는 병원에서 단 며칠 만에 죽어갔다.

아버지는 생전에 고서화와 골동품 화랑을 경영했고 돈이 모일 때마다 부동산을 닥치는 대로 사들여 부호의 반열에 올랐다.

아버지의 고서화와 골동품 수집은 국내에만 그치지 않았다. 아버지는 자주 홍콩 소더비 경매에서 값진 물건을 건져오곤 했다. 18, 19세기 귀족들이 사용했던 콧수염 찻잔은 아버지가 귀중하게 여기던 물품이었다. 호두나무 식탁 앞에 공작새의 꼬리를 연상하게 하는, 등이 높은 엔틱의자에 앉아 콧수염 찻잔에 커피를 마시던 아버지의 모습을 떠올리는 일은 여전히 증오스럽다.

내 형제들은 아버지와 어머니의 사망 후에 자기 몫의 재산을 물려받았다. 형제들은 징역형을 살고 나온 나에 대해 말 없는 지지를 보냈다. 드러내어 말할 수는 없으나 자신들이 하지 못한 일을 한 나에 대해서 애증의 감정이 교차했을 것이다. 무기징역을 선고받았으나 아버지의 폭력에 대한 형제들의 증언과 탄원이 감형을 받게 했다. 감옥은 나에게 훌륭한 학교였다. 그 안에서 나는 고독한 인간이 살아가는 법을 배웠고 나락으로 떨어진 인간들의 통곡을 들을 수 있었다.

가석방으로 감옥을 나온 후 나는 사람들을 피했고 고독한 나에 몰입했다. 나는 동물원에 가서 시간을 보내고는 했는데, 서로의 털을 빗겨주고, 활처럼 등을 구부려 나무를 오르내리고, 분홍빛 사타구니를 긁어대는 원숭이에게 반했다. 영장류센터에서 청소일을 하던 나는 센터를 나오면서 탈출한 원숭이를 데리고 두메의 마을로 들어왔다. 나는 훌라와 나를 위해 이 산협의 마을을 선택했고 인적이 뜸한 언덕 위에 집을 지었다.

요하가 창문을 연다. 눈꼬리를 살짝 치켜뜨고 나를 바라본다.

담배 연기가 매운가 보다. 창문을 열자, 노란 생강나무 꽃냄새가 쏟아져 들어온다. 이 마을의 봄은 생강나무 꽃과 같이 온다. 산촌에서는 이 나무를 동백꽃이라고도 부른다.

"저 인간이 여기 있는지 눈치채지 못하겠지요?"

요하의 겁에 질린 목소리가 내게로 건너온다.

"느려터진 감각을 의심할 필요는 없어. 약초 캐는 감각은 재빠를지 몰라도."

나는 키득 웃는다. 내 말을 금방 이해하지 못했던 요하의 웃음이 뒤따라온다.

마을이 내려다보이는 정원에서 약초를 채취해 바랑에 지고 돌아오는 약초쟁이를 본 적이 있다. 오랫동안 산으로 약초와 송이를 캐러 다니고 때론 짐승을 잡는 약초쟁이는 짊어진 망태의 무게 때문에 엉덩이를 축 늘어뜨리고 양팔을 흔들거리며 팔자걸음을 걸었다. 아치랑거리며 걷는 팔자걸음은 산사람들의 자기 보호 본능에서 나온 것이다.

"약초와 송이를 따다 팔고 틈틈이 멧돼지, 오소리도 잡아 돈을 꽤 많이 모았대요. 약초를 갈아 넣은 흙으로 지은 약초방에는 천정에 약초들이 주렁주렁 매달려 있는데 약초는 부르는 게 값이에요. 돈을 많이 벌었다는 소문은 무성한데 통장은 안 보여주니 얼마나 모아 놓았는지는 모르죠. 마을 사람들이 약초 캐는 곳을 알려 달라고 할까 봐 절대로 같이 산을 타지 않아요. 돈 잘 버는 건 좋은데 술만 취하면 사람을 패서 견딜 수 없어요. 이러다 언제 목이 졸려 죽을지도 몰라요"

요하가 흥분한 목소리로 말한다.

"그런 조짐이 보이면 대책을 세워야지."

"어떻게요?"

요하의 물음에 나는 말을 아낀다. 내 표정을 눈치챈 요하가 말을 돌린다.

"훌라는 자고 있는지 조용하네요."

"나무 위에 올라가 있지나 않을까. 친구를 빼앗겼다고 슬퍼할지도 몰라."

"훌라를 위로해 줄까요."

요하와 나는 마당으로 나선다. 어둠을 타고 계곡의 물소리가 저벅거리며 건너온다. 외등을 켜지 않고 케이지로 다가간다. 떡갈나무 위에 있던 훌라가 나무를 타고 훌쩍 뛰어온다. 케이지 사이로 손을 내민다. 나는 훌라의 손을 잡아준다. 바나나 껍질을 까서 손에 쥐여준다. 훌라는 하얀 속살을 덥석 베어 문다. 요하는 한 발 뒤로 물러선다. 나는 훌라의 가슴 털을 긁어준다. 훌라는 손을 뻗어 내 머리칼을 흩어 놓는다.

"만져 봐."

요하의 손을 잡아끈다.

"겁나요."

언덕 아래 계곡물이 힘차게 흘러간다. 계곡 가에 서 있던 복사꽃 나무와 버들강아지도 기다렸다는 듯이 흠뻑 물을 빨아들일 것이다. 계곡을 향해 있는 그네에 앉는다. 별빛이 반짝 숨을 토하고 계곡물이 생강나무 뿌리를 적신다.

요하가 그네를 앞뒤로 구르다 말고 내 왼팔의 거친 살갗을 쓰다듬는다. 요하는 내게 닥친 재난이 무엇 때문에 생긴 것인지 궁금하다는 표정이다.

요하가 처음 내 집에 왔을 때, 훌라를 보고는 질겁했다. 그제야 마을 사람들이 입에 올리는 '원숭이 키우는 여자'가 나라는 것을 알아차린 것이다. 자신의 급박한 상황 때문에 따라왔으나 내 얼굴의 화상과 훌라에게 놀란 것이다. 요하의 표정에는 후회의 기색이 역력했다.

그러나 시골에서는 볼 수 없는 크리스털 샹데리아가 있는 넓은 거실과 서재와 침실을 구경하고는 피곤한 몸을 패브릭 소파에 깊이 묻었다. 아주 잘 따라왔다는 표정으로 내가 만들어준 연어 샐러드와 적포도주를 홀짝거리며 티브이를 보다가 그대로 잠이 들었다.

나는 밝은 대낮이나 빛 속에는 모습을 드러내지 않는다. 샘물을 뜨는 일도 새벽 시간을 이용한다. 생활용품은 인터넷 쇼핑몰을 이용해 주문하고 택배로 물건을 받는다. 살을 다리미로 문지른 것처럼 화상을 입은 반쪽 얼굴과 살짝 찌그러진 눈매가 흉하기도 하려니와 내게 닥친 재난에 대해 설명을 요구하는 눈빛들이 지겹기 때문이다.

언덕 바로 아래에서 공포탄 소리가 울린다. 훌라가 끽끽 소리를 질러대면서 나뭇가지 사이를 뛰어다닌다. 고함치는 약초쟁이의 목소리가 들린다. 요하가 흠칫 몸을 떤다.

"또 지랄이네. 내가 여기 있는걸 아는 모양이에요. 엽총을 들고 뭔 짓을 할지 몰라요."

"괜찮아, 잠든 다음에 가. 지금이 더 위험해."

"선생님 집은 어려워 들어오지 못하고 소리만 질러대네요. 지난번엔 총으로 쏴서 새끼 멧돼지를 잡아 왔다니까요. 어미가 얼마나 찾아 헤맸겠어요. 그 불쌍한 것을 삶아서 맛있다고 먹는걸 보면 소름이 끼쳐요."

"멧돼지나 사람이나 생명이긴 매한가지야. 더구나 사람을 패는 건 더 문제지."

"마을 사람들 말을 들으니 전에 있던 여자가 집을 나갔을 때도 키우던 개를 잡아 삶아 먹었대요, 징그러워요."

"들어가서 좀 쉬었다 가."

훌라가 낑낑댄다. 약초쟁이의 고함 소리를 뒤로하고 방으로 들어온다. 요하가 스스럼없이 소파에 몸을 묻는다. 나는 다탁 맞은편 소파에 앉는다.

"언제까지 이렇게 살 거야."

나는 요하를 쳐다보며 묻는다.

"도망가는 방법 외에 무슨 방법이 없을까요, 선생님?'

"죽여버려."

살똥스럽게 내깔긴다. 요하의 눈이 커진다. 나는 내 안에 잠들어 있던 말을 깨워 집을 세운다. 불행했던 기억은 소환되어 요하에게 전달된다.

"난 아버지와 어머니와 집을 다 날려버릴 생각이었어. 그래서 불을 질렀지. 나만 죽지 못하고 살아났지만. 어느 날인가, 식탁에서 밥을 먹다가 어머니가 말 대답을 했다는 이유로 아버지가 유리컵을 내던져 박살을 냈어. 우리 형제들은 두려움으로 자리에 못 박혀 있었고 어머니는 허리를 굽히고 유리 조각을 주웠지. 아버지는 어머니의 등을 잔인하게 짓밟았어. 어머니는 거실 바닥에 엎어졌고 아버지는 한 발로 어머니의 등을 누르고 머리칼을 손에 쥐고는 들어 올렸다 바닥에 내리박으면서 고통을 가했어.

아버지의 분노는 항상 작은 일에서 불이 붙었는데 스스로 자기 안에 들어가 살기나, 분노를 풀무질하는 형국이었어. 그 인간은 시간이 지날수록 점점 더 상대를 잔인하게 제압하고 싶어 했고 상대가 자기 앞에서 완전히 굴복하지 않는 한 폭력은 끝이 나지 않았어.

형제들이 난데없이 꽃다발과 케익을 들고 들어 온 그 인간을 환영할 때면 나는 벌써 이 층 내 방으로 숨어버렸어. 예상했던 대로 꽃다발은 짓이겨지고 케이크에는 유리가 박혀 뒹굴고는 했지. 식구들을 두려움에 떨게 하면서 느끼는 짐승의 기쁨이 그 인간의 입과 눈에 번질 때, 나는 그 야수성에 치를 떨었어.

어린 날, 나를 가르치던 선생에게 아버지의 폭력에 대해 호소했었지. 그러나 선생은 사위스런 눈초리로 나를 바라보았고 '아버지를 이해하도록 해.'라고 말했어. 이해하지 못하는 내가 큰 죄인인 것처럼. '이해하고 화해하라.' 귀에 딱지가 앉도록 들어

온 충고였지. 이후, 나는 어떤 누구를 믿을 수도, 사랑할 수도 없는 사람이 되었어."

고통스러운 내 과거를 깊이 이해한다는 표정으로 듣고 있는 요하가 고맙고 다행스러웠다.

요하가 주방으로 들어가 가스 불을 켜고 물을 올린다. 차를 끓일 모양이다. 주방 앞 둥근 탁자에 놓인 차 봉지를 이것저것 들었다 놓던 그녀가 '이거 어때요?' 하는 표정으로 인도 다르질링 차를 들어 올린다. 고산지대의 여인네들이 허리를 굽혀 따서 소들소들 덖어 말린 잎들이 빨간 헝겊 주머니 안에 가득 들어있다.

쓰레기가 썩어가는 냄새와 거지들, 조악한 민속용품을 파는 터번 쓴 아저씨, 야성을 다 뺏긴 코브라를 춤추게 해 관광객의 돈을 구걸하던 남자, 바라나시의 시체 태우는 냄새, 탁한 강물 위에 떠다니는 사람의 팔과 다리, 스물두 살에 떠났던 인도 여행의 이미지는 아직도 강렬하다.

끝도 없이 먼지가 이는 길을 걷다가 만난 자그마한 벵골족의 학교에서 아이들은 나를 반겨주기까지 했다. 나는 오백 달러를 학교에 기부했다. '천둥이 치는 곳'이란 이름의 다르질링 고산지대에 도착했을 때, 여인네들은 땡볕에 찻잎을 따고 있었다. 수행하듯 찻잎을 따고 있는 여인네들의 담담한 표정에 천불이 날 지경이었다. 신의 뜨락엔 그녀들의 자리는 없었다.

물이 쉬쉬 끓는다. 요하는 다기에 물을 부어 식히고는 어둠 가득한 창문 너머에 시선을 박는다. 뒷산 바람이 창문을 두드린다. 창문을 조금 열자, 신선한 바람을 따라 곤줄박이의 '씨이씨이, 쓰쓰 삐이삐이, 쓰쓰 삥삥, 쓰쓰 삐이삐이' 하는 작은 소리가 정적 속에 또렷이 들린다. 곤줄박이의 빨랑거리는 몸짓은 봄을 부풀게 한다.

요하가 인도 차를 우려 다기에 낸다. 단맛이 약간 도는 갈색 녹차에 입술을 적신다.

"선생님은 그래도 공부를 하신 분이니까 사는 게 뭔지 아실거에요. 전 여기저기 돌멩이처럼 치이면서 살았어요. 제겐 늙은 할머니와 삼촌이 가족의 전부였어요. 어렸을 때는 삼촌과 잘 놀아주기도 했는데 크면서 흐물흐물한 삼촌 팔다리도 싫고요, 할머니도 싫었어요. 일찍 집을 나왔어요. 식당 서빙도 하고 이리저리 구르다 여기까지 왔는데, 그래도 여기는 식구도 단출해서 일도 별로 없고, 먹는 것도 낫고 괜찮기는 해요. 얻어맞지만 않으면. 동네 아줌마들도 저나 베트남댁에게는 잘 해주거든요."

이 마을의 유일한 노총각이던 뒷골 댁의 막내아들이 베트남에 가서 아가씨를 데리고 왔다. 베트남 댁은 마을 여자들하고도 잘 어울리는 모양이었다.

요하는 다르질링 차로 입술을 축이고는 내 다기에 차를 따라 놓는다. 나는 차를 마시며 그녀의 눈을 들여다본다.

"그렇게 얻어맞고 언제까지 살 거야?"

나는 요하가 자신을 위해 무언가 하기를 바라며 부추긴다. 이상하게 살의에 대한 어떤 격려가 내 몸을 흔들고 있다.

바람 소리와 훌라의 낑낑대는 소리가 겹친다. 자기 대신 다른 사람과 있는 나를 시샘하는 소리다. 나는 창문을 열고 케이지를 향해 소리친다

"훌라, 조용히 해."

"살다 못 살면 선생님하고요?"

요하가 낭글낭글하게 말을 굴린다.

"이제까지 제가 만난 남자들은 입으로만 사랑한다고 나불대고 저를 괴롭혔어요. 제 마음에도 선생님 팔뚝의 화상 같은 상처가 파였어요. 선생님하고 이런 시간에 차를 마시다니 너무 좋네요. 전에는 선생님이 무섭기도 했어요. 원숭이도 무서운데 선생님 얼굴은 사실 좀 징그럽거든요. "

나는 웃는다.

"지금은 괜찮고?"

요하의 가량가량한 얼굴이 겸연쩍은 표정이 된다. 나는 오른손으로 왼쪽 팔을 긁는다. 날이 따뜻해지면 오그라붙은 살갗은 근질거린다. 얼굴을 시작으로 몸의 반쪽이 가려움으로 시달리는 봄밤이면 잠을 자지 못하고 꼬박 새우기도 한다.

"많이 아프세요?"

"참을만하지."

욕탕으로 들어간 요하가 미지근한 물에 수건을 적셔와 내 팔에 감는다.

"제가 전에 같이 살았던 할아버지 같은 남편은 매일 몸을 닦

아 줘야 했어요. 자식들이 간병인 겸 저를 집에 들였는데 할아버지가 돌아가시니 바로 쫓겨났어요."

요하는 내 팔에 수건을 감아 꾹꾹 눌러준다, 간지럼이 신경을 갉아대더니 어지간히 가라앉기 시작한다. 팔을 누를 때마다 내게 기대오는 그녀의 체취가 어지럽다. 나는 그녀를 끌어당긴다. 그녀의 입술을 찾는다. 얇고 작은 입술에 긴 입맞춤을 한다. 내 어깨에 기댄 그녀는 갑자기 찾아온 낯선 열정으로 혼란스러운 듯 가늘게 떤다. 내 팔의 수건을 풀던 요하가 혀로 오그라든 내 팔을 핥는다. 그녀의 타액이 울퉁불퉁한 내 팔뚝을 적신다. 그녀를 팔 안에 가둔다. 그녀의 머리칼이 내 어깨에 흩어진다. 그녀가 내 무릎을 베고 눕는다. 그 위로 선이의 검고 긴 머리칼이 겹친다.

선이. 나는 선이를 생각했다. 선이는 감옥에서 가깝게 지냈던 여자애였다. 선이에게는 아끼던 큐빅 박힌 머리핀이 있었는데 그녀는 그것을 빼앗기지 않으려 무진 애를 썼다. 어느 날 담당 간수가 그녀의 큐빅 핀을 뺏으려는 순간을 목격한 나는 간수의 살점을 물어뜯었다. 선이에게 큐빅 핀은 살아남아야 할 이유의 상징이었다. 선물이라고는 받아보지 못한 그녀가 남자친구에게 받은 유일한 선물이었다.

나는 징벌방에서 일주일을 갇혀 있어야 했지만 내 행동에 대한 자긍심은 컴컴한 징벌방에서도 힘을 얻었다. 선이와 나는 서로를 자주 안아 주었다. 내 가련한 팔은 언제나 그녀의 젖은 입술로 위무 받았다.

깊은 밤, 차에 훌라를 태우고 샘물가로 간다. 훌라와 함께 약초쟁이의 집에 잠입한다. 요하를 패다가 지친 약초쟁이가 잠들었을 때 덮친다. 내 휘파람 소리에 훌라는 약초쟁이의 목을 조른다. 두 번째 휘파람 소리에 목을 더 조른다. 약초쟁이는 벌벌 떨며 살려달라고 빌 것이다. 나는 휘파람을 길게 분다. 훌라는 약초쟁이를 완전히 제압한다. 약초쟁이의 머리칼을 빗어주는 여유까지 보이면서. 나는 약초쟁이의 눈썹과 눈썹 사이에 총구를 들이댄다. 총알은 약초쟁이의 살을 찢고 뼈를 관통할 것이다. 약초쟁이의 구질구질한 신경들은 드디어 멈출 것이다. 영원히. 그리고 요하를 데리고 떠난다.

요하를 데리고 이곳에 유일한 항로인 국제노선을 타고 상하이 푸동공항에 내릴 것이다. 남미 쪽은 어떨까? 우르과이? 몬테비데오에 집을 얻고 카페를 전전하며 춤과 노래를 즐기는 생활은? 그도 좋을 것이다. 아직 시간이 있다. 천천히. 천천히.

훌라는? 훌라에게 내 집을 주고 갈 것이다. 내가 떠나버렸다는 것을 안 훌라는 미친 듯한 질투심에 내 책들을 갈갈이 찢을 것이다. 내 사진을 팽개칠 것이고 내 옷들을 다 찢어 버리며 울부짖을 것이다. 그러다 마을 사람들에게 발견되면 어느 사설 동물원에서 마지막을 맞이하게 될 것이다. 아니면 훌라는 집 뒤의 험한 산으로 달아날지도 모르겠다. 그게 좋겠다. 훌라, 따뜻하고 부드러웠던 네 손. 내 머리칼을 빗어 내리던 너, 빨리 도망쳐. 추악한 인간들에게서 멀리멀리 도망가. 깊은 산속으로. 오래된 나무와 풀들이 너를 반기는 곳으로. 나뭇잎이 썩어 가라앉은 고요한 샘물이 너를 반겨주는 곳으로. 우람한 원시의 나무들이 네 휘파람 소리에 잠을 깨는 그곳으로.

홀라, 떠돌이 마술사를 따라나서면 안 돼. 그놈은 네 사타구니를 뒤집어서라도 돈을 챙길 거야. 시골 오일장을 찾아다니며 네 목에 사슬을 걸고 야지랑스럽게 외칠거야. '일본원숭이와 악수하세요. 원숭이는 여러분을 사랑합니다.' 질리도록 들판에서 일만 하며 살아온 시골 노인네들이 네 앞에 모여들어 눈을 깜박일 것이고 너는 그 떠돌이 마술사 놈 때문에 고개를 돌리고 하기 싫은 악수를 해야돼. 나와 오래 살아온 너는 이런 구경거리가 된 자신을 견디기 어려울 거야. 어느 날, 너는 떠돌이 마술사의 목을 내 휘파람 없이도 조르게 될 거야.

아니, 홀라, 너를 그렇게 두곤 가지 않을 거야. 너를 데리고 갈 수 있을지 알아보겠어. 방법을 찾을 수 있을 거야. 꼭 너를 데리고 가겠어. 날 믿어, 홀라.

뻗어 나간 상상의 그물은 눈물 가득한 얼굴을 내리 덮친다. 한 치도 거주이전의 자유가 없는 보호관찰자 신분인 가석방자가 할 수 있는 일은 아무것도 없다. 헛된 꿈이 가슴을 찢는다. 슬픈 내 표정에 놀라 요하가 일어난다

"무슨 일이세요?"

"너를 잃고 싶지 않아."

요하의 동공이 흔들린다. 요하가 내 오그라든 팔에 얼굴을 묻는다. 보드라운 그녀의 살결이 겹친다. 그녀의 머리칼을 쓰다듬는다.

"너를 잃고 싶지 않아."

나는 중얼거린다. 요하의 등이 꿈틀한다. 쓸쓸한 그 등을 두 팔로 안는다. 요하의 등 위로 내 탄력 잃은 젖가슴을 밀착시킨다.

요하가 새근발딱거리며 일어난다. 오늘 새벽 사냥을 떠난다고 했던 약초쟁이가 깨기 전에 집에 들어가야 한다며 엉두덜댄다. 나는 요하에게 '걱정할 거 없어.' 하고 말한다. 얇은 옷 위에 내 니트 카디건을 걸쳐준다. 서둘러 신발을 꿰는 요하를 따라 밖으로 나온다.

밖은 아직 캄캄하다. 산등성이엔 희미한 빛깔의 무더기가 마른버짐처럼 퍼져있다. 산벚꽃이 피고 있다. 새들이 버찌를 따 먹고 싼 똥 속에서 살아남은 씨앗은 곳곳에 꽃을 터뜨린다. 훌라가 낑낑댄다.

"훌라 안녕."

요하는 케이지를 향하여 손을 흔든다. 나는 케이지로 다가가 손을 내밀고 있는 훌라를 만져 준 다음 계곡 길을 따라 씰기죽거리며 걷는 요하의 뒷모습을 지켜보며 중얼거린다. 무사해야 해.

도시의 카페와 레스토랑을 구경하고 싶다는 요하의 작은 바람을 들어주기로 했다. 두 시간이나 걸리는 도심으로 점심을 먹으러 가자는 나의 제안에 요하의 기분이 애드벌룬처럼 두둥, 떠올랐다.

레스토랑의 이름은 〈작은 나폴리〉였다. 식탁 위에는 빨간 초들이 예쁜 갓 속에 숨어 불을 밝혔다. 요하는 나폴리에라도 온 것처럼 들떠 있었다. 고르곤졸라 피자와 토마토 스파게티를 시켰고 가벼운 하우스 와인을 한 잔씩 곁들였다. 요하는 워머 위에서 데워지는 피자를 접시에 떠내 늘어나는 치즈를 감당하느라 입을 크게 벌리며 즐거워했다. 자리를 옮겨 까페 〈쁠레장스〉에서는 커피를 마셨고 청포도 타르트를 디저트로 먹었다.

이 사랑스러운 일상들이 얼마나 지속될 수 있을까. 나는 타르트를 한 입 베어 물고 생글거리는 요하의 얼굴을 바라본다. 사람을 좋아할 수 있게 되리라고 생각해 본 적이 있었던가. 늘 사람은 내게 지겨운 존재였는데 이 순간, 트라우마가 만들어낸 고독이 사라져가는 것을 느낀다. 요하가 청포도를 가득 올린 타르트를 스푼으로 떠 입에 넣어준다. 청포도가 탁 터지며 달콤한 생크림 속으로 숨는다.

저녁 9시가 넘어서야 도시를 떠났다. 화장을 짙게 하고 선글라스를 쓴 나를 유심히 보는 사람들은 없었으나 오랜만의 도시는 역시 불편했다.

산협의 어둠은 이미 마을의 생기를 빨아들인 뒤였다. 차를 케이지 옆에 댄다.

"훌라 소리가 없는 것이 이상하네요."

요하가 차 문을 열다가 멈춰 말한다, 나는 시동을 끄고 내린다. 케이지가 비었다. 홀라가 없다. 창고 안의 전등을 찾아 들고 케이지 안을 비추자, 선명한 핏자국이 떡갈나무 주위에 있고 나뭇가지가 마구 분질러져 있다. 밤늦도록 홀라를 찾아 헤맸으나 홀라는 어느 곳에도 없다. 혈관이 폭발해서 마을 전체를 피칠할 것 같다.

새벽에야 요하가 울면서 홀라의 행방을 알려 준다. 약초쟁이가 요하를 찾아 나선 것은 마을 여자들의 수다 때문이었다. 마을회관에 들렀던 약초쟁이는 여자들이 모여 떠드는 소리를 들었고 화가 머리끝까지 치밀어 엽총을 들고 내 집을 찾았다. 낯선 이에게 흥분한 홀라가 소리를 질렀고 분노한 약초쟁이는 총으로 홀라를 쏴버렸다. 그리고는 축 늘어진 홀라를 저수지에 던져 넣었다.

징징대며 우는 요하를 그대로 두고 나는 잠수부를 불러 홀라를 저수지에서 건져냈다. 처참하게 죽은 홀라를 안고 와 케이지 안에 묻었다. 똬록똬록했던 홀라의 눈동자는 기억의 집에 박제되었다. 나는 케이지 안에 홀라의 안식처를 만들고 주위에 생강나무를 심었다. 석수장이에게 부탁해서 작은 바위에 묘비명을 새겨 세웠다.

〈홀라, 내 영혼의 친구, 평안히 잠들길〉

오후에 마을 이장이 어기적거리는 약초쟁이를 데리고 내 집을 방문했다. 툽툽한 차림의 두 남자는 우선 내 집의 화려함에 놀라는 눈치다. 나는 거실로 안내해 소파에 앉게 한 다음 단 커피 두 잔을 만들어 찹쌀 모나카와 같이 내놓는다. 약초쟁이는 고개만 아래로 숙이고 있다. 이장은 내게 다소 호의를 가지고 있기도 하다. 마을 행사 때면 나는 넘칠 정도의 금액을 금일봉으로 내놓았었다.

"원체가 범죄 없는 마을인데……"

이장이 입을 뗀다. 이장이 약초쟁이 팔꿈치를 툭 친다. 약초쟁이가 고개를 조금 들더니 하리망당한 표정으로 말을 입 밖에 내놓는다.

"마누라 때문에 욱해서 저질렀습니다. 보상을 해드리겠습니다."

"보상요?"

나는 오그라든 목을 통해 기이한 목소리를 길어 올린다.

"술 처먹은 놈들이 하는 짓이 이렇습니다. 너그럽게 봐주시죠. 술이 죄죠."

이장이 말한다.

"술 처먹은 놈들은 모두 무사통과인가요?"

대놓고 놈자를 붙인 그로테스크한 내 목소리에 놀라 약초쟁이가 화급하게 목을 든다.

"보상을 하겠습니다."

"보상요? 어떻게요?"

"얼마면 될까요?"

이장이다. 나는 담배를 한 대 빼서 불을 붙인다. 두 남자는 놀라 자빠질 뻔한 표정이다.

"보상을 할 수는 있지만 제가 원하는 방식으로 하셔야죠."

"그렇게 하겠습니다."

"그래요? 그럼 케이지 안으로 들어가세요."

나는 몰강스럽게 내뱉고 담배를 한 모금 빤다.

"농담이시죠? 이주민들이 들어 온 이후 이상한 사건도 많이 생겨나서요, 예전엔 범죄 없는 마을이었는데……"

그놈의 범죄 없는 마을 타령.

"아주머니가 집에 붙어 있지 않고 자꾸 돌아다니니까 술 먹고 홧김에 한 짓입니다. 보상을 받아주시고 마무리해주시면 좋겠습니다. 이웃 사이인데."

"술 먹고 홧김에는 두드려 패도, 죽여도 무사통과입니까? 훌라를 죽인 건 저를 죽인 거나 마찬가지에요."

"그렇다는 말은 아니지요. 냉정하게 생각해주셨으면."

"보상을 어떤 식으로 받을 것인지는 생각해보지요."

나는 약초쟁이의 수그린 머리 위로 연기를 날린다. 약초쟁이가 안도하는 표정으로 고개를 든다. 코가 빨갛다.

내 집을 나선 두 남자가 홍뚱항뚱 언덕을 내려서기 시작한다. 그깟, 원숭이새끼, 어쩌구 하는 탁한 약초쟁이의 목소리가 귀에 걸린다.

요하가 내 침대로 기어든다. 요하는 가는 허리를 비틀어 이불 속으로 발을 뻗는다. 나는 침대에 올라앉는다. 요하가 내 침대로 기어들기 시작하면서 나는 진달래 향기 나는 그녀의 머리칼을 빗질해 주었다. 그녀의 부드러운 살결을 안는다. 그녀가 싫지 않은 듯 가만히 안겨 있다. 나는 그녀의 냄새를 맡는다. 요하가 허리를 튼다.

"정말 나하고 살 거야?"

나는 팔에 은근히 힘을 준다. 그녀가 오그라든 왼팔에 보드라운 얼굴을 얹는다. 그녀의 옆얼굴을 바라본다. 귀밑 보드라운 살결 위로 솜털이 보인다. 그녀의 살결을 어루만진다. 그녀의 귓속에 입을 대고 낱말을 굴려 넣는다. 그녀가 숨을 죽인다. 나는 이 여자를 갖고 싶다.

"사람들이 쑤군거려요. 여자끼리 좋아한다고요."

"그럼 안되는 거라도 있나?"

"마을 여자들이 흉하다면서 절 피해요."

"그럼 나하고만 놀면 되지."

요하가 혀를 쏙 내민다. 요하는 마을 여자들하고도 관계가 돈독해서 그녀들과 소원해지는 것이 불안한 모양이다.

어렵게 산책길에 나선 나를 쳐다보며 쑤군거리던 마을 여자들이 생각났다. 어디든 포비아는 있게 마련이라고 나는 생각했다. 나에 대한 추문들에 반응하지 않는 것이 최선이다. 추문은 낡아갈 것이고 먼지처럼 날아가 버릴 것이다. 내 생 또한 그러하다. 벼랑이다. 사람에게 기댄 마지막 벼랑이다. 나는 버틸 것이다. 나는 이 여자를 먼지로 흩어지는 날까지 곁에 둘 것이다.

그녀를 안고 있는 팔에 더 힘을 준다. 그녀가 내 어깨에 얼굴을 묻는다. 그녀의 입술에 내 입술을 포갠다.

쿵, 쿵.

발로 거칠게 현관문 차는 소리가 난다. 요하가 벌떡 일어난다. 문을 열자 약초쟁이가 엽총을 들고 서 있다. 눈알이 새빨갛다. 신발을 신은 채 거실로 들어선다. 외등 빛이 약초쟁이를 따라 들어선다. 약초쟁이는 내가 달려들 틈도 주지 않고 샹데리아를 총으로 쏜다. 크리스털 조각이 박살 난다. 주방 쪽을 향해 총질을한다. 다기가 깨지면서 파편이 튄다. 와인 보관대를 향해 또 한 발을 쏜다. 와인병이 깨진다. 핏물 같은 와인이 흘러내려 삼목 나무 바닥 위로 번진다. 나는 벌벌 떠는 요하 앞을 팔로 가로막는다.

"얼굴도 찌그러진 년이 남의 마누라를 가로채."

약초쟁이가 엽총 부리로 내 배를 찌른다. 요하가 앞으로 나선다. 약초쟁이가 엽총으로 요하의 머리를 내리친다. 요하가 푹 고꾸라진다. 나는 요하를 일으켜 세운다. 요하의 머리 한쪽에서 피가 흐른다. 요하가 소리치며 운다. 내가 나선다.

"쏴, 쏴보란 말이야."

나는 약초쟁이의 얼굴을 향해 쏘아붙인다, 퉤, 거실 바닥에 침을 뱉은 약초쟁이는 요하의 팔을 거칠게 끌어당긴다. 요하가 울면서 끌려간다,

새벽이다. 산에 올라간 약초쟁이를 기다리는 중이다. 바나나를 까서 입에 넣는다. 훌라의 먹이로 사놓은 바나나다. 컥, 목이 메이며 눈가에 뜨거운 물이 맺힌다. 분노가 치솟는다. 감옥을

나온 이후 내 세상은 존재하지 않았다. 고독과 단절과 추문의 세상에서 잘도 버텨왔다. 살아야 할 이유를 찾았으나 피할 수 없는 추락의 길이 펼쳐져 있다.

떡갈나무 사이로 숲길을 살핀다. 수풀에 숨은 벌레들이 살갗을 문다. 산속에서 약초쟁이가 흔들거리며 팔자걸음으로 내려온다. 혼자 약초를 캐러 다니는 것은 놈의 버릇이다. 약초쟁이가 배낭을 추켜 올리더니 길옆의 상엿집으로 들어간다. 마을과 떨어진 곳에 있는 상엿집은 사람들의 출입이 거의 없는 곳이다. 약초쟁이가 엽총을 그곳에 두고 산을 탈 때마다 가지고 다닌다는 말을 요하에게서 들었다.

나는 기다린다.

약초쟁이가 엽총을 두고 상엿집을 벗어난다. 나는 상엿집으로 들어가 엽총을 찾는다. 만장 여러 개가 겹쳐 세워져 있다. 만장을 바닥에 던져놓고 구석구석을 살핀다. 상여 뒤쪽에 끼워 넣은 엽총을 찾았다. 가슴이 뛴다.

약초쟁이가 조붓한 오솔길로 접어든다. 마을은 아직 멀다. 급히 약초쟁이를 뒤따른다. 나는 약초쟁이의 뒷목에 총부리를 댄다. 흡, 약초쟁이가 숨을 들이쉰다.

약초쟁이의 뒷목을 총부리로 꾹 누른 다음 총에 힘을 주어 저수지 쪽으로 민다. 약초쟁이가 앞으로 넘어질 듯 휘청, 한다. 저수지가 눈앞이다. 나는 온 힘을 다하여 방아쇠를 당긴다. 텅. 약초쟁이가 저수지 안으로 거꾸러진다.

모노 필름

"파리에 가보고 싶어, 죽기 전에."

그녀의 입에서 흘러나온 도치된 이 문장은 그를 자극했다. 그는 즉시 그녀의 욕망에 반응했다. 만기일이 얼마 남지 않은 적금을 해약해서 파리행 비행기 티켓을 샀다. 로마에서 파리로 갈아타는 노선이었다. 사랑의 양만큼 속도도 빨랐다.

파리에 가요, 내 사랑.

그의 천만 원은 반 지하방을 벗어날 자금이었다. 그는 반지하에서 좀 더 머무르기로 했다. 그녀와 함께 하는 여행이란 그에겐 시공간을 다 합쳐도 가장 귀중하고 빛나는 순간의 선물이었다. 오월의 여행은 꺼져가는 생의 전구를 반짝, 빛나게 했다.

그즈음 그녀가 읽고 있던 소설의 주인공들은 파리와 대칭적 지점에서, 혹은 평행, 일직선, 다양한 위치에서 살고 있었다. 파리에 대한 악마적 집착이 그들을 파리로 불러들였고 그들은 튈르리 정원에서, 센강에서, 퐁네프 다리 위에서, 몽마르뜨 언덕에서 광기 어린 영혼을 불태웠으며, 제한 없이 사랑을 소비했다.

부산에서 서울로 야간 운행을 하고 새벽에 그녀를 찾아온 그는 생기 잃은 꽃다발을 들고 들어오곤 했다. 새벽엔 문을 연 꽃집이 없어. 그는 야간 운행 전 미리 꽃을 샀고 꽃향기는 꽃을 받고 기뻐할 그녀를 그의 옆좌석에 데려다 놓았다.

야간 운전 중에는 라디오를 들어. 재즈수첩을 듣고, 그리운 가곡을 듣고, 세상의 모든 음악을 듣고, 정만섭의 클래식을 듣지, 서울에 도착할 즈음엔 국악 프로그램이 나와, 고속도로에서 FM 재방송을 듣는 기분은 묘하게 섹시해.

그의 손에는 트럭 안에서 잠자다 온 프리지아와 수레국화, 베이비 핑크 장미가 들려 있었다. 그녀는 몇 개의 빈 와인 병에 꽃을 꽂아두었고 부지런히, 자주 물뿌리개로 물을 뿜어주었다. 꽃이 마르기 시작하면 벽에다 거꾸로 매달아 놓았고 벽 위에 꽃을 받은 날짜를 적어두었다. 벽 한 면은 말라가는 꽃들로 채워지고 있었다. 시든 꽃과 그녀의 글씨가 벽면을 메워가는 동안 뜻밖의 기쁨은 그곳에서 빛을 발했다.

동사무소 말단 공무원이었던 그녀는 민원과 다크서클에 시달렸으며, 남자직원들이 그녀를 대하는 지극히 가벼운 태도에 상처받았다. 그들은 그녀에 대해 말하는 것이 아니라 여자에 대한 진부한 통념에 기대어 그녀를 함부로 평가했다. 그녀는 그런 남자들에게 질려버렸고 그녀가 쓰고 구겨버린 짧은 메모처럼 그들에 대한 기대를 던져버렸다. 그녀는 불친절한 이웃들의 시선도 감당해야 했다. 그들은 그녀의 자궁이 아이를 생산하지 않는, 무책임한 태도 때문에 그녀가 사회에 나쁜 영향을 끼치게 되리라는 천박한 의견에 대부분 동조했다.

그녀는 깊어지고 강인해져야만 했다. 그녀는 친교 하는 법에 서툴렀으나, 그 때문에 단절에 익숙했고 고독 속에 자신을 놀게 하는 법을 잘 알고 있었다. 사회성을 길러야 한다느니, 우정이야말로 험한 세상을 건너가는 선물이라느니 하는 개소리를 믿지 않았다. 덕분에 그녀는 살아남았다. 그녀는 자신의 방에 오단짜리 서가를 마련했다. 그리고 월급을 탈 때마다 책을 샀으며 깊은 밤에 일어나 죽은 자들과 통교했다. 피상적인 허세나 통념에 맞서 '진짜 삶'에의 향락을 수락했다.

우연히 마주친 여고 동창 오를 만나 오의 집에 간 적이 있다. 오는 이제 막 어린 아들을 낳아 키우는 중이었다. 오는 원두커피가 떨어진 지 오래나 아기 때문에 카페를 방문할 수 없다며 믹스커피를 타 주었다. 그녀가 혐오하는 것 중 하나를. 그녀가 원하는 것이 무엇인지 물어보지도 않는 오의 태도에서 그녀는 모욕감을 느꼈다. 오는 아기의 궁둥이를 들쳐 하기스를 끄집어냈다. 하기스 안에는 노랗고 푸르스름한 똥이 놓여있었다. 오는 코를 가까이 대고 냄새를 맡았다. 그녀가 커피를 갈아 냄새를 맡듯이. 황홀하다는 듯이. 은근히 그녀 앞으로 아기를 밀어 놓고 비빔밥을 해 주겠다며 싱크대 앞에 서서 당근을 썰고 있는 오의 헝클어진 머리칼을 바라보는 순간 증오심이 치솟아, 나 갈래, 하고는 그 집을 나왔다. 아기 때문에 배웅이 어렵다는 오의 입을 문질러 주고 싶은 광기를 참을 수 있었던 것은 서가의 어두운 세계가 그녀에게 길러준 힘 덕분이었다.

정년퇴직으로 동사무소를 그만두기 2년 전, 그녀는 생활복지를 담당했다. 정부 차원의 1인 가구 보살핌을 위한 구체적 시행안이 하달되었다. 식사 쿠폰 제공과 자립을 위한 일자리 소개 및 연수 과정을 만들어 그들을 참여하게 하는 일이 그녀의 주된 일이었다. 사회와 가족으로부터 밀려난 중년남성 무연고 고독사가 심각한 문제로 대두되던 시기였다.

원룸을 쪼개어 만든 고시텔에는 열여덟 명의 남자들이 1.5평 정도의 방에서 생활하고 있었다. 그의 방은 지하에 있었다. 그녀가 식사 쿠폰을 가지고 고시텔을 방문했을 때, 그는 방문을 열지 않았다. '항상 저런 식이지.' 주인은 그에 대해 못마땅한 듯이 말했고 주인이 쿠폰을 맡기라고 했으나 그녀는 물러서지 않았다. 문을 열어달라고 했다.

고시텔 주인은 사실, 이 독거 남성들을 잘 보살펴왔다. 문제가 생길 때마다 동사무소로 전화를 거는 것도 그였고 아침마다 그들이 식사를 하는지, 아프지는 않는지 보살피는 역할을 충실히 하는 사람이었다. 주인은 그의 집에서 사람들이 죽어가지 않도록 관심을 기울였다.

주인이 그의 방문을 열었을 때, 그는 자신의 깊은 잠을 방해

하는 존재들에 대해 불쾌한 표정을 지었다. 그날, 그녀가 손에 들고 간 것은 프랑시스 퐁주의 시집이었다. 그의 눈길이 그녀가 손에 든 시집에 가 있다는 것을 직감적으로 알아챈 그녀는 기뻤다. 그래서 쿠폰과 함께 그녀의 시집을 빌려주었으며 특별히 두 편의 시, 〈달팽이〉와 〈나비〉를 읽어보라고 추천까지 했다. 그녀는 진행하고 있던 문화강좌 사진반에 그를 등록시켰다. 그녀의 수동식 카메라를 빌려주었음은 물론이다. 그가 달팽이 집에서 나오도록 설득하기까지는 그녀의 애틋하고 지속적인 관심이 힘을 발휘했다.

그녀는 그를 집으로 초대해서 비프스테이크, 올리브오일을 첨가한 샐러드, 체리, 토마토를 곁들인 저녁을 먹었다. 그는 그녀를 사랑하게 되었고 그녀가 시를 읽어주는 시간에는 행복을 움켜쥔 기분이었다. 그녀도 그를 사랑했다. 대체 나이가 무슨 상관인가, 그 점에 있어 내가 뒤라스보다, 유르스나르보다 못할 건 뭔가, 그녀는 그렇게 생각했다. 그녀는 자신의 사랑에 대해 해명할 어떠한 인간관계도 갖고 있지 않은 것에 대해 다행이라고 생각했다.

그녀가 그를 찾아냈을 때, 그는 이제 막 사십 대 초반을 지나고 있었고 사는 일에 지쳐가고 있었다. 그녀는 그에게 1급 대형 면허를 따도록 격려했고 그것이 그에게는 좋은 생활 방편이 되었다. 믿음이 가는 그의 성품 때문에 물류 회사에서는 그를 고용했다. 고정적인 돈벌이가 그의 생활을 안정시켰다.

가족이 사라진 이후, 그는 친척 집을 떠돌아야 했다. 친척들은 그에 대한 연민의 유효기간이 다했을 때, 강요된 책임감이 만들어낸 지겨움으로 그를 벌레 보듯 했다. 그는 이미 열여덟 살이었고 자신의 존재에 대한 그들의 질시를 견디기 어려웠다. 그는 친척 집을 나왔다. 친척 중 누구도 그에게 어디에 있느냐고 묻지 않았고 찾지 않았다. 그는 가벼워졌고 혼자 사는 일은 자신 있다고 생각했다. 하지만 마흔이 되고 오십을 넘어 죽음으로 가는 열차가 그를 기다리고 있다는 사실을 놓쳐버렸다.

마흔이 되면서 그는 우울증에 시달렸고, 총으로 머리를 쏴버리고 싶을 만큼 강력한 두통이 그를 괴롭혔다. 그녀가 그를 방문한 시점은 그가 목에 걸고 있던 죽음의 밧줄을 당길 일만 남았던 때였다. 그녀는 그를 구했다. 구했을 뿐 아니라 아득한 날들에 맛보았던 행복의 시간을 감각 하게 해주었다. 그는 그녀의 서가를 사랑했다.

그가 그녀의 서가에서 책 구경을 하고 있을 때 들려오는 도마 위의 칼질 소리, 반듯한 두부가 들기름에 구워지는 냄새, 식탁 위의 과일 향이 그를 행복이라는 세계로 순간 이동시켰다. 그것은 잘 익은 복숭아를 베어 물었을 때의 그 과즙의 향연을 맛본 것과 같은 기분이었다.

처음 그녀의 집을 방문한 그가 안고 왔던 노란색 프리지아는 두 사람에게 축복의 상징이었다. 이후, 그는 그녀의 집을 방문하면서 식재료를 사 들고 왔다. 레시피를 찾고 그녀를 위해 저녁을 준비하는 시간, 그녀가 발을 흔들며 재즈를 듣고 있을 때,

그는 가슴이 터질 것 같은 행복감과 동시에 그 모든 것이 금방 사라져 버릴 것 같은 두려움에 시달려야 했다.

그는 고시텔에서 나와 반지하 전세방을 구했고 그 방에는 자신이 찍은 그녀의 흑백사진을 책상 위에 세워 두었다. 사진 속의 그녀는 어두운 방을 환하게 밝혔다.

불운의 어두운 강을 발밑에 두고 일상의 행복을 조심스레 가꾸어가는 그 아찔한 환희, 그것이 그를 살렸다. 그는 그동안 그의 삶에서 배제되었던 책을 읽었고 음악을 들었으며 트럭 안에서 그녀가 추천한 시를 읽었다.

로마로 가는 이탈리아 비행기는 저가항공보다는 다소 편했다. 그래 봐야 발을 놓는 자리가 조금 넓다는 것뿐이었지만. 그녀는 자주 기침을 했고 그는 그녀를 위해 준비해 간 홀스를 그녀의 목에 넣어 주었다. 그가 판단하기에 그녀는 여행을 떠나기에는 그리 적합한 상태가 아니었다. 그녀는 바로 지금이 마지막 여행을 할 때라고 우겼다. 그녀는 전반적으로 허약해 있었고 면역력도 이제까지 살아오면서 최악이었다. 맘껏 즐기다가 기꺼이 죽겠어. 그녀가 말했다.

승무원이 오더를 받고 있었다. 그들은 화이트와인 두 잔을 주문했다. 고도가 높은 곳에서는 포도 향이 각별해. 그가 와인을 마시면서 말했다. 그녀는 그의 어깨에 기대어 잠이 들었다. 항공사에서 준 빨간색 담요를 둘둘 말고서. 그는 앞 좌석 뒤에 설치된 비디오로 〈동사서독〉을 시청했다.

비행기는 열 한 시간의 비행 끝에 로마에 도착했고 거기서 그들은 파리행 비행기를 탔다. 파리 드골 공항에 도착했을 때는 새벽이었다. 공항에는 보안요원들이 검고 큰 개를 데리고 다니며 공항 내부를 감시하고 있었다. 개는 냄새를 맡으며 공항을 지나는 여행객들을 탐지하듯 지나갔다. 그와 그녀는 움츠러들었고 팔짱을 낀 채로 긴 공항 로비를 걸어 나왔다. 그녀가 동경했던 인상과는 다르게 차갑고 회색인 파리가 그들을 맞이했다.

그냥 푹 자고 싶어. 오페라 스트리트를 돌고 돌아 겨우 찾아낸 숙소에 도착했을 때 그녀가 침대에 몸을 던지며 소리쳤다. 그가 정리해 온 여행 리스트를 가방에서 꺼내 흔들며 말했다. 오늘 일정을 소화해야 해. 멀리 왔잖아. 난 이게 좋아. 낯선 곳에서의 꿀잠 말이야. 푹 자고 나면 좀 더 다정한 파리가 날 기다릴걸. 그녀는 시트를 목까지 끌어 올렸다. 데가탕트한 방식의 여행이야. 그게 어때서. 난 책에 다 나와 있는 곳만을 다녀와서는 나발을 부는 사람들이 한심하더라. 그녀의 콧소리가 사랑스럽게 들렸다.

그는 그녀의 두툼한 발을 자신의 무릎 위에 올려놓고 부드럽게 쓰다듬었다. 푹 자요, 내 사랑. 그는 속삭였다. 그는 항상 그녀가 그의 눈앞에서 사라지지 않기만을 바랐다. 그녀가 죽음에 이르는 순간에도 증인이 되고 싶었다. 사라진 것이 아니라 삶에서 죽음으로 이동해 갔다는 확신. 살아남은 자에겐 그것이 필요하다.

그녀가 잠이 드는 동안, 그의 의식은 추억의 어두운 내면을 향해 달렸다.

그의 가족이 도심 인근의 펜션으로 휴가를 간 것은 그가 여덟 살이 막 되었을 무렵이었다. 펜션에는 이국적인 수영장이 있었고 넓은 방 외부에는 온천 자쿠지가 딸려 있었다. 신문사 기자이던 그의 아버지는 다정했고 그에게 세계에 대한 친밀도를 높여주기 위해 시를, 명랑한 에세이를, 올드재즈를 들려주는 사람이었다. 어머니와의 애틋한 사랑의 스킨쉽은 그에게 인생은 얼마나 멋진가 하는 인상을 심어주었다. 어린 동생은 아직 어머니의 품을 떠나지 못했다. 어머니의 품속에 얼굴을 묻었을 때, 가시지 않은 젖 냄새는 오랫동안 그를 슬프게 했다.

그의 가족이 펜션에 도착했을 때, 비가 내리기 시작했다. 칠월에는 언제든 비를 맞이할 준비를 해야돼. 그의 아버지가 쏟아지는 비를 바라보며 그의 어깨에 팔을 둘렀다. 수영을 할 수 있다며 들떴던 아들을 위로하기 위해 아버지는 프랑스 시인의 시를 읽어주었다. 시라고 하기에는 너무 길었다. 아버지의 시 낭송이 끝나자, 그는 어머니에게 달려가 얼굴을 묻었다. 어머니가 그의 얼굴을 부드럽게 쓰다듬었다. 비가 내리는 외부는 달콤한 그 순간을 배가시켰다. 그들은 안전했고 완벽한 나날을 완성해가는 중이었다.

아버지는 신선한 소고기로 스테이크를 구웠고 레드와인과

샐러드, 오렌지를 곁들여 저녁을 먹었다. 넓은 아일랜드 식탁은 호사로운 휴가를 암시했다. 빗줄기는 멈추지 않았다. 그들은 도시의 대형마트에서 이박삼일의 식재료를 구입해서 출발했다. 산이 둘러싸인 이 펜션 주위에는 상가가 없었다. 식사 후, 어머니와 아버지는 줄리 런던의 재즈를 들었고 그는 침대에 누워 어린 동생을 어르고 있었다.

그가 관리동에 아이스크림을 사러 나선 때는 열 시가 조금 넘은 시간이었다. 그는 자고 있는 부모님을 흘깃 보았고 벽에 걸린 시계바늘이 그의 눈에 들어왔다. 아버지는 알코올에 약한 분이셨고 어머니는 육아에 지쳐 있어서 언제라도 주무실 준비가 되어 있었다. 살금살금 허리를 굽혀 무거운 문을 두 손으로 애써 열고 몸을 빠져나왔다. 펜션 문을 열자, 빗줄기가 굵어졌다는 것을 알았다. 그는 큰 우산을 집어 들었다.

관리동에는 작은 매점이 있었다. 그가 관리동에 도착해 눈을 비비며 나온 펜션 주인에게 아이스크림과 감자칩을 사고 수영장 쪽으로 걸어 나올 때, 산이 무너졌다. 산은 서서히 강력하게 펜션을 내리 덮쳤다. 그는 우산과 비닐봉지를 내던지고 뛰었다. 그리고 정신을 잃었다. 그들이 사라졌다. 아버지와 어머니, 어린 동생이 그의 눈앞에서 사라졌다. 아버지와 어머니는 동생을 사이에 두고 부둥켜안은 채로 암석 밑에서 발견되었다. 다급했던 그 순간, 어머니는 그의 이름을 애타게 불렀을 것이다. 준아.

그들은 까루프에서 바게뜨와 샐러드와 살라미와 와인을 사서 늦은 식사를 했다. 파리에서의 간편한 식사는 딱딱하고 차가웠다. 식사 후 거리로 나와 타바코라고 쓰인 간판을 찾아 헤맸고 줄을 서서 담배를 샀다. 파리지엥들은 입에 담배를 물고 거리를 걷고 있었다. 그들이 콩코드 광장을 향하여 걸어가고 있는 골목길에는 수북이 담배꽁초가 쌓여있고 나무 벤치에는 새똥이 여기저기 떨어져 있었다. 거리는 더럽고 자유로웠다. 끝없는 수다, 남자 여자들의 평등한 끽연. 중세 건물들이 즐비한 거리. 싸르트르, 시몬느 드 보봐르, 까뮈, 거투루드 스타인, 헤밍웨이, 피츠제럴드, 푸르스트, 발자크, 모파상, 모네, 드가, 자코메티, 그 많은 예술가가 즐겨 걸었을 거리를 걷고 있다는 감성적 충격이 그녀의 영혼을 흔들었다. 그들은 콩고드 광장을 지났다.

아, 센강이야. 그가 짧은 탄성을 질렀고 그녀는 발돋움하고 그의 뺨에 키스했다. 달콤해, 그가 말했고 그녀는 센, 하고 발음했다. 파울첼란이 몸을 던진 강이라고 생각하면 우울이 급속하게 밀려왔다. 강 위에 꽃다발을 던지는 기분으로 강을 바라보았다. 그들은 센 강변을 천천히 걸었다. 소문보다는 소박한 강이라는 사실이 퍽 마음에 들었다. 강가에는 크고 낡은 배들이 정박해 있었고 그 안에 정주한 사람들은 난간에 화분을 올려 두었다.

화분에 물을 주던 남자가 물뿌리개를 들고 걷고 있는 그들을 쳐다보며 옅은 미소를 보냈다. 검고 큰 개 한 마리와 푸른빛의 얼룩 고양이가 배 난간 위에 엎드려 있었다. 남자가 고양이의 등을 쓰다듬었다. 남자의 부드러운 손길은 콜레트의 〈암고양이>를 생각나게 했다. 그녀는 그가 생태주의적 삶을 지향하는 사람이라고 생각했다. 파리가 허용하는 이 노마드적인 삶의 모습에는 역사와 철학의 향기가 묻어 있었다.

중학교 1학년 국어 교과서에 <내가 사랑하는 삶>이란 J씨의 수필이 있었는데 '나는 수경이와 아이스크림을 핥으며 센 강변을 걷는 삶을 사랑한다.'라는 문장이 있었어. 선생님은 그 산문을 다소 고조된 억양으로 낭독했었지. 이국적인 장소에 대한 선망을 한껏 담아서. 센 강변이 어디에 있는지 알지 못하는 아시아 한구석, 궁핍한 소녀에게 그 문장은 극도의 사치로 여겨졌고 질투를 넘어 혐오의 감정을 가졌어.

그는 그녀의 손을 잡은 채 고개를 끄덕이며 걸었다. 응, 그 당시에 아이스크림을 핥는 일은 드물었지. 내가 태어나기 십오 년 전에는, 아이스케키를 깨물어 먹던 때였으니까. 나는 집에 가서 '내가 증오하는 삶'이란 제목의 산문을 썼어 수치스러운 일상을 적어놓고 보니 제목이 너무나 어울렸어. 그가 그녀를 잡은 손에 힘을 주었다. 불안에 사로잡힌 소녀가 눈앞에 있었다.

강으로 시선을 돌리니 거대한 유람선이 관광객들을 싣고 강을 유유히 거슬러 올라간다. 에펠탑에 불이 켜지기 시작했다. 그들은 강가에서 올라와 퐁네프 다리를 걷기 시작했다. <퐁네프의 연인들>이란 영화가 워낙 강렬했던 탓에 그냥 시멘트 다리라는 게 생뚱맞았다. 들뜬 배낭 여행객이 다리 난간에 앉았다 뛰어내리는 바람에 그들은 놀라 옆으로 자리를 비켰다.

이 거리에서 오랜 시간 동안 사람들이 사랑하고 미워하고 쓰고 죽어갔다는 게 특별히 아름다워. 죽어갔기 때문에 더 아름답다는 특별한 인상을 남기는 것은 아닐까. 박제된 내 유년의 기억이 영원히 아름답듯이 말이야.

그들이 다시 에펠탑이 보이는 맞은편 센 강가에 도착했을 때 크루즈가 다음 관광객들을 기다리며 정박해 있었다. 떼 지어 내려오는 중국인 관광객들이 미처 발을 배에서 빼기도 전에 에펠탑을 찍느라고 소란을 피웠다. 단독자 인간이 아니라 피붙이들을 끌고 다니는 그들을 보며 그녀는 피식 웃음이 났다. 어머니는 늘 피붙이들과 헤어졌기 때문에 그녀의 삶이 엉망이 되었다고 말하곤 했다. 다행이었다. 어머니에게 그런 핑계가 마련되어 있다는 것이. 부러울 때가 있어, 세를 과시하는 듯한 저 패거리들이. 누군가 아무런 조건 없이 안아줄 거라는 기대가 삶을 얼마나 따뜻하게 할까, 그런 생각을 했던 적이 있었어. 친척들의 지겨운 얼굴을 확인하기 전까지는. 그가 말했다.

매일 밤 두들겨 맞는 어머니와 주먹을 휘두르는 아버지를 경험한 사람에게는 피붙이라는 것이 지겨워. 타인이 나에게 접근할 때마다 나는 움찔해. 아버지의 주먹이 나를 후려칠 것 같은 불안감.

그가 그녀의 어깨에 팔을 둘렀다. 경험 밖으로 걸어 나와. 그게 당신 지성의 힘이야. 당신 서가가 그걸 말해주고 있잖아. 불륜과 죽음과 파편화된 사랑과 허무와 끝없는 불안이 공존하는 당신 서가가 난 좋아.

책을 살 때마다 써넣은 당신의 짧은 글이 그날의 당신을 특별하게 만들어. 이를테면 <눈이 많이 온 날에> 라고 쓴 글씨가 책을 사서 외투 속에 품고 눈 속을 종종거리며 걷는 당신의 모습을 상상하게 해. 다시 삶이 붕괴될까 안절부절못하는 나와는 달리 당신은 어두운 그 너머를 볼 줄 아는 눈이 있어.

크루즈를 탈까. 그녀가 물었다. 물가에서 내 나쁜 상상은 극대화돼. 배가 물속에 잠기고 당신이 사라지고, 끔찍해. 경험에서 걸어 나와. 그녀가 그의 말을 돌려주면서 그의 어깨에 기대어 있던 고개를 들었다. 그의 입술이 그녀 눈앞에 있었다. 그녀가 발을 돋우며 그에게 키스했다. 의심 없는 키스. 오랫동안 그녀는 사랑을 믿지 않았다. 의심하고 또 의심했다.

그녀는 서가의 죽은 이들이 만들어낸 캐릭터들을 사랑하고 그들에게서 위안을 받았다. 은밀한 동거, 오랫동안 구체적 인간을 사랑할 수 없었던 그녀는 사람을 만나는 즉시, 환멸과 파멸의 끝을 상상했다. 건강한 남자가 건네는 관심의 눈빛조차도 그녀의 감각을 달아오르게 하지 못했다. 건강한 남자 속에 들어있을 폭력의 기미를 읽어보려는 의심 덕분에 감상적인 연애에 빠지지 않은 것은 다행이었다. 그녀가 살아가는 밤의 시간은 안전해야 했다. 평안해야 했다. 한 치도 두려움에 떨지 않아야 했다. 그를 만나기 전까지 그녀의 방에 초대된 남자는 없었다.

크루즈는 천천히 미끄러져 나갔다. 마주 보고 앉은 커플은 유러피언이었다. 천국의 꽃을 바라보는 듯한 젊은 남자의 눈길이 아름답다고 느꼈다. 그녀는 자신의 이국적 취향과 아시아인에 대한 편향적인 미의식을 저주했다.

이 정도 속도에서는 결코 사고 나지 않아. 덩치도 큰 배고. 그가 자신에게 확신을 심어주어야 한다는 듯이 중얼거렸다. 그녀는 스마트폰을 열어 뉴스를 보는 중이었다. 헝가리 다뉴브강에서 유람선이 침몰해 한국인 관광객들이 익사했다는 속보가 올라와 있었다. 스마트폰을 가방에 집어넣었다. 비극은 널려있다. 검은 씨앗은 우리 인생의 틈새에 숨어 더없이 황홀한 순간에 음습한 줄기를 피워 올린다.

멀리 불에 탄 노트르담 대성당이 보였다. 크루즈 안의 관광객들이 일어서서 불에 탄 성당을 보려고 한쪽으로 몰려들었다. 파리의 폐허는 그 자체로도 상품이다.

그들은 14구, 작은 레스토랑에서 점심을 먹었다. 그가 블로그 검색을 통해 찾아낸 레스토랑이었다. 큰길에서 다소 비껴있는 레스토랑의 실내는 좁았다. 셰프는 지하에 있는 주방에서 음식을 만들어 위로 날라왔다. 여섯 개 정도의 테이블에는 예약 손님이 다 차 있었고 파리지앵인 그들은 수다에 열중했다. 저렇게 떠들면 영혼이 가벼워지지는 않을까, 그녀가 웃었다. 표현이 더 정밀해져서 자신에게 가라앉은 앙금이 없어질 것 같은데. 그가 말했다. 상대방을 믿을 때 마음이 열리고 말이 터져 나와. 여덟 살에 부모를 잃은 나는 실어증을 깊이 앓았어. 말이 있는 세상을 상상한다는 것이 내겐 끔찍했어. 물, 산사태, 어머니, 아버지, 여름휴가, 어린 동생, 이런 단어들을 만나면 나는 몸이 경직되고 입이 얼어붙었지. 말로도 글로도 묘사할 수 없는. 굵은 밧줄이 몸을 둘둘 감아 조이고 있는 기분.

그녀가 테이블을 톡톡 두드렸다. 셰프가 주문을 받으려고 지하에서 올라왔기 때문이었다. 그녀는 달팽이요리 에스까르고, 생선요리 부야베스, 고기요리 비프부르기뇽을 시켰다. 곁들여 화이트와인을 주문했다. 우리도 수다의 세계로 가볼까나. 그녀가 그를 보며 웃었다. 그는 크고 맑은 갈색 눈동자를 더 크게 떠 장난스레 그녀에게 얼굴을 들이밀었다. 식사가 나왔고 그들은 와인잔을 부딪쳤으며 앙증맞은 도구로 달팽이요리를 즐겼고 혀끝에 닿는 특별한 감각을 경험했다. 파리 14구의 만찬은 그들을 이완시켰고 낯설고 먼 곳에 함께 있다는 유대감은 그들의 심리적 거리를 더욱 좁혔다.

레스토랑을 나왔을 때, 빗방울이 떨어졌다. 몽빠르나스 묘지는 걸어갈 수 있는 거리였다. 그들은 천천히 가로수 길을 걸어 올라갔다. 길옆에 자리 잡은 묘원은 적요했다. 그들은 우선 그들이 찾아가고 싶었던 고귀한 정신들의 묘지 자리를 확인해야 했다. 누구를 만나고 싶어? 나야 아네스 바르다지, 그리고 사르트르. 뒤라스하고 그녀가 끼어들었다. 뒤라스의 〈타키니아의 작은 말들〉을 읽은 후라서 뒤라스와 그녀의 연인 얀이 묻힌 묘지를 보고 싶었다.

시네마 테크에서 〈아네스 바르다 전〉을 할 때, 그들은 매일

〈서울시네마〉에 갔다. 〈이삭 줍는 사람들〉은 그들이 특별히 사랑하는 영화가 되었다. 그의 방에는 아네스 바르다의 포스터가 붙어 있었다.

평범한 사람들의 묘지에도 아낌없이 다정한 시선을 보내야지. 프랑스어를 읽을 수 있다면 묘비명을 읽어보고 싶어. 그녀가 말했다. 이런 묘비명이 생각나네, 〈즐겁게 살았고 또한 기꺼이 죽노라〉. 통 큰 묘비명이네. 그가 웃었다.

묘지 지도는 상세했으나 또렷하지 않았다. 한참을 지도 속에 코를 박고 끙끙거리는데 어디 찾으세요? 영어로 말하는 사람은 아시아 여성이었다. 그들은 머리를 들어 여자를 바라보았다. 여자가 다시 물었다. 혹시 한국 분들이세요? 한국어였다. 오, 그의 얼굴이 환하게 웃었다. 제가 안내해 드릴게요. 여자가 앞장섰다. 그녀와 여자가 앞에 서고 그는 뒤에서 그녀들을 따라갔다. 여자는 그녀에게 한국 어디에서 왔느냐고 물었다. 그녀는 서울 변두리에 산다고 대답했다. 여자가 서울에 변두리가 있나요? 모두 중심이지요. 전 한국에 가보지 못한 지 벌써 7년이나 되네요. 공부하시는 분이세요? 공부하러 왔으나 지금은 아르바이트로 연명하기 바빠요.

여자가 열을 지어 있는 묘지들 사이를 거리낌 없이 들어섰다. 여기예요, 바르다. 바르다가 생전에 남편을 찾아와 머물렀다는 벤치에 앉아서 그들은 바르다와 바르다남편 자크 드미의 이름이 적힌 묘비를 바라보았다. 그가 바르다의 묘비에 키스를 남겼다. 여자가 그를 눈부시게 바라보았다. 여자는 그들을 뒤라스와 얀의 묘지로, 다시 싸르트르와 보바르의 묘지로 안내했다. 뒤라스의 묘비 앞에는 관광객들이 꽂아둔 한 다발의 볼펜이 있었고 보바르의 묘비 앞에는 보라색 꽃이 놓여 있었다.

빗방울이 굵어지기 시작했다. 그녀는 여자에게 충분히 고맙다는 인사를 했고 여자의 페이스북 주소를 알아두었다. 언제 서울 오시면 식사대접을 하고 싶어요. 너무 고마워요. 도움을 받지 못했다면 한참을 헤맸을 거예요. 여자가 한국말을 할 수 있어 좋았다며 어두컴컴한 하늘을 향해 우산을 펼쳐 들었다. '파리가 미쳤나 봐요, 아무 때나 비가 와요.' 여자가 웃었다.

여자가 먼저 묘원을 빠져나가고 그들은 천천히 묘지 사이를 걸었다. 주느비에브. 그가 대충 묘비에 쓰인 이름을 읽었다. 그들은 묘비 앞에서 걸음을 멈추었다. 꽃이 시들지 않았어. 아마 그녀의 사랑이 왔다 갔다는 표시겠지. 그녀는 그 순간 집에 두고 온 마른 꽃들과 그 새벽의 기쁨도 함께 떠올렸다. 죽은 자들의 부재 속에서 그들의 살아있음은 대조되어 빛났다.

그들은 지하철을 타고 숙소가 있는 9구로 이동했다. 지하철 안은 어두침침했다. 금발의 사내아이가 그녀를 뚫어지게 바라보았다. 그 눈동자 속에는 밝은 호기심이 아니라 이상한 동물을 바라보는 시선이 서려 있었다. 그녀는 난 원숭이가 아니란다, 하고 말하고 싶었다.

파리 9구에 도착했을 때, 저녁 시간이 이미 지나 있었고 비가 내리고 있었다. 숙소 근처의 중국집에서 깐풍기와 유산슬과 고량주를 주문했다. 종이봉투에 담긴 중국 음식을 들고 숙소까지 걸으면서 그들은 낄낄거렸다. 어깨를 때리는 빗줄기가 그들을 고무시켰다. 빗줄기의 감각이 닫혀있던 그들의 마지막 관습을 깨부수었다. 대낮의 자존심이 그들을 지탱하고 있는 한 그들 역시 관습적 사랑에 불과한 관계에 머물러 있었다.

삼 년이면 예고 없이 서로의 몸을 슬쩍 애무해도 자연스럽게 받아들일 기간이었지만 그녀의 몸은 그를 온전히 받아들이지 못했다. 몸에 대한 타인의 손길에 알레르기적 반응을 보인 것은 순전히 그녀 아버지 탓이었다.

아버지는 하루도 빠짐없이 취한 상태로 집에 도착해서 그녀가 사랑하는 밤의 시간을 너덜거리게 찢어 놓았다. 그녀는 깊은 밤 책을 읽는 대신 아버지의 술주정에 시달려야 했다. 열두 살인 그녀는 아버지의 발밑에 꿇어앉아 용서해달라고 빌었다. 무엇을? 용서를 빌 사람은 아버지였는데도 늘 그녀가 용서를 빌어야 했다. 더이상 주먹으로 어머니의 코를 내리치지 말라고. 더이상 남루한 식기와 가구들을 집어 던지지 말아 달라고. 이게 다 네 년들 때문이야. 이게 다. 어머니와 그녀는 송구스럽다는 태도로 고개를 숙였고 아버지는 장엄한 태도로 딸국질을 하며 주정의 마지막을 즐겼다. 개자식. 불쑥불쑥 그녀 속에서 솟아나는 분노를 다독이기 위해 그녀는 개자식, 개자식하고 내뱉었다.

아버지는 어머니의 음부만을 좋아했다. 어머니의 구멍 속에 있을 때마다 아버지는 환희에 전율하는 소리를 내질렀다. 가난이 마련해 준 한 칸 방에서 부모와의 동거는 그들이 오르가슴을 즐길 때마다 그들을 죽여버리고 싶다는 열망에 휩싸이게 했다. 허접한 옷장이 그녀와 그녀 부모와의 거리를 막아주고 있었다.

그 밤에 그들은 각자의 슬프고 어두운 지하창고, 무의식의 세계까지 닻을 내린 그곳에서 서로의 상처를 이해한 사람들이 되었고 독한 술에 취했으며 섹스를 했다. 독한 술과 울음이 파리라는 낯설고 새로운 공간에서 그들을 허물어뜨렸다.

한 존재의 몸과 영혼을 완벽하게 받아들이는 일은 신비로운 예지의 영역이었고 그들은 이제 막 그 영토 안으로 발을 들이밀었다.

모레쯤엔 김포공항에 있겠는걸. 책이 있는 내 방이 그리워. 벌써? 선물의 시효가 다 한 거야? 그가 웃었다. 그들은 루브르 박물관과 오르세미술관을 남겨두었다.

아침 7시에 루브르 박물관 앞에 있는 카페에서 크로와상과 커피와 양파스프를 먹었다. 5만 원이나 되는 아침 식사비를 내고 루브르 박물관에 들어가기 위해 줄을 섰고 입장해서는 끝도 없는 궁전의 규모에 놀라 나갈 일을 걱정했다. 그림은 그들을 압도했다. 끝도 없는 전시의 루브르를 보기 위해서는 열흘간의 파리 체류가 필요하다는 결론에 도달했고 그들은 미련 없이 오르세 미술관으로 자리를 옮겼다. 그곳에서 로댕의 〈지옥의 문〉

을 감상할 수 있었고 정작 그들이 보고 싶었던 고흐의 원화는 한국에서 렌트해 간 상태였다. 이런 아이러니라니. 그들은 인생의 농담에 즐거워했다.

튈르리 정원 카페에서 커피와 샌드위치로 늦은 점심을 먹고 초록색 의자에 앉아 분수를 바라보았다. 그는 마지막 파리에서의 예술을 완성한다며 카메라를 들고 튈르리 정원을 배경으로 그녀를 여러 각도에서 찍었다.

그는 파리로 여행을 떠나면서 카메라를 챙겼고, 자신만의 필름을 만들어 보겠다고 말했다. 흑백으로 찍기만 해도 예술의 반은 한 셈일걸, 그녀가 말했다. 왜 사진을 그만두었느냐고 그가 물었을 때, 그녀는 구름, 꽃, 빌딩, 나무, 장터를 찍는 일에 흥미를 잃었고 사람을 찍고 싶었으나 사람에 대한 애정이 솟아나지도 않았다고 말했다.

그녀는 진지하게 그녀를 필름에 담고 있는 그의 어깨를 부드러운 눈길로 쓰다듬었다. 영혼까지 찍어야돼. 난 당신의 영혼을 찍고야 말 거야.

그녀는 그들의 시간을 더 오래 기억하고 그 시간 속에서 살아갈 사람도 그라는 것을 아프게 떠올렸다.

그녀는 서가의 책갈피 속에 그에게 보내는 짧은 엽서를 써서 끼워 두어야겠다고 생각했다. 만 권이 넘는 그 책 속에 엽서를 다 끼워 두지는 못하겠지만 살아있는 한, 그녀는 엽서를 쓰겠다고 생각했다. 그가 삶에 지쳐 주저앉을 때마다 브라보, 외치며 엽서를 뽑아 들기를. 엽서 속에서 그녀의 생의 조각들을 발견할 수 있기를. 그녀의 삶이 그에게로 상속된다는 것은 얼마나 멋진 일인가. 그녀는 카페에서 산 튈르리 정원 기념엽서에 글을 써넣기 시작했다.

*그는 내 머리칼에 백합을 얹어주고 /내 이마를 위해서는 수줍은 장미를 주었다./ 그리고 나는, 황금의 쾌락이 자라는/ 아름다운 그의 뜰로 따라갔다.

- 튈르리의 정원에서 너에게.

그녀는 엽서를 들고 있던 시집에 끼웠다. 그 순간 그가 그녀의 실루엣을 렌즈 안에 담았다. 그의 슬프고 우아한 눈동자 속에는 그녀가 있었다.

註; *윌리엄 블레이크의 〈노래〉에서 인용

당신의 계절

오월의 바다는 고요하다. 텅 빈 모래사장 끝에 보트가 파도에 밀려 흔들린다. 하얀 포말이 갈매기 발자국 선명한 해변을 적시며 돌아다닌다. 흰 말과 검은 말이 빈 마차를 끌며 상가 앞을 지나간다. 마차 둘레에는 네온사인이 반짝이고 있다. 마부가 채찍을 휘두르자, 두 마리 말이 놀라 앞으로 달려나간다. 또각 또각, 말발굽 소리가 당신을 건드린다.

당신은 모래사장을 걷는다. 나는 당신의 어깨에 올라탄다. 파도 소리가 상쾌하다. 당신의 발밑에 하얀 조개껍데기가 밟힌다. 당신은 그네가 있는 쪽으로 걸음을 옮겨 저 혼자 흔들거리는 그네를 천천히 민다. 조심스럽게 민다. 마치 그네에 내 육신이 실려 있기라도 하듯이. 나는 그네에 옮겨 탄다. 바다의 흰 거품을 바라보며 그네의 미미한 흔들림에 몸을 맡긴다. 바람이 차다. 얼른 당신의 주머니 속으로 숨는다. 주머니 속은 따뜻하다. 당신이 손을 주머니 속에 집어넣는다. 나는 슬쩍 빠져나와 다시 당신의 어깨에 올라탄다.

당신은 카페 <고독>으로 들어선다. 덩굴장미가 카페 입구 나무기둥을 감고 오른다. 당신은 나무기둥 위를 쳐다본다. 어둡고 비밀스러운 사랑의 기운이 나무기둥을 타고 오른다. 붉은 장미처럼 슬픔이 치솟는다.

청바지에 여름 부츠를 신은 주인이 유리문을 열며 가볍게 인사를 건넨다. 카페 안은 텅 비어 있다. 당신은 바다가 보이는 창가 의자에 앉는다. 창가에는 여러 종의 다육이가 놓여있다. 카페 주인은 신다 버린 운동화 안에도 작은 화초를 심어 키웠다. 낡은 운동화 속에서 꽃들이 얼굴을 내민다.

이 카페에 들르던 나를 위해 카페 주인은 특별한 다육이를 잘라 종이컵에 담아주곤 했다. 언젠가는 보라색 쑥부쟁이를 신문지에 둘둘 말아 주었고, 언젠가는 토종 파씨를 종이컵에 담아주기도 했다.

흰 머리칼을 틀어 올려 비녀를 꽂은 카페 주인이 유리 포트에 거름망을 얹고 알커피를 갈아 담는다. 워머에 작은 밀납 초를 켜고 그 위에 유리 포트를 얹는다.

"벌써 백 일이 지났네요."

카페 주인이 말을 건넨다.

"그러게요."

커피를 한 모금 마신 당신은 유리창을 통해 바다를 바라본다. 갈매기들이 먹잇감을 따라 모여든다. 갑자기 몰려드는 갈매기

떼에 당신은 놀란다. 야성적인 새들의 움직임에 히치콕의 <새>를 떠올린다.

"오늘 멸치 떼가 올라온 모양이에요. 재네들이 저러는 걸 보면."

카페 주인의 말에 당신이 고개를 끄덕인다. 오디오에서 낮은 노래가 흘러나온다. 소리를 죽인 노래들이 바닥으로 내려와 눕는다. 당신은 천장에 매달린 푸른 유리 공을 쳐다본다. 푸른 유리 공은 배를 비끄러매는 두꺼운 밧줄로 묶여있다. 당신은 잠시 생각하는 듯 메뉴판을 톡톡 두드린다.

"맥주 두 병요."

주인이 맥주 두 병과 말린 미역 자른 것, 아몬드, 팝콘이 담긴 작은 헝겊 바구니를 탁자 위에 옮겨 놓는다. 당신은 맥주를 유리컵에 따라 늘 내가 앉던 맞은편 자리에 옮겨 놓는다. 흰 거품이 컵 위로 올라온다. 카페 주인이 작은 초에 불을 붙이고 당신의 앞자리에 앉는다.

"농사일이 안 잡히시죠?"

당신이 고개를 끄덕인다.

"마음 붙이기가 어려우실 거예요. 저도 그랬으니까요."

남편을 잃은 카페주인은 어머니를 모시고 농사를 지으며 카페를 운영해 왔다. 가끔 카페 주인은 손님이 온 줄도 모르고 텃밭에서 일을했다. 그럴 때면 그녀의 어머니는 목소리를 높여 그녀를 부르곤 했다. 그녀가 병이 깊어진 어머니를 모시고 병원에 가는 날이면 카페의 유리문은 닫혀 있었다. 유리문 앞에는 '병원에 갑니다'란 수식어 없는 문장이 불어오는 바닷바람에 펄럭이곤 했다. 이제 그녀의 어머니도 세상을 떠났다. 화장실 옆에는 그녀의 어머니가 타던 환자용 보행기가 아직 세워져 있다.

"한때는 지리산에 들어가 화전민처럼 밭 갈면서 옥수수 심고 사는 게 꿈이었어요. 아내도 마지막으로 자기 글 밭을 갈고 싶어 했는데."

당신은 학생운동으로 감옥에서 고문을 받을 때, 세상에 나가면 지리산 깊은 곳으로 가서 농사를 짓겠다는 결심을 했다고 내게 말했었다.

결혼 초기, 상수도와 하수도가 없던 우리 신혼집 앞에는 뱀탕집이 줄을 서 있었다. 당신은 보안사에서 몽둥이로 두드려 맞은 허리가 성치 못했고 살모사와 능구렁이가 들어간 뱀탕을 주문해 먹었다. '뱀을 한 자루는 먹었을걸.' 당신의 말에 우리는 같이 웃었다.

결혼 십 년 후 우리는 깊은 산 가까이에 이백 평 정도의 밭을 샀고 작은 집을 지을 수 있었다.

"사람 일은 알 수 없다니까요. 그렇게 건강하시더니."

"아내는 아이들 가르치는 일에서 벗어나 이제 막 자기가 하고 싶은 일을 찾았는데, 운명은 딱 거기까지만인가 봐요."

"카페에라도 자주 나오세요. 혼자 계시면 더 힘들어요."

당신은 오늘이 이 카페에 오는 마지막 날이라고 생각한다. 맥주를 병째 들어 마신다.

"한동안은 허전해서 힘들 거에요. 곧 만질 수 있을 것 같은

데…… 돌아보면 없는."

"이렇게 힘들 줄 알았더라면 같이 가야 했어요. 혼자 가도 무섭지 않다고 하더니 오히려 남겨진 내가 무섭고 힘드네요."

당신은 얼굴을 찡그린다. 손을 다탁 위에 얹는다. 손가락에 힘을 준다. 후다닥 손에서 힘을 빼고 다탁 밑으로 내린다. 손에 힘이 들어가던 순간의 감각이 지네 발처럼 스멀거리며 당신을 침범한다.

당신의 눈빛은 어둡게 가라앉아 있다. 어떤 날을 기억해내려는 표정이다. 당신은 한 손을 가방 속에 넣고 딱딱한 물체를 보듬는다. 바다를 바라본다, 통유리 너머로 미친 듯 춤추는 파도는 잃어버린 시간 속으로 당신을 실어 나른다.

굳어가던 내 몸의 신경을 풀어주기 위해 당신은 하루에 세 번 나를 목욕 시켰고, 세 번 내 온몸을 마사지했다. 그래서 당신 손가락의 지문은 닳아 없어졌다. 그렇게 사 년을 보냈다.

하루에 세 번 목욕을 시켜야 했던 때, 당신은 나를 욕조에 담근 다음 내 몸을 골고루 문질렀다. 어깨에서 시작해 축 처진 젖무덤을 지나, 가슴골, 수술 자국이 있는 배, 신경이 굳어가고 있는 등을 문질렀고 사타구니를 씻기며 장난을 쳤다.

"우리 남편, 못해서 어쩌나?"

"난 생각 없어."

우리는 욕실 안에서 깔깔대며 웃었다.

당신은 카페를 나온다. 사람들이 보이지 않는 바위투성이의 절벽으로 기어 올라간다. 발밑에서 파도가 넘실거린다. 당신은 파도가 위협하는 바위 한끝에 앉아 나무함을 꺼낸다. 당신은 내가 죽은 지 백일이 된 오늘까지 내 유골을 간직해 왔다. 파도가 손을 뻗어 당신 바지 위에 물보라를 흩어 놓는다, 당신은 손안에 가루가 되어버린 내 육신을 한 줌 집는다. 손을 살짝 열어 가루를 놓아준다. 가루가 바닷바람에 날린다. 가루를 다 놓아준다.

"어디든 갇히지 말고 바람이 되고, 물이 되고 흙이 되소서."

의상대 들어가는 길옆의 바다는 계절과 시간에 따라 빛깔을 바꾼다. 갯내를 품은 바람 속으로 파도 소리가 섞인다.

당신은 낙산사로 올라가는 언덕 위를 걷는다. 돌담을 따라 연등이 줄지어 걸려있다. 사월 초파일에 걸렸던 연등이 빛이 바랬다. 사람들의 숱한 소망들이 바람에 흔들린다. 당신은 손가락으로 연등을 톡 건드린다. 줄에 매달린 연등들이 파르르 떤다. 당신의 심연에도 슬픔의 현이 흔들린다.

홍련암과 의상대로 갈린 길에서 당신은 잠시 걸음을 멈춘다. 무료 공양소 앞이다. 낙산사를 찾는 사람들에게 멸치국수를 대접하는 이곳에서는 멸치국물에 발이 가는 국수를 삶아 그 위에 잘게 썬 김치를 얹어준다. 공양소 안에 들어선 당신은 흰 대접에 국수 한 그릇을 받는다. 국수를 좋아하는 사람은 나였다. 마을회관에서 국수를 삶을 때마다 아픈 나를 위해 당신은 국수 대접을 검은 비닐봉지에 넣어 들고 왔었다.

혼자 밥 먹기를 싫어하는 당신은 좀 추워 보인다. 그래도 후

루룩 국수 한 대접을 다 비운다. 알지 못할 혼란과 외로움, 파도처럼 덮치는 슬픔을 떨쳐 내려는 듯 그릇을 꼼꼼히 닦아 엎어놓는다. 야구 점퍼를 입은 사내애 두 명을 앞세운 여자가 구두굽을 퉁퉁 울리며 들어선다.

당신은 공양소를 빠져나온다. 커피머신에서 밀크커피를 뽑는다. 당신은 종이컵에 담은 커피를 들고 의상대에 올라간다. 끝없는 바다를 본다. 해수 관음상 쪽으로 두 손을 모은다. 중음 신이 되어 떠도는 영혼을 받아주소서.

마비는 처음 두 발바닥을 통해 왔다. 깻단을 나르던 가을날, 나는 깻단을 들고 더이상 발을 옮기지 못했다. 엎어놓은 고무대야에 깻단을 놓고 방망이로 두드리던 당신은, 깻단을 들고 밭 가운데서 움직이지 못하고 서 있는 나를 쳐다보았다. 무심히 웃던 당신이 방망이를 내리치자, 까만 들깨가 쏟아져 내렸다. 들깨 향이 당신과 나 사이의 거리를 꽉 채웠다. 당신이 터뜨린 들깨 향이 마비가 시작되는 내 몸을 휘감았다.

통증은 살아있는 감각을 파먹어 들어갔다. 하루 아홉 번의 진통제로 간신히 버티던 나는 통증을 없앨 수만 있다면 머리 뚜껑을 열고 감각을 지각하는 뇌수라도 잘라버리고 싶었다.

의사는 내 척수신경이 송두리째 굳어가고 있다고 했다. 석 달 안에 온몸이 굳어 전신 마비가 될 거라고 했다. MRI 영상만으로 보면 세계에서 두 번째로 상태가 나쁜 환자라고 했다. MRI 영상사진에는 목부터 척추까지 신경이 하얗게 굳어가는 부분이 보였다. 말랑한 신경 막이 딱딱하게 굳으면서 척수를 압박하고 있다고 의사는 말했다. 이미 30년 전부터 진행되어 온 병이라고 했다. 30년 전이면 그때 나는 스물다섯 살이었다. 우리의 결혼 생활 동안 내 신경 막은 서서히 굳어간 셈이다.

우리가 삶의 공허 속으로 떨어지지 않기 위해 서로를 부수고 엮어가는 동안 내 신경은 조용히 굳어갔던 것이다. '팔십까지만 버티면 신약이 개발될지도 모르죠.' 의사가 말했다. 원인도 치료 약도 없는 불치병이었다.

당신은 차를 몰아 집으로 돌아온다. 이방인처럼 차의 속도를 낮춘다. 삶이 이렇게 낯선 것이었나, 생각하며 마을 길을 돌아 사잇골로 돌아온다. 밭 옆에 차를 세운다. 계곡물 소리를 들으며 건너편을 바라본다. 당신은 우리가 '도보여행'이라고 부르던 그 산책을 생각하고 있다. 우리는 일주일에 한 번, 또는 이주일에 한 번, 둔전리 쪽으로 두 시간이 넘는 산책을 하곤 했다.

산책길은 보광정사, 진전사 폐사지를 지나 삼층석탑에 이르는 길이었다. 우리는 진전사 주춧돌에 앉아 도의 선사가 쳐다보았을 숲을 바라보며 깊은 숨을 들이쉬었다. 삼층석탑을 기점으로 다시 아래로 내려오다 할미소를 돌아 나오면 다리가 뻐근하면서 비로소 살아있다는 강한 자극을 느꼈다. 기분 좋은 자극을 느끼면서 논길을 걸어 <산촌 막국수>에 닿았다. 거기서 우리는 두부 한 모와 농주 한 되, 막국수 한 그릇을 먹었다. 간혹 주인아주머니가 감자전을 들기름에 부쳐 내주기도 했다. 우리는 신이 부활하는 듯한 계절의 경이로움을 만끽하는 사치를 한껏 누렸다.

"감자 싹이 아직 안 났지?"

숲을 바라보고 있는 당신에게 종수씨가 경운기를 멈추고 말을 붙인다. 종수씨는 당신의 상실감은 아랑곳없이 감자 싹 걱정이다.

"아직 올라오지 않았네요."

당신이 대답한다. 밭에는 쑥과 질경이가 기세 좋게 올라오고 있다. 가지런하고 예쁘던 밭은 지금 당신의 심연처럼 헝클어져 있다.

종수씨는 오늘 동제를 지내고 앞집에서 제사음식을 먹기로 했다며 당신을 오라고 한다. 당신은 고개를 끄덕이며 성황당을 바라본다. 성황당에는 흰 두루마기를 입은 이장과 주위를 서성이는 사람들이 흐릿하게 보인다.

마을 사람들이 돼지머리, 과일, 집에서 찐 백설기, 어물을 진설하고 이장이 술을 올리고 축문을 읽을 것이다. 농사 잘되게 해달라는 것과 마을 사람들의 건강과 마을에서 키우는 가축들과 도시에 나가 있는 자식들의 안녕을 비는 기원을 올린 이장이 소지를 올릴 것이다. 멀리 흰 종이가 불꼬리를 달고 가볍게 하늘로 올라간다. 당신의 시선이 불꽃을 달고 떨어지는 종이에 꽂혀 있다. 내 영혼을 보는 듯이.

앞집 아저씨네 집에는 벌써 마을 사람들이 거실에 가득 앉아 제사음식을 나눠 먹고 있다. 당신이 들어서자, 사람들이 반가워 한다.

"못 오시면 음식을 보내드릴까 했는데."

앞집 아주머니가 상을 차리면서 말한다.

"와야죠."

아주머니들이 당신을 반기며 앉으라고 자리를 내어준다. 당신이 종수씨 옆에 자리를 잡는다. 쇠풍골 댁이 상을 당신 앞으로 바짝 당겨 준다. 상 위에는 밥과 무탕국, 머릿고기, 문어, 찐 생선, 고사리 무침, 도라지 볶음, 절편, 찹쌀떡, 감주, 김치가 떡 벌어지게 차려있다.

당신은 절편 하나를 들어 입에 넣고는 무탕을 한 숟갈 떠서 입에 넣는다. 보기 드문 성찬이라고 생각한다. 삶은 문어 한 절음을 집는 당신의 손이 가늘게 떨린다. 문어를 입에 넣고 우물거리던 당신은 앞에 놓인 소주를 얼른 입에 털어 넣는다. 종수씨도 소주를 벌컥 들이키고는 돼지머리 누른 것을 한 점 입에 넣고 질근질근 씹는다. 상 위에 떡 접시를 올려놓던 쇠풍골 댁이 종수씨를 쳐다보며 묻는다.

"참, 어머니는 화장을 했어요?"

"그렇지요, 뭐."

종수씨가 답한다.

"난 화장은 싫어."

쇠풍골 댁이 말하자, 아주머니들이 일제히 입을 모은다.

"나두야."

"요즘 묻힐래야 어디 땅이 있어요?"

종수씨가 묻는다.

"아, 양양 공동묘지 있잖아, 십 년은 있을 수 있어. 십 년 있다가 화장하면 몰라도 처음부터 화장하는 건 난 싫어."

"맞아, 나도 그래."

쇠풍골 댁과 안골 댁의 말에 이어 아주머니들의 수다가 거실을 가득 채운다. 두릅 딴 얘기, 고사리를 따서 말린 얘기, 개새끼가 밥을 안 먹어 골치라는 얘기가 뒤를 잇는다. 당신은 종수씨가 따르는 술을 서둘러 입에 털어놓고는 자리에서 일어선다. 인사차 와 있는 자리가 불편하다.

"달도 참 밝다."

"귀신 오는 길 알려 주느라 그리 밝지."

"올여름엔 물난리는 없어야 하는데."

"에구, 괜한 걱정은. 병자년 포락에도 끄떡없던 마을인데. 36년에 병자년 포락이 있었어. 비에 논밭이 뭉텅뭉텅 떨어져 나갔지. 양양군에서만 오백 명이 넘게 사라지구 죽었다구. 남대천 둑이 무너져 순식간에 수십 가구가 집채 떠내려갔어. 그때도 이 마을은 끄떡없었다니까."

쇠풍골 댁의 말을 끝으로 당신은 인사를 한다.

마을은 깜깜하다. 흐릿한 불빛이 몇 점 보인다. 나는 몇 사람의 잠 못 드는 밤을 훔쳐본다. 게살 공장에서 게살 혼합기에 손이 빨려 들어가 오른손을 잃은 안골 댁은 저린 손을 붙들고 잠을 청하려 애쓰고 있다. 계곡 밑의 여든여덟 살 대문터 댁은 계곡물 소리에 한숨을 묻는다. 그녀의 유일한 재산인 구백 평 땅은 그녀의 살과 뼈로 이루어진 땅이다. 마을 입구의 뒷골 댁은 잠결에도 '오, 하느님 오, 하느님'을 찾는다. 등짐으로 흙을 날라 장만한 돈으로 산 땅을 네 딸들에게 모두 나누어 준 그녀에게 남은 것은 다가올 죽음과 하느님뿐이다. 언젠가 산책길에 만난 그녀에게 왜 그리 서둘러 딸들에게 땅을 넘겼느냐고 묻자, '죽을 때는 너무 바쁠 것 같아서.' 하고 웃던 천진난만한 웃음이 생각난다.

나는 집 앞의 나무계단 위에 선다. 산 벚꽃 나무를 잘 타던 노르스름한 고양이, 콩잎을 갉아 먹느라 사람들 기척을 뒤늦게 느끼고 껑충껑충 뛰어 산속으로 달아나던 고라니, 산 밑의 밭에 먹을 것을 찾아 내려왔다가 동네 아저씨들이 깎은 나무창에 배를 찔려 죽은 어린 멧돼지가 어디선가 튀어나올 것만 같다. 우리가 놓아 준 사슴벌레도 숲속에서 짝짓기를 하고 있을 것이다.

참나무 장작을 쪼개던 당신은 나무속에서 겨울잠을 자던 새까만 벌레 한 마리를 발견했다. 당신은 벌레가 죽었다고 생각했다. 죽은 벌레가 신기하다고 생각한 당신은 벌레를 주머니에 집어넣었다. 놀랍게도 벌레는 따뜻한 주머니 속에서 살아나 꿈틀거렸다. '이것 봐, 살아있어.' 당신은 다리를 버둥거리는 벌레를 들고 전동침대에 누워있는 내게 다가왔다. 검은 단추처럼 반짝이는 벌레는 내 손바닥 안에서 몸통을 뒤집었다. '장수벌레일거야, 아니야 장수풍뎅이일거야, 아니야 딱정벌레일거야, 아니야 사슴벌레일거야.' 우리는 알고 있는 곤충의 이름을 다 기억해냈다. 우리는 자연과학도감을 들췄고 마침내 사슴벌레라는 것을 알아내곤 행복해했다. 참나무 진액을 빨아먹고 과일 향기를 좋아한다는 사슴벌레는 뿔이 사슴과 비슷하다 하여 붙여진 이름이다.

우리는 사슴벌레를 키우기 위해 하얗고 작은 플라스틱 서랍 하나를 비웠다. 플라스틱 서랍 바닥에는 참나무 톱밥을 깔고 참나무 껍질을 넣어주었다. 플라스틱 통 위를 천으로 덮은 다음 주방과 거실에서 떨어진 둥근 나무탁자 위에 올려 두었다. 소음을 싫어하고 빛을 싫어하는 사슴벌레의 습성은 나의 취향과 비슷했다.

내가 죽음을 선택해야겠다고 했을 때, 당신은 남겨질 당신의 슬픔에 대해 얘기했다. 당신은 내가 그런 선택을 한다면 자신도 죽음의 길에 동행하겠다고 했다. 나는 함께 죽는다는 것이 내게는 도움이 안 된다고 했다. 난로 안에서 나무가 바지직 소리를 내며 타고 있었다. 거실의 조용한 공기 속으로 당신과 내가 나누는 말들이 작고 남루한 가구 위에 오도카니 올라앉았다. 당신과 얘기를 나누는 동안 쇳덩이같이 무겁던 죽음의 감각이 점차로 가벼워지고 있었다.

마비에 대한 두려움과 통증이 너울성 파도처럼 나를 덮쳤을 때 우리는 따뜻한 열기로 몸을 풀어주는 온열치료를 시작했다. 당신은 내가 병원에서 암담한 선고를 받고 돌아온 저녁에 주물

난로를 사와 거실에 놓았다.

당신은 나의 온열치료를 위해 장작을 간절히 사고 싶었으나 장작을 파는 마을 사람들은 없었다. 나무를 살 수 없었던 당신은 가까운 뒷산에서 나무를 베기 시작했고 생애 처음으로 나무를 쪼개어 장작을 쌓기 시작했다. 산속 큰 나무를 베는 일이 얼마나 위험한지 몰랐던 당신은 큰 나무 밑에 여러 번 깔릴 뻔했다. 마을 사람들은 '나무를 잡는다'고 말했다. 짐승을 잡을 때처럼. 당신은 큰 나무를 잡을 때마다 나무가 쓰러지는 각도를 가늠해 멀리 피해야 했다. 나무에 깔린 당신을 상상하는 일은 전동침대에 누워있는 내게는 또 하나의 통증이었다.

집 앞을 들어서며 당신은 후박꽃 한 송이를 따서 손에 든다. 집으로 들어온 당신은 좁은 계단을 따라 이 층 작은방으로 들어간다. 당신은 내 유골함이 놓였던 자리에 후박꽃을 놓는다. 낡은 책들로 가득한 방에 짙은 후박꽃 향기가 떠다닌다. 글을 쓰던 책상 위에는 작은 옹기 단지 속에 흰색, 분홍색, 노란색 장미가 꽂혀 있다. 유골함이 놓였던 자리 옆에는 내 흑백사진이 놓여있다. 사진 속의 나는 열아홉 살이다.

나는 '열아홉 살을 위하여'라는 다분히 감상적인 수필을 대학신문에 실을 예정이었고 사진을 찍기 위해 신문기자의 앵글 앞에서 웃고 있다. 그즈음 나는 낭만적인 낱말들을 조합한 시와 소설을 대학신문에 실으면서 우쭐한 기분을 즐기고 있었다. 그러나 저녁이면 돌아갈 한 칸의 방에서는 내 부모들이 망가진 삶의 끝에서 나누는 말다툼과 따귀 갈기는 소리, 걷어차는 소리, 남루한 가구를 부수는 소리, 말다툼 끝에 나누는 성교의 기척이 나를 기다리고 있었다.

나는 낮에도 커튼을 쳤고 스탠드를 켜고 글을 썼다. 하지만 어둠 속에서 길러내는 문장들은 생각만큼 차고 명징하지 못했다. 나는 내 문장을 얻기 위해 불행과 죽음 앞에서도 소설에 정진했던 많은 이들의 문장들을 허겁지겁 먹어치웠다. 그러나 나는 너무 늦었고 내 서툰 열정은 먼빛으로 그들을 바라볼 뿐이었다.

나는 마비가 된다면 입에 펜을 물고라도 자판을 두드리다 지상에서 사라지겠다고 생각했다. 하지만 통증은 나를 헤어나지 못하는 구렁텅이로 몰고 갔다.

당신은 내 얼굴을 누르던 순간을 떠올린다. 통증이 광기로 변해버린 그날, 나는 당신이 나무를 하러 간 사이, 크라목숀을 입에 쏟아부었다. 크라목숀은 목을 타고 넘어가며 신경을 마비시켰고 위 속으로 들어가 경련을 일으켰다. 내 얼굴은 곧 푸르딩딩 하다못해 보랏빛으로 부풀어 올랐고 당신이 나를 발견했을 때 나는 몸을 뒤틀며 괴성을 지르고 있었다.

당신은 크라목숀이 내 몸을 독으로 부풀리고 뒤틀리게 해서 구렁텅이까지 밀고 간 다음에야 나를 놓아줄 것이라는 사실을 알고 있었다. 당신은 두툼한 흰 베개를 꺼냈고 내 얼굴을 덮고 짓눌렀다. 당신의 온몸에는 땀이 물처럼 흘러내렸다. 당신은 내 몸이 축 늘어진 후에도 한참이나 베개를 치우지 못했다. 당신은 내 몸을 젖은 수건으로 닦으며 울었다. 당신의 손등 위에는 물이 고였다.

당신의 시선이 방안을 훑는다. 당신은 향기를 방안에 가두어 놓고 삐걱거리는 나무계단을 따라 거실로 내려온다. 오월에도 화채봉은 눈을 이고 있다. 화채봉 아래 산간 마을인 이곳에는 오월 밤에도 불을 피워야 한다. 당신은 난로에 장작을 집어넣지 않는다. 난로 위의 주전자에서 차갑게 식은 물을 따라 마시며 벽에 걸린 아주 오래전의 당신과 내가 찍은 흑백사진을 들여다본다. 사진은 당신과 내가 아우라지를 찾아가는 도중 삽당령에서 찍은 사진이다. 늦가을의 삽당령에 당신과 내가 억새풀 속에서 있다. 당신은 장난스럽게 손을 들어 먼 하늘을 가리키고 있다. 당신은 한쪽 벽에 세워져 있는 피아노 뚜껑을 열고 건반을 무작위로 건드린다. 내가 치던 낡은 피아노다. 높은 소리와 낮은 소리, 세 개의 건반을 한꺼번에 눌러보던 당신은 피아노 뚜껑을 닫는다.

당신은 거실문을 열고 나무로 짠 베란다에 나가 앉는다. 쌓아놓은 장작더미 옆에 앉아 담배에 불을 붙인다. 이 집을 지을 때, 당신이 심은 주목은 스무 해를 지나는 동안 붉고 굵은 나무가 되었다. 떨어진 단풍 씨앗은 큰 나무가 되었고 당단풍나무는 그 줄기를 점점 하늘 높이 뽑아 올리고 있었다. 나무를 바라보던 당신의 시선은 계곡 건너편 길을 바라보고 있다. 내가 살아있는 동안 늘 보던 당신의 휴식 풍경이다.

늘 하던 대로 당신은 담배를 다 피우고 나서 하늘을 올려다본다. 하늘을 올려다보고 날씨를 가늠하던 당신은 전동침대에 누워있는 나를 향해 '내일은 비가 오겠어, 달빛이 흐려. 내일은 맑겠어, 별이 초롱초롱해.' 하고 말을 건넸었다. 말을 건넬 사람이 없다는 것을 이제야 깨달은 당신은 다시 의자에 주저앉는다.

거실로 들어온 당신은 벽난로 앞에서 망연히 앉았다가 방으로 들어가 침대에 눕는다.

나는 당신의 잠든 모습을 오래도록 바라본다. 당신의 머리칼을 쓰다듬는다. 당신의 하얗고 길던 손마디는 농사일로 굵게 매듭졌고 부드러운 당신의 얼굴은 들일에 단련된 사내답게 야성적인 힘이 보인다. 그러나, 지금 당신의 얼굴은 어두운 그늘로 덮여있다.

당신은 한때 우리가 달콤하고 비밀스런 사랑을 나누던 오래된 침대에 누워있다. 당신은 등을 옆으로 돌리고 눕는다. 무슨 말을 할 듯 입을 달싹인다. 당신은 가까운 도시에 약사 친구가 있다. 당신은 그에게서 졸피뎀을 부지런히 주문해 사들였다. 친구는 아내를 잃은 당신이 숱한 불면의 밤을 보낸다고 생각했다. 당신은 백 알 가까운 졸피뎀을 준비했다.

나는 주방으로 들어간다. 당신을 위해 힘 있고 두툼한 손이 된다. 부엌 작은 창고 문을 연다. 작년에 당신이 거두어들인 고구마와 단호박이 썩고 있다. 상실감과 함께 음식 만들어 먹는 재미도 잃어버린 당신의 주방은 허무의 기운이 배어 들어있다.

손은 고구마와 단호박이 썩은 곳을 도려내고 당신이 좋아하는 수프를 끓인다. 냉동실에 얼려 둔 생선들을 꺼내 매운 생선찜을 한다. 손은 아주 빨리 힘있게 생선을 다듬는다. 무와 감자를 잘라 넣고 고추장과 들기름, 매실, 간장, 고춧가루를 섞어 냄비 안의 생선 위에 골고루 얹어 끓인다.

이제 당신은 혼자만의 식탁을 위해 음식을 만들지 않는다. 앞마당에 자라나던 뽕나무 느타리버섯은 식탁 위에서 말라가고 있다.

어두운 감정들은 멀쩡한 삶을 미친 듯이 파먹는 괴물이 된다. 음식은 당신을 삶으로 회귀시키는 힘이다. 나는 오늘 밤 당신이 졸피뎀을 먹는 것을 유보하길 간절히 바란다.

당신은 일어나 바지를 입고 티셔츠를 걸치더니 밖으로 나간다. 뒷산 밑으로 간 당신이 통나무를 끌어다 그루터기에 올려놓고 도끼로 쪼개기 시작한다. 텅, 탕. 땀에 흠뻑 젖은 당신은 졸피뎀의 존재를 잊으려는 듯 밤이 깊도록 도끼질을 하고 있다. 텅, 툭. 장작 쪼개지는 소리가 집을 울린다.

당신의 도끼질은 사슴벌레를 찾아내던 때의 조심스럽고 사려 깊은 그것은 아니다.

통나무가 두 조각으로 쫙 갈라진다. 다음 통나무를 올려놓는다. 도끼를 든 당신의 손이 번쩍 위로 솟는다. 텅. 나무가 쪼개지면서 숲속으로 튀어간다. 나무 조각이 당신 얼굴로 튀어 오른다. 피가 솟는다. 나는 아악, 소리를 지를 뻔했다. 당신은 손으로 피를 닦는다. 핏자국이 선명한 손바닥을 본다. 달빛이 당신의 얼굴을 쓰다듬는다. 당신은 달을 올려다본다. 당신은 나를 본다. 고통을 벗어버린 나를 본다. 나는 살아있다. 나를 살아있게 하는 것은 살아있는 당신뿐이라는 아픈 각성이 당신에게로 달려온다. 당신은 몸을 떤다.

건너편 밭 가에서 누군가 걸어오고 있다. 죽은 이들이 달빛 아래 계곡을 건너 들어온다. 중풍으로 명줄을 놓은 개울가에 살던 할아버지, 시내네 작은 증조모, 시내 증조모, 종수씨 어머니, 기와집에 사시던 할아버지, 할머니, 암으로 투병하다 자기집 감나무에 목을 맨 건수씨, 식구들이 잔치를 치르러 부산에 간 사이에 잠자듯이 죽은 건수씨 어머니가 계곡을 건너 내게로 걸어오고 있다. 붉덩물 같은 달빛이 그들을 감싸고 있다. 나무계단을 내려서서 후박나무 잎 사이에 걸린 달을 쳐다본다. 나는 그들을 맞으러 걸음을 옮긴다. 달빛 안에는 무수한 영혼들이 살아있다. 그들은 죽은 자들의 만남을 경배하듯 지켜보고 있다.

숲속에 누워있던 멧돼지가 참나무 장작 소리에 놀라 몸을 꿈틀거리고 어린 고라니가 껑충 뛰어 엄마 곁으로 온다. 청설모는 호두알을 와작 깨물고 토끼는 짧은 앞다리를 버둥거리며 내달린다. 다람쥐는 줄기를 타고 나무 위로 오른다. 땅속에 웅크리고 있던 두더지가 소리에 놀라 움찔거리며 앞으로 나가는 바람에 땅이 불룩불룩 위로 솟는다. 올빼미가 옴팍한 눈을 반짝 빛낸다. 노랗고 반지르르한 털을 가진 족제비는 이제 막 창고 옆에서 잡은 쥐의 살을 찢고 골을 파먹으려는 순간이다.

잠을 자던 개똥지빠귀가 폴짝 날아오른 바람에 아카시아 나뭇가지가 휙 흔들린다. 아카시아 꽃이 향기를 쏟으며 떨어진다. 후두둑, 아카시아꽃이 당신 머리 위로 떨어진다. 당신은 도끼를 번쩍 쳐든다.

이글루

오늘 메뉴 아주 훌륭합니다. 특히 닭다리 튀김이 돋보입니다.

우렁우렁한 목소리가 들렸다. 영재는 고개를 돌렸다. 근육질 어깨가 도드라진 용코치가 한 손에 테니스 라켓을 쥐고 선 채 황갈색 눈동자를 재빠르게 굴렸다. 호기심으로 가득 찬 눈동자는 급식소 안을 훑고 있다. 영재는 가벼운 눈인사를 건네곤 '오늘의 메뉴'가 적힌 스탠드 화이트보드에 눈길을 주었다.

-시간 되면 저녁에 한 게임 합시다.

용코치가 테니스 라켓으로 서브 넣는 시늉을 했다. 테니스 코치인 용코치에게 레슨을 받았지만, 영재의 실력은 게임을 할 정도는 아니었다. 과장된 용코치의 말버릇이 오늘따라 거슬렸다.

-언제 집에 한 번 초대해 주세요. 가정 특별식이 궁금합니다.

용코치가 급식소 문을 나가며 소리쳤다. 영재는 픽, 웃으며 급식소 주방으로 들어섰다.

다리몽댕이만 분질러 놓으니 징그럽네.

급식보조원 임씨가 영재 앞으로 고무 함지를 들이밀었다. 급식 메뉴인 닭다리 튀김을 하기 위해 임씨가 큰 고무 함지에 냉동 닭다리를 담아 가지고 나왔던 참이었다. 닭다리 튀김은 단백질 섭취와 학생들의 취향을 고려하여 선택한 메뉴였다. 붉은색 고무 함지 안에는 해동된 지 얼마 안 된 닭다리가 쌓여있다. 국산에 비해 덩치가 큰 냉동 닭다리는 미국산이다. 간혹 해동이 덜 된 닭다리의 살점은 시퍼렇다. 고무 함지를 들여다보던 영재는 시퍼런 살점 때문에 흠칫했다.

하나의 영상이 뾰족하게 머리를 디밀었다. 꼬꼬꼭 떽떽거리며 구덩이에 파묻히는 닭들의 영상이었다. 흰 방역복을 입은 사람들이 산닭을 자루째 구덩이에 쏟아붓고 포클레인이 그 위로 흙을 덮었다. 바이러스는 동물을 타고 인간에게 넘어와 구덩이 속에 사람들을 쓸어 묻을지도 모른다는 위험한 상상이 밀려왔다 빠져나갔다.

영양사님, 점심 메뉴 다시 확인할까요?

평소 목소리가 큰 임씨가 소리쳤다. 영재는 들고 있던 식단표를 보았다. 오늘 메뉴는 잡곡밥, 시금치 된장국, 닭다리 튀김, 김, 김치네요. 인원수 변동 없으니 어제 하던 양만큼 준비하시면 되겠네요.

영재는 주방 안을 돌아다니며, 그릇과 식판이 잘 정돈되어 있는지, 국이 잘 끓고 있는지, 닭다리에 튀김옷을 잘 입히고 있는지 꼼꼼히 살폈다. 압력밥솥에서 밥뜸 드는 냄새가 구수하게 퍼졌다. 김이나 김치도 큰 그릇에 자르거나 썰어서 담겨 있다. 급식보조원 둘이 데친 시금치를 찬물에 헹궈 양손으로 물기를 짜내는 중이었다. 영재는 주방 안을 둘러보았다. 임씨가 기름이 끓어오르는 솥 안으로 튀김옷을 입힌 닭다리를 집어넣었다. 치익, 치익, 펑. 주방 안은 기름 냄새와 증기로 가득 찼다.

급식소 뒤쪽 창문을 열었다. 바람이 기름 냄새를 씻어갔다. 산 뒤쪽으로 흙이 무너진 산허리가 보였다. 그 위로 잔디가 살아나지 못한 무덤들이 벌겋게 흙살을 드러내고 있다. 이장공고를 했지만, 무연고 이거나 미처 이장을 하지 못한 무덤들이 흙이 허물어진 채 널브러져있다.

영재에게 무덤만큼 친밀한 것은 없다. 어릴 적부터 놀고 낮잠을 자고 했던 곳은 누군가 누워있는 죽음의 집이었다. 햇빛을 잘 받은 잔디의 촉감은 포근했다. 현을 만난 것도 무덤 앞이었다. 초등학교 5학년인 현은 늘 긴 꽃무늬 치마를 입고 다녔다. 현이 한 걸음 떼어 놓을 때마다 긴 치마가 안으로 휘어 감겨 바람을 품고 밖으로 부풀어 올랐다. 현이 그 긴치마 속에서 한쪽 다리를 절룩일 때 영재는 현에게 매력을 느꼈다.

영재는 멀리서 현의 꽃무늬 치마가 보이기만 해도 어지럼증이 일었다. 머리가 어지러워지고 다음 순간 가슴엔 무언가가 마구 뛰던 그 감정은 명료하지는 않지만, 현을 놓치고 싶지 않은 집요함과 통해 있었다. 무덤가에서 가느다란 현의 다리를 베고 누우면 현은 영재의 귓불을 잡고 귀청을 파내거나 두피 속으로 손을 넣어 머리칼을 비비며 간지럽혔다. 영재는 잊어버렸던 웃음을 꺼내 깔깔거리며 하늘 위로 뱉어냈다.

급식소 안이 소란스러웠다. 흘끗 시계를 쳐다보았다. 12시 30분이었다. 수업이 일찍 끝난 교실에서는 아이들이 폭포수처럼 쏟아졌다. 12시 40분부터는 배식이 시작될 예정이었다. 높이 쌓인 식판이 눈 앞을 가렸다.

식사를 하고 있던 임씨가 말했다.

-영양사님, 식사하셔.

학생들 급식에 앞서 급식보조원들과 점심을 미리 먹어야 했다. 조용하던 급식소 앞이 시끌벅적했다. 밥을 뜨다 만 임씨가 엉거주춤 일어섰다. 성급한 학생들이 배식구 앞까지 밀고 들어와 배식판을 들고 입맛을 다시고 있다. 한창 왕성한 식욕을 보이는 고등학교 사내아이들은 거의 두 주걱 이상의 밥을 배식받았다. 음식들은 삽시간에 허물어지고 그릇은 바닥을 드러냈다.

학생들은 4교시가 끝나면 4층 교실에서부터 계단을 타고 폭주족의 속력으로 달려왔다. 누군가 멈춰 서기만 하면 거대한 사내애들의 행렬은 도미노식으로 붕괴될 조짐이 보였다. 길게 줄을 서 있는 사내애들은 이미 교실에서 통제받던 학생들이 아니었다. 그들은 성숙한 수컷이 되어 간다는 존재감을 갖고 싶어 안달이었다. 영재가 그들 옆으로 지나갈 때면 쌔끈한데, D컵은 되겠는데, 하는 소리가 흘러나왔다.

식당 안에는 기름기를 덧칠한 음성들이 공기 중에 떠돌았다. 아이들은 입에 닭다리를 뜯어 넣는 동시에 기름기를 옷에 슬쩍 문지르기도 하면서 옆 친구들과 떠들어댔다. 기름기가 번들거리는 손가락을 허공에 대고 흔들어 대는 녀석, 옆 친구의 머리통을 슬쩍 내려치는 녀석, 머리를 수그리고 음식을 퍼 넣는 녀석들이 섞여 급식소 안은 옆 사람의 말이 들리지 않을 정도로 시끄럽다.

영재는 그들의 터질 듯한 젊음이 성가셨다. 그들을 볼 때마다 자신에게는 저토록 왕성한 젊음의 기운이 비켜 갔다는 서운함과 안도감이 동시에 찾아왔다. 창문 멀리 다세대 연립주택이 눈에 들어왔다. 영재와 현이 사는 임대 연립주택은 지어진 지 30년이 넘도록 재개발이 안 된 곳이었다.

도심에 있던 여자중학교와 남자고등학교가 옮겨오자, 연립주택 공터에는 아이들이 모여 담배를 피우거나 거들먹거리며 떠들기도 하고 옥상의 낡은 수조 틈새에서 잽싸게 섹스를 나누기도 했다. 녹슨 철문이 덜거덕거리는 옥상 위에는 아이들의 침과 오줌과 정액이 고여 있다가 비에 쓸려 내려가곤 했다. 불쾌한 냄새의 기억이 영재를 자극했다. 영재의 머릿속을 비집고 현의 얼굴이 들어왔다.

오늘 아침 식사를 하고 커피를 마시던 영재는 현의 긴 치마 속에 감춰진 다리를 보고 싶었다. 현을 부추겨 테니스 연습을 시작한 뒤로 일어난 증상이었다. 금방이라도 현이 탄탄하게 땅을 딛고 걸을 것 같은 집착이 영재의 등을 떠밀었다. 영재는 자신의 방으로 들어가 옷장에서 반바지를 꺼내 들고 식탁 앞으로 왔다. 현에게 이거 입어, 하고 자신이 입던 반바지를 건넸다. 현이 마시고 있던 커피를 쏟을 것처럼 급하게 식탁 위에 올려놓았다. 현은 주춤거렸다. 아침부터 왜 이러는 거야? 글쎄 입어보라니까. 현은 머뭇거리며 긴 치마를 벗고 영재의 반바지를 입었다. 밖에서는 절대로 입지 못하는 반바지였다. 영재는 현이 자신의 몸에 대한 영재의 집착을 싫어하지 않는다고 생각했다. 현이 얼굴을 찡그렸다. 햇빛을 보지 못한 자신의 허벅지가 반바지 아래 드러나는 것이 몹시 싫다는 표정이었다. 영재는 자신의 느닷없는 강요를 너그럽게 받아들이지 못하는 현을 바라보았다. 걸어 봐, 걸어 보라구, 다리가 훨씬 탄탄해졌잖아. 영재는 현을 압박했다. 긴 트레이닝이 낫겠어. 현이 거울 앞에서 반바지를 벗으려고 돌아서는 순간, 영재는 거울 속으로 주먹을 날리고 싶었다. 대체 넌 뭐가 두려운 거야? 라는 말이 입속에서 곧 터져 나오려는 것을 참았다. 현의 눈썹이 거울 속에서 바르르 떨렸다. '나는 네가 두려워' 하는 표정으로 현이 영재를 바라보았다. 영재는 현을 쏘아보았다. 나는 이대로도 좋아. 현이 말했다. 네가 근무하는 동안 시장을 보고 반찬을 만들고, 재즈를 듣고 책을 읽고, 네가 퇴근하면 얘기를 나누고, 그것만으로도 난 좋아. 영재는 식탁에서 몸을 일으켜 거울 앞에 선 현을 쏘아 보았다.

현의 다리만 쳐다보면 용코치의 목소리가 영재의 마음을 재촉했다. 용코치가 바지를 걷어 올리며 이것 봐, 이 튼튼한 종아리, 이게 다 테니스 덕이야, 공 주우려 쫓아다녀 봐, 장닭다리처럼 탄탄해진다구, 하던 음성이 들렸다.

-걸어 봐 걸어 보라구.

영재는 소리 질렀다. 용코치의 다리를 볼 때마다 그 싱싱함을 결코 넘볼 수 없을 것이라는 절망감이 영재를 조바심 나게 만들었다. 테니스를 치면서 현의 다리를 튼튼하게 만들 수 있다는 터무니없는 신념은 깊어져 갔다. 그것은 새로운 소명처럼 영재를 압박했다. 한없이 약하기만 한 현을 강하게 만들 수 있다는 오기가 뻗쳐올랐다.

현과 놀던 무덤가에는 개미가 엄청 많았다. 영재는 무연하게 다리 위로 기어오르는 개미를 잡아 엄지와 검지로 개미의 몸을 비볐다. 찐득한 액체가 손에 묻었다. 쑥부쟁이 잎을 따서 닦아냈다. 영재는 개미를 닥치는 대로 죽였다면 현은 몸에 달라붙는 개미들을 살살 털어내어 흙 위에 모아 놓고는 묻어버렸다. 어차피 죽일 건데 뭐 하러 그렇게 해? 물으면, 무서워, 현이 말했다. 뭐가? 죽는 걸 보는 것. 영재는 후후 웃었다. 바보, 시체 앞에서 잘도 놀면서? 개미는 원래 흙 속에서 사는 거야, 이 바보야.

현의 엄마가 세상을 떴을 때, 영재는 이미 도시에서 돈벌이를 하며 혼자 살아가고 있었다. 엄마가 집을 나간 뒤, 아버지도 집을 떠나 노동판을 전전했고 가끔 전하던 소식조차 두절 되었다. 스무 살 무렵 함께 살던 할머니가 돌아가신 뒤 영재는 철저히 혼자였다.

영재는 현의 연락을 받고 장례식에 갔었고 그때, 영재는 현과 같이 이 세상 끝까지 걸어가겠다고 다짐했다. 영재는 현을 설득하는 데 성공했고 그때부터 영재는 은행의 비정규직으로 일하면서도 야간 전문대 식품영양학과를 다녔다. 현과 함께 살기 위해서는 영양사 자격증과 경제적 독립은 꼭 필요한 것이었다.

연립주택 쪽으로 시선을 꽂고 있던 영재의 뒤에서 임씨가 소리쳤다.

-영양사님, 식자재 차 왔어요.

급식 준비를 위해 신선한 과일과 채소를 공급받아야 했기 때문에 계약을 맺은 식자재 트럭이 자주 들락거렸다. 영재는 급식소 밖으로 나왔다. 안녕하세요. 채소와 과일을 전문으로 취급하는 가게의 청년이 인사를 했다. 대파 열 단, 시금치 다섯 박스, 사과 열다섯 박스. 임씨가 청구서를 보며 확인하고 있다. 영재는 청년이 내려놓는 야채와 과일들을 쳐다보다가 트럭 안쪽에 세워 둔 검은 비닐봉지에 눈이 갔다. 검은 비닐이 싸고 있는 것이 사람 앉은키만큼 컸다. 저게 뭐죠? 영재의 질문에 청년이 영재의 손가락 끝을 쳐다보았다. 아, 이거요? 청년이 검은 비닐을 풀어 보여줬다. 오다가 보니 길가에 버려져 있길래, 물건 담는 큰 봉지에 담아 왔지요. 검은 비닐 안에는 때 묻은 흰색 곰 인형이 들어 있었다. 곰의 키는 1미터 가까이 됨직했다. 때 묻은 곰 인형의 머리가 검은 비닐 바깥으로 쑥 나왔다. 사랑스런 인형은 아니었다. 혹시 생각 있으시면 드릴까요? 아니요. 단호한 영재의 대답에 겸연쩍은 웃음을 날리며 청년이 인형이 담긴 검은 비닐봉지를 트럭 안쪽에 가져다 세웠다.

-저 생각 있습니다.

언제 왔는지 용코치가 인형을 손가락질하며 웃고 있다.

-아, 예 드릴게요.

청년이 순한 웃음을 지으며 인형이 담긴 큰 봉지를 용코치에게 내밀었다.

-용코치님이 인형은 뭐하게요, 끌어안고 잘라고요?

임씨가 우습다는 표정으로 말했다.

-외로워, 외로워서 못 살겠어요, 여자 대신 끌어안고 잘랍니다.

용코치가 다리를 꼬며 건들거렸다. 임씨와 청년이 웃음을 터뜨렸다. 영재는 용코치가 인형을 안고 가는 모습이 우스꽝스러웠다. 여자만 있으면 해결될 외로움 같은 것은 얄팍한 감정이라는 근거 없는 생각이 곧 뒤따랐다. 사랑만큼 모호한 감정이 있을까 하는 의문도 들었다.

영재도 인형을 갖고 싶었던 어린 시절이 있었다. 영재의 아빠와 엄마는 트럭에 물건을 떼어 싣고 시골 마을을 돌며 장사를 했다. 세 살 무렵부터 영재는 거의 할머니에게 맡겨져 하루를 보냈다. 영재 부모들은 한 번 집을 떠나면 일주일 단위로 집에 들렀다. 그럴 때마다 큰 인형이라도 꼭 껴안고 자고 싶다는 생각을 하곤 했다.

언젠가 하룻밤만 자면 돌아온다며 영재를 트럭에 태우고 장사를 나선 적이 있었다. 시골 읍내를 들어서기 전 도롯가에 인형을 죽 늘어놓고 불을 밝히고 있는 인형 장사가 있었다. 영재는 인형을 보고 무서워했다. 영재가 그리던 고운 인형이 아니었기 때문이었다. 인형이 자기를 삼킬 것 같았다. 저거 사주랴? 인형을 뚫어지라 쳐다보는 영재에게 아빠가 말했다. 싫어, 무서워, 인형 예쁘잖아?, 아빠가 차를 인형 장사 차 옆으로 세우더니 내려서 입술 부분이 빨간 인형을 사서 영재에게 안겼다. 꼭 안아봐. 친구처럼 지내봐. 아빠가 영재에게 인형의 입술이 닿도록 들이댔다. 인형의 얼굴은 조잡했다. 인형의 얼굴은 옆으로 벌어진 타원형이었고 입술은 밖으로 튀어나와 심술궂어 보였다. 붉은 입술은 더 무서웠다. 무서워하는 영재에게 억지로 인형을 안긴 아빠는 휘파람을 불어대며 운전을 했다. 트럭 뒤에서 영재는 인형을 안고 잠이 들었다. 인형의 얼굴은 무서웠지만, 촉감은 이때껏 만져 본 적 없는 부드러운 것이었다. 엄마가 보이지 않기 시작한 것은 그 무렵이었다. 엄마가 사라졌다. 엄마는 아빠보다 열 살이나 어렸다. 야채 장사를 하던 아빠가 총각 시절 어느 시골에서 눈이 맞았다고 했다. 엄마 어디 있어? 영재가 물으면, 니 에미는 이제 없어, 하고 아빠는 한마디로 말을 잘랐다. 그날도 아빠가 장사를 가느라고 영재를 옆집 할머니에게 맡겼다. 따뜻한 봄볕을 쬐려 문밖에서 놀고 있던 영재를 지나가던 노파가 물끄러미 바라보더니, 입술이 포르족족하니 꼭 지 에미야, 사내 홀리겠어, 하고는 지나갔다. 노파의 말은 봄볕을 타고 영재의 귓속으로 미끄러졌다.

용코치와 가까워진 것은 야간에 테니스를 배우면서부터였다.

영재는 용코치의 탄력 있는 근육을 안아보고 싶었다. 하지만, 이상하게도 그의 탄탄한 다리와 내뿜는 활력이 다가오면 다가올수록 위축되었다. 용코치가 서브를 가르쳐 주려고 영재의 어깨 너머에서 손을 잡았을 때 용코치의 탄탄한 다리가 영재의 다리에 닿았다. 용코치 다리의 털 하나가 영재의 몸을 간지럽혔다. 이물감을 느꼈다. 그것은 영재의 성적 상상을 배반하는 느낌이었다.

봉지를 하나하나 열어 내용물을 확인하던 임씨가 점검을 끝낸 모양이었다. 영양사님, 다 잘 들어왔네요. 그래요. 아 수고하셨어요. 청년을 향해 말했다. 청년이 확인 서류를 들이밀었다. 영재는 완결 사인을 했다. 식자재 납품 트럭에 올라탄 청년이 시동을 걸었다. 필요하신 것 있으시면 언제든지 연락 주세요. 청년이 윈도우를 내렸다 올리며 인사를 했다. 네, 수고하셨어요. 임씨는 머리에 쓰고 있던 흰 모자를 벗어 허벅지에 대고 툭툭 털면서 급식소 안으로 들어갔다. 트럭이 급식소 앞을 빠져나갔다. 영재는 트럭을 타고 다니던 아빠를 잠시 떠올렸고, 그로테스크한 인형의 기억 때문에 마음이 편치 않았다.

학생들이 빠져나간 식당 안은 후끈한 열기가 가시지 않았다. 급식 보조원들이 설거지를 하느라 우당탕탕 그릇을 고무 함지에 쏟아붓고 있다. 영재는 사무실에 앉아 식재료 주문사항을 점검했다. 전화벨이 울렸다. 접니다. 용코치였다. 무슨 일이예요? 교무실로 와 봐요, 재미 난 구경이 있으니까. 영재는 특별한 일이 있지 않는한 교무실에 들르지 않았다. '넌 한 수 아래야' 하는 듯한 교사들의 시선도 싫었고 굳이 어울리고 싶지도 않았다. 결재를 받아야 할 때만 교무실에 들렀다. 잊지 않고 불러주는 용코치의 청이 고맙기도 해서 몸을 일으켰다.

교무실 문을 열고 들어서니, 교사들이 둥그렇게 모여 서 있다. 교사들에게 둘러싸인 채 상품을 설명하고 있는 사람은 트렁크맨이었다. 도심에서 떨어진 이 학교에는 큰 트렁크에 교사들의 호기심을 끌만한 물건들을 담아 가지고 다니며 파는 상인들이 있다. 홈쇼핑이나 인터넷몰 택배들이 들락거리지만 트렁크맨에 대한 인기는 식지 않았다. 교사란 식물성 직업이다. 트렁크맨이 나타나면 교사들은 반색을 했다. 지루함을 한 방에 날려버릴 물건을 만날까 하고 구입 의사가 없어도 들여다보며 말참견을 했다. 테니스 라켓 하나 갈아 보세요, 좋은 거 있던데, 나도 하나 샀습니다. 트렁크맨이 용코치의 말을 듣고 두 개의 라켓을 영재에게 들어 보이며 말했다. 둘 다 그립감이 좋습니다. 이쪽은 좀 무거운 느낌이고 이쪽은 가벼운 느낌입니다. 영재는 무겁다는 말에 트렁크맨의 오른손에 들려있는 라켓을 건네받아 손에 들었다. 여자가 치기엔 가벼운 것이 낫지 않을까요? 용코치가 옆에서 참견을 했다. 영재는 무거운 라켓에 마음이 끌렸다.

이거 하시겠습니까? 트렁크맨이 물었다. 마음에 들 때 하나 해 두셔. 현금, 카드 다 좋습니다. 영재는 무거운 걸로 구입했다. 라켓을 든 손을 들고 서브를 넣는 시늉을 해 보았다. 무게감이 느껴졌다. 안정감도 같이 느껴졌다. 팔이 라켓의 무게감 때문에 밑으로 처졌다. 영재는 라켓을 들고 교무실을 나섰다. 라켓 구입 기념으로 게임 한 번 합시다. 용코치가 한마디 했지만, 영재는 대답 없이 서둘러 교무실 문을 나섰다. 용코치가 다급하게 뛰어나왔다. 오늘 운동부 간식 좀 먹이려 하는데 급식소를 사용할 수 있을까요? 영재는 고개를 끄덕였다. 용코치가 엄지를 들고 흔들었다. 용코치는 운동부에게 간식을 먹이려고 급식소를 자주 빌렸고 그럴 때마다 영재는 기꺼이 열쇠를 빌려주곤 했다.

용코치는 선수들을 지원하는 격려금이 들어오면 항상 영재에게 부탁해서 선수들에게 별식을 해 먹였다. 육류 위주인 별식을 준비해주는 것은 어렵지 않았고, 급식 보조원들도 용코치의 서글서글함 때문에 흔쾌히 부탁을 들어주곤 했다. 주로 삼겹살을 구워서 선수들을 먹였는데, 선수들의 끝없는 식탐은 혀를 내두를 정도였다

학교 일을 마치고 퇴근한 영재는 현과 저녁 식탁에 앉았다. 네가 좋아하는 감자튀김을 했어, 현이 웃으며 말했다. 정말? 영재의 목소리가 튀어 올랐다. 2인용 식탁 위에는 감자튀김, 고추장을 넣어 볶은 멸치볶음, 두부를 넣은 청국장찌개, 김치가 식탁 위에 놓여 있다. 방 안에 가득 번져 있는 식물성 기름 냄새는 가끔 영재를 행복하게 했다. 남들이 얘기하는 가정의 행복도 이와 크게 다르지 않을 거라고 생각하면서도 영재는 그 행복이 영

원할 거라고 믿지 않았다. 이렇게 현과 마주 앉아 밥을 먹는 그 순간만은 행복했다. 영재와 현이 감자튀김을 손으로 집어 입에 넣었다. 서쪽 하늘이 붉게 물들며 자연스럽게 하루를 완성하고 있다.

영재는 개수대 앞에서 꼼꼼히 설거지를 마쳤다. 영재는 소파에 앉아 있는 현의 다리를 슬쩍 보았다. 영재의 눈에는 현의 다리가 하루가 다르게 탄력이 붙는 것처럼 보였다. 더, 더, 더. 영재는 용코치의 탄탄한 근육을 안아보고 싶은 배반 된 감정이 마음 밑바닥에 찐득하게 가라앉아 있는 것은 아닌가 하고 의심했다.

차임벨이 울렸다. 영재와 현이 놀란 듯 서로 얼굴을 마주 보았다. 집에 손님이 오는 일은 거의 없는 일이었다. 누구세요? 영재가 문 가까이에서 소리 질렀다. 접니다. 용코치의 목소리가 문 틈새로 비집고 들어왔다. 현이 어깨를 움츠리며 '무슨 일이야' 하는 표정을 지었다. 무슨 일이세요? 문 좀 여세요, 잡아먹지 않아요. 키가 바뀌었다고요. 영재는 얼굴을 내밀 만큼만 현관문을 열었다. 용코치가 열쇠를 오른손 엄지와 검지 사이에 집어 달랑거리며 들어 올렸다. 영재는 픽 웃었다. 급식소 열쇠가 아니라 사무실 열쇠였다. 바꿔 드릴테니 들어와서 커피 한잔 하세요, 그래도 됩니까? 용코치는 말이 끝나기도 전에 현관 안으로 들어섰다. 용코치가 작은 콘솔 위에 놓인 꽃병 속 노란 푸리지아를 들여다보았다. 역시 여자끼리 사는 집이 다릅니다. 향기가 다르네요. 문가에 서 있던 현이 어색한 눈빛으로 인사했다. 반갑습니다. 저, 용입니다. 영양사님 테니스 개인 코치입니다. 야간 테니스 연습은 제게 맡기세요. 근육질 몸매 보장합니다. 용코치의 말을 듣던 현이 가벼운 눈인사를 하고 방으로 들어갔다.

-케냐 에이에이 탑입니다.

영재는 융 거름망으로 내린 커피 세 잔을 식탁 위에 놓았다. 식탁의자에 앉은 용코치는 호기심 어린 눈으로 열여덟 평 내부를 둘러보았다. 영재는 방으로 들어간 현을 불러냈다. 같이 커피 마셔야지. 현이 괜찮다고 손을 내저었지만, 영재는 현에게 같이 마시자고 졸랐다. 마지못해 나온 현이 영재의 옆에 앉았다. 테니스 연습 시작하셨다더니 건강미가 흐릅니다. 맞은편에 앉은 용코치가 현을 보며 말했다. 현이 미소만 지었다. 역시 섬세한 손길로 내린 커피 맛 최고입니다. 종종 들러 커피 한 잔해도 되죠? 열쇠 받으세요. 영재는 점점 부풀어 오르는 용코치의 말에 바람을 빼기 위해 재빨리 급식소 열쇠를 내밀었다.

커피를 마시고 돌아가던 용코치는 계단 앞에서 멈췄다. 실눈을 깜박거리며, 혹시 여자끼리 사귀는 건 아니죠? 하고 물었다. 영재는 용코치의 움팍한 눈구멍을 들여다보았다. 왜요? 여자끼리 살면 다 레즈비언으로 보여요? 레즈비언이 어때서요? 무슨 문제 있나요? 영재의 말에 용코치가 한 걸음 뒤로 물러났다. 하하하하. 용코치의 웃음소리가 어둠 속으로 내리굴렀다. 어색한 표정의 용코치가 영재에게 급식소 열쇠를 흔들어 보이며 계단을 뛰어 내려갔다. 용코치가 떠난 자리 위로 먼지가 일었다.

영재 자신이 좀 더 자신의 의식을 들추어낼 수 있었다면 남자에게 페니스가 있다는 것이 자신에게는 침략의 표시로 느껴진다고 말했어야 했다. 물론 영재에게 섹스에 대한 욕망이 없는 것은 아니었다. 영재도 전문학교에 다니면서 사내애 서넛과 잠도 자 보았다. 영재 스스로 확인한 것은 사타구니 사이에 피가 몰리는 살덩이를 하나 더 달고 나왔다는 것 때문에 건들거리는 사내애들과 몸을 비비는 일은 엿 같은 일이라는 사실이었다.

좀 쉬었다가 테니스 연습하러 가자. 영재의 말에 현이 대답 대신 리모콘으로 TV를 켰다. TV에서 기상예보가 나오고 있다. 영동 산간마을에는 대설특보가 내려져 있습니다. 빨간 스커트에 흰 블라우스로 봄의 이미지를 한껏 살려 입은 기상해설자가 폭설이란 단어를 입에 올릴 때는 가상의 어떤 나라를 말하는 것처럼 들렸다. 가상의 나라, 영재에게는 자신의 유년이 머물렀던 그 산간마을이 가상의 나라처럼 아득했다. 다만 아주 구체적으로 다가오는 유년의 그리움은 현과 놀던 무덤과 맞닿아 있었다. 아, 폭설이네, 누워있던 현이 부스스 몸을 일으켰다. 영재와 현이 살던 산간마을에는 이월, 삼월에 뜻하지 않게 폭설이 내리곤 했다.

영재는 이글루를 떠올렸다. 매켄지강 삼각주와 래브라도 사이 지역의 주거지인 이글루는 아니었지만, 영재와 현에게는 기억의 집이었다. 눈이 많이 왔던 어느 해인가 영재와 현은 무덤 앞에 이글루를 만들었다. 삽까지 동원해서 만든 작은 동굴이었다. 비료 포대를 동굴 안에 깔아놓고 둘은 깔깔대며 뒹굴었다. 이글루는 영재와 현이 만든 얼음 무덤이었다. 이글루는 곧 찾아온 봄볕에 형체도 없이 녹아버렸다. 햇볕은 이글루를 핥고 지나갔다. 영재는 사라져 버린 이글루를 떠올릴 때마다 가장 아름다웠던 세상을 잃어버린 것 같아 견디기 어려웠다. 다정하고 영롱한 세계는 짧은 시간 머물다 사라진다는 사실을 깨달을 때마다 굵은 울음이 목 밑으로 치밀어 올라왔다. 눈앞에서 얼음 무덤이 나타났다 사라졌다.

폭설이란 폭력적으로 눈이 온다는 말인데 왜 나는 저 말이 다정하게 들리지? 현이 말했다. 우리가 가장 신나게 놀았던 시간이 폭설이 오던 때였잖아. 영재의 말에 현이 고개를 끄덕였다. 영재는 티브이를 껐다. 현이 소파에 누워있던 몸을 일으켰다.

조명등이 녹색 펜스의 테니스코트를 밝히고 있다. 야, 이게 누구야, 함께 뵈니 반갑네요, 용코치가 너스레를 떨었다. 용코치는 롤러로 테니스코트를 다지고 있다. 테니스코트 주위에 서 있는 자귀나무가 잎사귀를 접고 잠들어 있다. 저거 야합수예요. 용코치가 손으로 자귀나무를 가리키며 말했다. 야합수라니요? 합환수라고 남녀 금슬을 위해 심는 나무지, 자귀나무라고도 하는데 밤이면 잎을 접고 잔다나. 용코치가 키득거렸지만 영재는 자귀나무가 식물 같지 않고 말없이 서 있는 사람 같았다. 칠월이면 분홍빛 꽃을 하늘거릴 자귀나무는 어둠 속에 잠들어 있다. 현이 자귀나무를 안았다. 난, 네 꽃이 좋아. 현의 말에 영재는 웃었다. 난 네가 뛰는 모습이 좋아. 현이 입을 쑥 내밀었다. 용코치가 운동부 아이들을 챙기고 다시 오겠다며 급식소 쪽으로 뛰어갔다.

천천히 정확하게 날려주는 공을 받아치거나 못 받아친 공을 주우러 뛰어가던 현이 공이 굴러가도 뛰지 않았다. 영재는 입술을 깨물었다. 뛰라구. 영재의 목소리가 현에게로 튀었다. 영재는 현이 뛰는 것을 보고 싶었다. 영재의 목소리가 불빛 속을 통과하여 현의 귓속으로 달려갔다. 현의 걸음이 느려졌다. 영재는 멈칫했다. 현의 눈빛이 서늘했다. 영재는 입술 한 귀퉁이를 지그시 깨물었다. 갑자기 서버린 현의 앞으로 수십 개의 공을 마구 날려 보냈다. 불빛 속으로 초록색 공들이 사나운 짐승처럼 날뛰기 시작했다. 현은 말없이 서서 날아오는 공을 바라보았다. 공은 거의 현의 몸을 피해 갔지만 더러는 머리 위나 다리에 맞고 튀었다.

아, 다리에 힘이 들어가네. 영재의 목소리가 통통 굴러다녔다. 전혀 아니야, 무슨 소리야, 방금 뛰어갔잖아. 그렇지 않아, 이젠 그만둬, 난 이대로도 충분해. 충분해? 뭐가? 네 그 지겨운 집착말이야. 현이 플라스틱 통을 발로 걷어찼다. 초록색 공들이 다족류의 곤충처럼 불빛 아래로 기어 나왔다. 네 그 잘난 연민이 지겹다구. 현이 테니스 라켓을 철제 심판대를 향해 내던졌다. 영재는 침을 목젖 아래로 밀어 넣었다. 숨이 막혔다. 네가 탄탄하게 땅을 디디고 걷게 되는 순간, 나도 새롭게 태어나게 될 거야, 그게 네가 걸어야 하는 이유라고, 알아? 우리가 만든 세상이 이대로 무너질 수는 없다구. 영재는 현을 쏘아보며 테니스라켓으로 땅을 짚었다. 잠시 숨을 고른 뒤 네트 밑으로 달려가서 현의 절룩이는 다리를 꽉 잡았다. 이대로, 이대로가 좋다는 거야. 영재는 현의 다리를 꺾어버릴 것처럼 허벅지 안쪽으로 밀어 넣었다. 현이 고개를 숙이며 무릎을 감싸 안았다.

영재는 주저앉은 현을 테니스코트에 버려둔 채 급식소로 올라갔다. 라켓을 사무실 안에 두고 나오다 보니 급식소 안은 간식을 먹는 운동부 아이들의 목소리로 소란스러웠다. 용코치의 쾌활한 목소리가 사내애들의 목소리를 뚫고 솟아올랐다. 솟아오른 목소리는 영재의 머리뼈 사이를 날카롭게 후비며 빠져나갔다.

영재는 시계를 보았다. 열 시가 넘어가고 있다. 두 시간이 넘도록 현이 집에 오질 않았다. 식탁 위에 놓여 있던 신경안정제 한 알을 입에 넣고 물을 마셨다. 끔찍한 두통을 막아야 했다. 날카로운 얼음송곳으로 정수리를 쑤시는 감각이 두피로 퍼져나갔다.

현을 찾아 나섰다. 어두컴컴한 운동장을 가로지르는 동안 등 뒤로 땀이 솟았다. 테니스장에 희미한 녹색 불빛이 보였다. 가까이 다가가 테니스장 안을 살펴보았다. 공 담는 통 주위로 초록 공들이 흩어져 있다. 자귀나무 주위로 불빛이 침착하게 내려앉아 있다. 롤러도 심판대 아래 가지런히 세워져 있다. 아이들이 빠져나간 학교는 캄캄하고 괴기했다. 긴박한 위기와 두려움이 영재를 앞으로 밀어냈다.

영재는 급식소로 올라갔다. 걸음이 빨라졌다. 심장이 뛰었다. 급식소 문을 열었다. 사무실 문 앞에 용코치의 운동화가 보였다. 영재는 손잡이를 비틀고 뛰어들었다. 용코치가 현의 몸을 누르고 있다. 밑에 깔린 현이 버르적거렸다.

"이 죽일 놈."

용코치가 재수 더럽다는 표정으로 일어섰다. 영재는 입안의 어금니를 지그시 깨물며 힘을 주었다. 순간, 이빨이 부서질 것 같은 압력이 생겼다. 테니스 라켓을 집어 들었다. 라켓을 잡은 영재의 손등 위로 푸른 힘줄이 툭 돋았다. 용코치를 향해 라켓을 휘둘렀다. 두 손에 힘을 주었다. 용 코치가 영재의 라켓 쥔 손목을 강하게 비틀었다.

"이 역겨운 것들, 뭐 여자들끼리 살아? 세상 우습다 이거지? 니들 같은 것들 때문에 될 일도 안 돼. 니들은 이 세상에서 없어져야 돼."

용코치가 영재의 얼굴을 후려쳤다. 피가 튀었다. 겨우 일어선 현이 용코치의 다리를 붙들었다. 용코치가 현의 등을 발로 밟았다. 용코치가 달려드는 영재의 목을 손으로 감아쥐었다. 현의 등뼈가 뿌득 소리를 냈다. 헉, 영재는 밭은 숨을 토했다. 용코치가 영재의 목을 죄었다. 끅, 현이 신음을 뱉었다. 영재는 용코치의 눈 속에서 이글루를 보았다. 용코치의 광기 서린 눈빛이 이글루를 핥고 지나갔다. 이글루가 녹아내렸다. 영재는 시취를 느꼈다. 튀김기름 냄새와 반찬 냄새, 밥 냄새가 물컹, 썩어가고 있다. 용코치의 눈동자 속에 구더기들이, 파리떼가 누렇게 까맣게 덮여갔다. 영재는 이글루 속에 고꾸라진 현과 자신을 보고 있다. 용코치의 손이 영재의 목을 조였다.

판초끌기

놈의 장화는 발에 맞지 않았다. 발이 미끄러진다. 나는 두 다리에 체중을 싣는다. 발목이 시큰거린다. 발가락 앞부분에 힘을 준다. 굵은 빗줄기가 장화에 내리꽂힌다. 비를 맞은 장화가 번들거린다. 나무 사이에 낀 고무장화는 물뱀의 대가리 같다. 물비린내가 흙탕물에 이어 몸으로 튀어 오른다. 흙더미 위로 뽑혀 나온 잡풀이 장화 앞부분에 감겨든다. 한 걸음 앞을 디디기가 힘들다. 계곡 물소리가 빗소리를 집어삼킨다. 판초가 아슬아슬하게 균형을 유지하며 끌려온다. 레인보우 캐슬을 벗어나 전나무 숲으로 들어선다. 전나무 숲이 휘청거리며 소리를 지른다. 넌 누구냐. 소리가 기억을 자극한다. 기억은 고시텔을 떠나 이곳에 도착하던 날을 끌고 온다.

P시 시외버스 터미널에 정차한 버스에서 내린 나는 터미널 안쪽 벽에 붙어 있는 관광 안내 지도를 발견했다. 번잡한 도심에서 벗어난 외곽에 머물러 미션을 수행하고 싶었다. 관광 안내

지도에는 외곽으로 나가려면 타야 하는 버스 번호가 적혀 있었다. 321번 버스에서 내려 주도로로 내려섰을 때는 오전 11시였다. 도로를 사이에 끼고 양옆으로 넓은 들판이 펼쳐져 있었다. 도로에서 바라보는 들판에는 초록이 게릴라처럼 급습해 있었다. 주도로와 연결된 간선도로는 두 갈래로 나누어져 있었다. 윗길은 차가 다닐 정도의 넓은 길로 입구에 매운탕 집 입간판이 제법 크게 세워져 있었다. 아랫길은 심한 경사 길로 깊숙이 계곡까지 연결되어 있고 그 끝에서는 전나무 숲이 시작되고 있었다. 아래쪽 길로 들어섰다. 비탈길을 내려서자, 습기로 물컹해진 흙이 안고 있던 돌을 놓쳐 버렸다. 두 개의 돌덩이가 굴러 내렸다. 움찔하며 길 위를 올려다보았다. 우람하게 큰 나무의 음영이 바람에 흔들렸다. 물소리를 따라 걸어왔던가, 자갈돌이 턱턱 발끝에 걸렸다. 저수지였다. 저수지 주위의 전나무 숲이 윙 소리를 내며 떨었다. 바람이 저수지의 물결에 비늘을 만들며 미끄러졌다. 등 뒤의 배낭을 앞으로 돌려 안았다. 습기 품은 바람이 등에 배인 땀을 식혔고 순간 한기가 느껴졌다. 가방을 풀 위에 내려놓았다. 쓰레기 냄새가 훅 코끝을 자극했다. 돌 틈 사이로 철심처럼 뾰족하게 솟은 잡풀들이 바짓단을 비집고 발목을 긁어댔다. 저수지 옆 개울로 물이 흘러내렸다. 양말을 벗고 차가운 물 속에 발을 담갔다. 구름이 진초록의 나무 잎사귀 사이에서 서서히 움직이고 있었다. 급한 물의 흐름 때문에 발이 잠시 물 위로 붕 떠올랐다. 힘을 주어 물 밑의 돌에다 발을 디뎠다. 바짓단이 물에 젖었다. 땀으로 미끈거리던 발가락 사이로 원시의 샘물 같은 청량감이 흘러들었다. 어둡기 전에 머물 숙소를 찾아야 했다. 관광지라서 도심지 외곽이어도 숙소는 쉽게 얻을 수 있을 거라는 내 계산은 틀렸다.

빗물이 어깨를 두드린다. 어깨뼈가 아프다. 캄캄한 어둠이 달려온다. 내 안의 짐승이 울부짖는다. 판초를 쥔 손가락이 굳은 듯 딱딱하다. 비에 젖은 머리칼이 눈썹을 덮는다. 빗물이 온몸에 내리붓는다. 손아귀에 힘을 주어 판초를 끌어당긴다. 꿈쩍도 하지 않는다. 손에 힘을 주어 끌어당긴다. 판초가 젖은 흙 위를 조금씩 끌려온다. 전나무에 부딪히는 판초의 방향을 내 쪽으로 끌어당긴다. 한쪽 귀퉁이가 손끝에서 빠져나갈 듯한 위기감에 판초 끝을 휘감아 잡는다. 망할 놈의 꼰대. 발로 판초에 싸인 물체를 걷어찬다. 꼼짝도 하지 않는다. 죽은 자는 고요하다.

무연고 2490번. 고시텔 남자가 발견된 것은 죽은 지 삼 주일이 지나서였다. 가끔 복도에서 만나면 눈을 내리깔고 발소리를 죽이며 내 옆을 스치던 조용한 남자였다. 남자의 방에서는 텔레비전을 보는 소리도 통화 소리도 들리지 않았다. 특수장비를 달고 온 청소업자는 죽은 자의 흔적을 소문도 없이 몰아내기 위해 새벽에 고시텔에 도착했다. 벽지를 새로 바르고 장판을 걷어내고 냄새를 몰아내면 다시 누군가 이곳에 도착할 것이다. 난 무연고 몇 번쯤 될까. 남자가 썩어가는 동안 나는 새벽마다 컵라면을 먹고 일을 찾아 헤매고 돌아와 비디오를 틀어놓고 코를 골아댔다. 경수라고 불리던 노르웨이 입양아는 친모를 찾으러 왔다고 했다. 그는 늘 눈이 충혈되어 있었고 몸에서는 술 냄새가 났다. 술에 절은 경수의 몸을 비켜 갈 때면 욕지기가 올라왔다. 경수는 술병이 뒹구는 방 안에서 발견되었다. 그의 죽은 몸은 양부모의 나라로 향하기 위해 비행기에 태워졌다. 한국에서 태어났으나 그의 죽은 몸은 받아들여지지 않았다. 내 방에서는 가끔씩 구더기가 기어 나오기도 했다.

고시텔은 지옥으로 가기 전 단계에서 머무르는 연옥이다, 베아트리체를 찾아서라면 몰라도 지옥을 왜 견디겠어. 순미가 말했다. 공장이 의정부로 간대. 땅값이 오르고 재개발로 포천이나 의정부로 공장들이 내몰릴 모양이야. 이천 개는 족히 되는 장위동 봉제공장은 평화시장에서 미싱을 돌리던 늙은 여자, 불법체류 외국인, 평화시장에서 재단사를 하던 늙은 남자들로 가득했다. 순미는 공사장 일을 마치고 돌아온 내게 저녁을 차려주다가 식은 고등어 대가리를 비틀어 뜯어내며 말했다. 지겨워, 쇳가루 냄새, 시멘트 냄새, 실 냄새, 염색 냄새, 먼지 냄새. 그러면서 고등어 대가리를 싱크대 안쪽으로 던져 넣었다. 등 푸른 생선의 비린내가 순간, 솟았다. 순미 머리칼 위에 붙어 있는 흰 실 여러 개가 내 눈에는 순미의 피를 빨아먹는 거머리처럼 보였다. 우린 언제쯤 땅 위로 올라갈 수 있을까? 언제쯤 저놈의 곱창 기름 냄새를 벗어날 수 있을까? 언제쯤 저 지긋지긋한 침 뱉는 소리, 담배 연기, 누구인지도 모르는 숱한 종아리들을 안 보고 살 수 있을까? 시간이 지나면 아주 좁은 방이라도 얻을 수 있지 않을까? 오겠지. 땅 위 집으로 올라가면 우리도 아기를 갖자. 아기? 아기를 가질 수 있는 사람들은 태어날 때부터 반짝이는 무언가를 입에 물고 나와야 한대. 그 사람들은 반짝이는 무언가를 아기 입에 또 물려줄 수 있고. 우린 둘 다 흙을 물고 태어났잖아. 우리 아기는 입 가득 썩은 흙을 물고 태어날 거야. 그게 끔찍해, 난. 그러니 우린 아마 이 땅속에서 살다가 땅속으로 사라질 거야. 베아트리체라도 만난다면 몰라도. 이 지옥을 견딜 수 없어. 베아트리체? 응. 몰라? 몰라. 단테의 연인. 난 몰라. 늘 학급의 평균 점수를 깎아 먹는 나는 공부를 하는 대신 몸으로 매를 맞는 쪽을 택했다. 나는 맞고 또 맞았다. 다음번엔 평균 점수 맞을 수 있지? 대답해 봐, 대답해 보라구? 수학 선생이 물었다. 나는 대답 대신 몸을 들이밀었다. 말해, 말해, 말하라구, 소리 지르며 사랑의 매로 내 몸을 두드리던 수학 선생은 급기야 씹새끼, 세상 평균도 깎아 먹을 놈, 뒈져버려, 하며 손으로 내 뺨을 갈기고 발로 배를 걷어찼다. 나는 학교 따위, 하며 교복과 함께 학교를 벗어 던졌다. 책 읽기를 좋아했던 순미와 나는 〈YWCA 상록학교〉에서 만났다. 순미는 파산한 부모 때문에 고등학교 일학년을 끝으로 학업을 중단했고 부적응학생이었던 나는 고등학교 이학년을 끝으로 학교를 벗어났다. 우리는 서로에 몰두했고 일을 하고 돈을 벌면서 같이 살아가자고 결심했다. 서울로 올라온 우리는 장위동 근처 지하방에 세를 얻었고 순미는 봉제공장에, 나는 공사판 일일 노동자로 살아갔다. 편의점 알바나 택배 배달원을 할 수도 있었지만 난 공사판이 더 마음에 들었다. 머리 굴리지 않고 몸만 쓰면 하루 일당이 꽤 짭짤했다. 순미도 집 가까이 공장에 다니며 봉제 일을 배워 훗날 작은 사업체라도 하나 갖고 싶어 했다. 힘들었지만 꿈이 살아있던 날들이었다. 순미가 나를 떠나기 전까지는.

비계에서 내리 굴러떨어져 한 달 동안 병원 신세를 진 뒤로는 일자리를 찾기가 겁났고 뒹구는 동안 고시텔에 넣은 얼마 안 되는 보증금마저 월세로 사라지기 시작했다. 컵라면과 소주로 끼니를 때우는 날들이 많아졌다. 라면발과 알콜에 코를 박는 날들의 연속이었다. 그러면 그럴수록 일을 하고 싶은 생각도 사라졌다. 나는 짐을 꾸렸다. 그 속에 단단한 결심도 같이 구겨 넣었다. 살아갈 날들이 한 줌밖에 안 돼 보였다. 손안에 쥐고 으깨어버리고 싶은 구차한 일상이었다. 배낭 속에 판초도 챙겨 넣었다. 어떤 경우든 내 몸을 덮어 줄 유용한 물건이었다. 그 외에 라이터, 부탄가스, 가스 점화용기, 화물용 테이프, 공사장에서 가져온 갈탄 한 봉지를 넣었다. 갈탄은 공사 현장에서 추울 때 콘크리트의 양생을 돕기 위해 사용하던 연료였다. 날이 추워지면 레미콘으로 들이부은 콘크리트가 양생하는 데는 보온이 필요하기 때문에 갈탄으로 온도를 유지시켰다. 공사장 인부들은 추위를 막기 위해 갈탄 불로 몸을 덥혔다. 짐을 꾸리던 그날은 40도에 육박하는 매머드급 폭염이 계속되고 있었다. 곧 태풍이 밀어닥칠 거라는 예고가 있었다. 태풍의 이름을 〈날개〉라고 붙인 나라는 북쪽에 있는 나라였다. 태풍이 오기 전의 날씨는 쿡, 숨을 틀어막듯이 끈적거렸다. 고시텔의 2평짜리 방은 불온한 열대였다. 불온한 열대에서는 무연고 사망자의 몸은 급속도로 썩어갈 것이다. 썩어가는 눈 속에는 구더기가 들끓을 것이다.

비가 흘러내려 앞을 보기 어렵다. 한쪽 손을 들어 눈가를 훔친다. 두 손에 힘을 주어 판초를 끈다. 몸을 버티며 물체를 경사진 언덕으로 천천히 끌어 올린다. 뾰족한 나무 가시에 손등이 긁혀 쓰리다. 손등에 닿는 빗물이 핏물처럼 번진다. 몸속에 피가 돌고 있는 따뜻한 몸을 몹시 그리워했다. 순미가 집을 나간 후, 나는 지상의 쪽방을 거쳐 고시텔을 새로운 거처로 삼았다. 일당 십만 원짜리 아파트 공사 일용직 노동이 나의 지하 탈출을 도왔다. 토목 공화국인 이 나라에서는 여기저기서 공사가 벌어지고 있었다. 작업반장들은 나의 젊은 육체와 조용한 품성을 미덕으로 인정했다. 이러다 나는 가슴 속에 실뭉치 먼지가 들어차 죽고 너는 35층 공사장에서 떨어져 죽을 거야. 우리가 땅속에서 벗어나기 전에 말이야. 순미는 하루하루를 두려워했다. 고시텔로 오기 전 쪽방에서는 그곳에 머문 지 이삼십 년이 되어가는 노인들의 심부름을 들어주곤 했다. 이번 달 노인연금이 얼만지 알아봐 주게나. 동사무소에 전화 걸어 자식들이 한 푼도 안 보내주는 노인네라고 얘기해 주게나. 모두 죽으면 찾아갈 사람 없는 육신들이었다. 애초, 혼자 몸인 사람들, 자식이나 아내, 친지가 있어도 연락이 끊긴 지 오래인 사람들이 대부분이었다. 새벽 다섯 시가 되면 해소 기침으로 시작하는 쪽방의 겨울은 매일 냉동고 속에 머리를 처박는 것 같은 날들이었다. 노인들은 1,300원짜리 컵라면으로 하루를 시작했다. 몸이 성한 노인들은 무료 급식소를 찾아 아침 일찍 집을 나서거나 교회에서 주는 동전을 받기 위해 이 교회 저 교회로 순례를 했다.

손이 얼 듯 딱딱하다. 차가운 손에 힘이 풀려 판초를 놓칠 것 같다. 비가 입속으로 흘러 들어간다. 입속의 물비린내가 속을 뒤집는다. 사레든 목구멍에서 기침이 터진다. 빽빽한 나무 사이를 피해 판초를 끌어 올린다. 나는 나만의 방식으로 살아남아야 했다. 길거리의 번개시장에서 누군가의 애호품이었던 중고용품을 사 와서 오랫동안 사용했다. 한물간 DVD, 신상매장, 아울렛 매장을 거쳐 다시 저울에 달아 파는 옷들은 내겐 더없이 유익했다. 중고전자제품 가게에서 비디오 플레이가 달린 텔레비전을 샀다. 가끔 식탁 위에서 밥을 먹다가 한물간 영화 속의 인물을 향해, 누구세요? 라고 묻고는 낄낄거리며 웃기도 했다. 곧 죽어버리고 말았지만 요사스런 고양이도 있었다. 일을 하고 돌아온 저녁, 고양이는 침대 위에 오도카니 앉아 팜므파탈 같은 포즈로 나를 쳐다보았다. 어디로 들어왔는지 알 수 없었다. 나는 고양이를 그대로 두었다. 고양이는 침대 위나 싱크대 밑으로 돌아다녔다. 공동 샤워장에서 샤워를 하고 들어오자 고양이는 내 손등을 할퀴었다. 2평 방안에 갇혀 야옹대던 고양이는 일을 끝내고 돌아온 어느 날 철제침대 밑에서 늘어져 있었다. 나는 고양이를 안고 인근 동물병원으로 갔다. 수의사가 수혈이 필요하다고 했다. 얼마죠? 나는 물었다. 백만 원쯤 들어요. 특수장비를 사용해야 되는 케이스라. 나는 고양이를 종이백에 담아 들고 고시텔로 돌아왔다. 내가 죽어 누군가가 나를 이런 식으로 다룬다 해도 원망은 없을 거라, 생각했다. 죽은 뒤에 모양까지 챙기기에는 사는 일이 그렇게 대단해 보이지 않았다. 고양이를 무릎담요로 둘둘 말아 공사장과는 좀 떨어진 곳에 땅을 파고 묻었다. 끔찍해. 순미라면 그렇게 말했을 것이다.

판초 위로 폭우가 쏟아진다. 자갈돌 위로 판초를 끌어당긴다. 미끈거리는 장화 앞코가 젖은 풀에 엉겨 붙는다. 판초의 끝자락이 손에서 미끄러져 내릴 듯 위태롭다. 판초의 모자 속으로 물체의 중량이 쏠린다. 나는 경사가 시작되는 지점에서 무릎관절에 힘을 주고 발을 판초 밑으로 집어넣어 물체의 무게를 맞받아 민다. 판초의 끝을 거머쥔다. 물체를 향해 폭우가 쏟아진다. 어두컴컴하다. 발가락에 힘을 주고 버틴다. 조금씩 판초를 끌어올린다. 죽어 마땅한 놈. 내 판초를 모욕하고 더럽힌 이 인간의 눈알을 물고기들이 파먹도록 저수지 안에 던져 넣을 것이다. 저수지는 멀지 않다. 펜션은 저수지에서는 잘 보이지 않았다. 키 큰 전나무와 소나무들로 가려져 있어 집이 있으리라고 짐작하지 못했다. 펜션은 숲의 시작 지점과 이어져 있는 곳에 있어 애쓰고 찾지 않으면 지나치기 쉬운 장소에 있었다. 위쪽 간선도로로 올라가 쉴 곳을 구해 보려는 생각을 하는 찰나였다. 아래쪽에 펜션의 뾰족한 지붕 한 자락이 보였다. 저수지에서 일어나 낮은 둔덕을 내려왔다. 저수지 왼쪽 끝에서 살짝 둔덕을 내려서니 산 밑에 자리 잡은 펜션이 보였다. 포장되지 않은 좁은 길이었다. 승용차가 다니기엔 험한 길이었다. 배낭을 멘 어깨가 묵직했다. 비닐봉지를 밟았다. 급히 떼어 놓은 발이 미끄러졌다. 잠시 멈춰 섰다. 허리를 굽혀 비닐봉지를 주웠다. 비닐봉지 안에는 얇은 새 장갑 한 켤레가 들어 있었다. 비닐봉지에 쓰인 글씨를 소리 내어 읽었다. 〈순잎 따기 목 긴 장갑〉. 대체 순잎이 뭐야, 하는 마음으로 비닐 위에 쓰여 있는 설명을 꼼꼼히 읽었다. 순잎이란 움에서 터져 나온 여린 싹을 말한다고 쓰여 있었다. 부드러운 것을 따거나 쥘 때 쓰는 장갑이라는 설명이었다. 내가 늘 쓰던 일용직 '노가다'의 목장갑은 거친 것을 다루는 장갑이었다. 순잎 같은 부드러운 것을 따기 위한 장갑이라니, 신기했다. 왠지 기묘한 날이 시작될 것 같은 느낌이었다.

레인보우 캐슬. 아치형 네온사인이 반짝였다. 방이 있느냐고 물었을 때, 펜션주인은 물론 있습니다, 하면서 손가락으로 방갈로같이 빙 돌리어져 있는 건물들을 가리켰다. 오렌지 룸, 블루 룸, 레드 룸, 옐로우 룸, 그린 룸, 네이비 룸, 퍼플 룸이 있고요, 침대에 따라 스위트, 싱글, 트윈, 온돌이 있습니다. 내가 선택장애에 걸린 것처럼 주춤거리자, 혼자 지내기 좋은 방을 보여 드리죠. 나는 조용한 방을 달라고 했다. 주인은 당연하다는 듯이 슬리퍼를 끌고 앞장을 섰다. 본채와는 좀 떨어진 오렌지 룸에 도착했을 때, 펜션주인은 나를 보며 이제부터 레인보우 캐슬을 소개해 드릴게요, 했다. 나는 뚱하게 주인을 쳐다보았다. 저 문에 세워진 여신은 이리스요, 무지개의 화신이자, 신들의 사자요. 문 옆에 세워진 여신은 날개를 달고 한 손엔 지팡이를, 한 손엔 주전자를 들고 있었다. 이리스는 신들이 신탁을 내릴 때마다 강에서 물을 길었어요. 그 물로 신들이 위증을 했을 때는 의식을 잃게 했다는 거요. 강력한 카리스마의 여신이지. 레인보우 캐슬의 강력한 여신이라오. 산 기운이 센 곳이지만 이곳은 안온한 기운이 흐르죠. 관심 없이 듣고 있는 내게 주인이 오렌지 방갈로의 비밀번호를 알려주며 문을 열어 보라고 했다. 번호를 눌렀으나 문이 열리지 않았다. 땀이 솟았다. 내가 하는 꼴을 보고 섰던 주인이 다가와 시스템을 이해 못 하시네, 숫자 누르고 별표 누르세요, 하고는 긴 검지로 빠르게 숫자를 누르고 별표를 눌러 문을 열었다. 수치심을 누르고 방안으로 들어섰다. 방안은 정결했다. 싱글침대가 놓여 있고 간단한 취사를 해결할 수 있도록 싱크대가 놓여 있었다. 카키색 카고 반바지와 노란색 티셔츠를 입은 펜션주인은 빈방을 열어 보이며 자신은 아름다운 경치를 즐기며 혼자 살고 있다고 묻지도 않은 말을 주절거렸다. 자신은 여기서 레인보우 캐슬을 찾는 사람들을 힐링시켜 주는 낙으로 산다고 했다. 게다가 새로운 사람을 만나는 즐거움까지 있으니 자신의 인생은 흥미진진하다고 자랑까지 해댔다. 그러다 보니 자신을 인생의 멘토로 삼겠다는 사람들이 많다고 했다. 힐링이니, 멘토니, 즐거움이니, 내가 제일 혐오하는 말들을 지껄인 펜션주인은 내가 방을 살펴보는 동안 계속 어디서 오는 길이냐? 며칠 머물렀다 갈 예정이냐? 하며 떠들어댔다. 나는 우선 이삼일 머물 예정이라고 말했다. 그러자, 펜션주인은 그럼 관광코스를 안내해 드려요? 하고 물었다. 나는 괜찮다고 했다. 다시 펜션주인은 혼자 심심할 텐데 여러 가지 오락거리가 될 만한 일을 알려줄 수 있다고 했다. 태풍예보 때문에 손님이 없어서 안내해 줄 시간이 많다고 했다. '전 심심하기 위해 여기 왔는데요' 하고 말했다. 펜션주인이 어이없다는 듯 나를 쳐다보았다. '편한 대로 하시죠' 펜션주인은 이러시면 안 되는데 하는 표정으로 말했다.

장화를 신은 발이 땅을 헛디디어 무릎관절이 접히는 바람에 판초의 한쪽이 미끄러져 내린다. 서둘러 판초의 끝자락을 거머쥐었다. 바람이 비를 몰아온다. 얼굴을 후려친다. 점점 무겁다. 빗속에 버티고 서서 숨을 몰아쉰다. 어디쯤이 저수지인지 가늠이 되지 않는다. 잊었던 분노의 순간이 턱을 친다. 본채로 돌아갔던 펜션주인이 별채로 돌아와 문을 두드렸다. 펜션주인 손에는 앨범 한 권이 들려있었다. 펜션주인은 나에게 보여줄 것이 있다는 듯이 앨범을 흔들었다. 내가 자리에 앉자, 펜션주인은 앨범을 넘겼다. 사진은 이 펜션을 다녀간 사람들의 사진이었다. 중년의 금슬을 자랑하는 부부의 사진, 단체로 찍은 여대생들의 사진, 배낭을 자랑이라도 하듯이 카메라 렌즈를 향해 삐죽이 내밀고 찍은 남자의 사진. 나는 펜션주인의 손길을 따라 눈길을 주기 바빴다. 우리 집에 머무는 사람들은 내가 모두 사진을 찍어 드려요. 영원히 추억이 되라고. 두 장씩 뽑아서 한 장은 드리고 한 장은 내가 보관을 하지요. 사인까지 받아 넣어서 이렇게 앨범을 만드니 얼마나 좋은지 몰라요. 손님도 언제 사진 한 장 찍으시죠. 아, 저는 괜찮은데요. 관심을 가져야 네트워크가 생기지요. 이분들이 주소며 이메일 주소까지 남기고 가서 연락도 주고받고 좋습니다. 혈육처럼 지내니 외롭지 않고 좋습니다. 펜션주인은 시큰둥한 나를 보더니, 앨범을 들고 방을 나갔다. 방을 나가다 말고 돌아서며, 언제든 안내가 필요하면 말해

줘요, 했다.

습기가 느껴지는 방바닥에 판초를 펼쳐 깔았다. 너 없을 때, 저 비린내 나는 물건 내다 버릴 거야, 순미는 말했다. 판초 위에서 내가 시작됐대. 어떻게? 판초 위에서 내 엄마 아버지가 사랑을 나눴대. 순미가 킥킥거렸다. 나의 '첫'이 시작된 물건이야. 킥킥. 아버지가 특전사를 전역하면서 가지고 온 군용 판초는 늘 젖어 있었다. 하루종일 낚시를 갔다 온 날이면 아버지는 물고기의 비늘을 긁어내고 밸을 따서는 툭툭 판초 위로 던져 넣었다. 아버지의 손은 가끔 부르르 떨었는데 그때마다 칼끝이 손목 위에 박히곤 했다. 그건 엄마와 원하지 않던 이혼을 한 뒤의 현상이었다. '저 인간을 견디다가는 내 속이 썩어 문드러질 거야.' 엄마가 나와 아버지를 떠난 이유였다. 판초 위에는 던져 넣은 물고기 위로 점점이 비늘이 튀었다. 민물고기 부레가 물이 내려가지 않는 하수구 구멍에서 둥둥 떠다녔다. 아버지는 여름날 도로에서 주워 온 개를 손질할 때도 하수구 옆에 판초를 깔아놓았다. 살을 발린 개 대가리가 판초 위에서 뒹굴었다. 아버지는 고무 함지에 물을 받아놓고는 판초를 슬슬 흔들어 널었다. 햇빛이 들어오지 않는 집 안에서는 오래도록 비린내가 된장찌개나 밥 냄새 속으로 섞여 들어왔다. 낚시를 하다 급류에 휩쓸려 떠내려간 아버지의 차가운 몸을 덮고 있던 것도 판초였다. 하는 일마다 신통하게 풀리는 것이 없던 아버지를 버티게 한 것은 낚시와 가끔 마시는 알콜이었다. 대인기피증까지 생긴 아버지는 저놈의 눈구멍, 하며 불면에 시달리던 밤마다 벽을 향해 젓가락을 내던졌다. 저놈의 눈구멍을 찔러버려. 젓가락이 부딪친 벽에서는 검은 물이 흘렀는데 그건 곰팡이와 습기가 만들어낸 눈물이었다. 의정부로 공장을 옮기고 얼마 되지 않아 순미는 집에 들어오지 않았다. 의정부 봉제공장으로 찾아간 나를 만나준 늙은 여자는 찾을 생각 마요. 여기 그런 여자들 가끔 있어요. 끝이 안 좋을 줄 알면서도 외국인과 눈 맞아 돌아치는 여자들. 못 말려요. 어차피 찾지도 못해요. 벌써 비행기를 타고 바다를 건너고 있을지도 모르죠. 여자는 발끝을 땅에 문지르며 마른 입술을 비틀었다. 여자의 머리칼 위에도 흰 실밥이 굼실거렸다. 여자는 손거스러미를 물어뜯었고 핏기없는 얼굴로 내게 연민의 표정을 지었다. 추측만 무성한 여자의 말은 도움이 되지 않았다. 사랑은 축복받은 광기라 했던가. 땅속 집을 팽개친 순미는 천국을 향해 달려가고 있는지 모른다. 포천으로 의정부로 장위동 골목 봉제공장마다 꼭꼭 숨어있는 순미를 찾아 헤맸다. 순미의 핸드폰 번호로 전화를 걸어 순미니? 순미니? 하고 물었다. 그럴 때마다 '전화 잘못 거셨습니다' 하는 소리를 들어야 했다. 눈앞에 목소리의 주인공이 있었다면 주먹을 한번 먹여주고 싶었다.

〈YWCA 상록학교〉는 제도권 학교를 이탈한 아이들이 모여 공부를 하는 둥 마는 둥 시간만 버리는 곳이었다. 물론 진지하게 검정고시를 공부하는 친구들도 있었다. 순미와 나는 지방도시를 벗어나 서울로 올라왔다. 공부 대신 일을 찾고 살림을 꾸렸다. 지하방이었지만 사방 벽만 있으면 가난한 연인들은 황홀했다. 더운 알몸을 안을 수 있는 벽이 있는 곳이면 족했다. 퀴퀴

한 냄새, 젖은 벽지, 발자국 소리, 살진 시궁쥐, 모기떼, 바퀴벌레의 침입. 모두 견딜 수 있었다. 지상의 삶을 질투하기 전까지는. 순미 잘못이 아니다. 순미를 붙들고 어떻게 사랑이 변하니 하는 코미디 대사를 떠들 생각은 아니었다. 단지 안을 몸이 없는 지하방은 견디기 어려웠다. 사내자식이 꼴 같지 않기는, 하며 매번 나를 무시하던 아버지를 견딘 건 내가 무력한 아이였기 때문이었다.

펜션주인이 잠든 다음에야 문을 잠그고 테이프로 문을 봉하고 갈탄을 피울 수 있겠다 싶었다. 밤이 올 때까지 저수지 구경을 해야겠다고 생각했다. 펜션주인이 마당에 서 있는 나를 보더니 다가와 '어디 가볼 만한 곳을 안내해 드릴까?' 은근하게 물었다. '저수지나 가볼까 하구요' 금방이라도 안내에 나설듯하던 펜션주인이 그게 아닌데 하는 표정으로 나를 보았다. 길을 나서자, 숲속에서 검은 개가 좇아 나왔다. 나는 개를 쓰다듬어 주었다. 개는 나를 핥았다. 부드러운 촉감이 오랜만에 내 안의 불안을 쫓아냈다. 들고나온 우유를 개에게 주었다. 개는 허겁지겁 우유 속에 혀를 처박았다. 먹다 만 카스테라도 뜯어 주었다. 검은 개의 털을 손으로 쓸어주었다. 내 손을 핥는 개의 혀는 따뜻했다.

양손에 잡은 판초 자락을 위로 올려 옆으로 떨어지려는 물체를 안으로 밀어 넣는다. 무차별로 퍼붓는 빗물 때문에 손가락이 뻣뻣해진다. 잠시 힘에 부쳐 잡목에 기대어 혀를 내민 개처럼 숨을 쉰다. 판초를 잡은 손에 강한 힘이 주어진다. 판초는 물

속에서 건져낸 듯이 번들거린다. 판초의 한쪽 끝을 밑으로 내린다. 물체를 곧 잠기게 할 것 같은 빗물을 털어내려 했지만 쏟아지는 빗물은 감당하기 어렵다. 눈과 입술 사이로 마구 들이닥치는 빗물 때문에 눈을 뜰 수 없다. 비가 거세진다. 나는 판초의 끝을 놓치지 않으려고 손아귀에 힘을 준다. 비 맞은 전나무 정령들이 살아나는 것처럼 잎들이 몸을 떤다. 젖은 흙 위에서 판초는 끌려 올라오지 않는다. 몸에 힘이 들어간다. 난 당신을 끌고 가고야 말 거야. 당신을 물고기들에게 던져주고야 말겠어. 다시는 떠들지 못하게 물속에 던져 넣고야 말겠어.

레인보우 캐슬의 오렌지 룸은 온통 오렌지색이었다. 오렌지색 벽지, 오렌지색 싱크대, 오렌지색 책상, 오렌지색 욕조, 오렌지색 가운, 오렌지색 슬리퍼, 오렌지색 거울. 더운물을 욕조 가득 받아놓고 몸을 담그고 싶어. 거품목욕을 하고 싶어. 순미가 말했다. 곱창 기름 냄새가 없는 곳에서 너를 안고 싶어. 곱창 기름 냄새에 절어버리기 전에. 싱크대 서랍을 열고 숟가락 통과 수세미를 보았다. 빈 전기밥통을 열어 보고 건조해 놓은 오렌지색 식기와 커피잔을 살펴보았다. 주전자에 물을 끓였다. 물 끓는 소리가 따뜻한 운율로 방안을 돌아다녔다. 아무것도 섞지 않은 물을 오렌지색 커피잔에 따라 마시며 창문을 통해 전나무 숲을 바라보았다. 숲은 내게서 세상을 떼어내었다. 건조한 목구멍 안으로 따뜻한 물이 흘러들었다. 여행을 떠나고 싶어. 순미가 말했다. 여행을 가면 이리저리 돌아다니지 않고 방에 틀어박혀 영화도 보고 장필순도 들을 테야. 낯선 곳에서 장필순의 낮은 목소리를 들으면 어떨까? 낯선 나라에서라면 더욱 좋겠지. 지중해의 아침은 보석 같은 빛을 발한대. 순미의 남자는 지중해 인근의 어느 나라에서 온 사람인지도 모른다. 작은 탁자 위에 DVD를 볼 수 있는 홈시어터가 놓여 있었다. 늘 빛이 들어오지 않도록 고시텔 방에 암막 커튼을 치고 살았다. 그곳에서 너무 오래되어 사람들의 기억에서 잊혀진 영화를 즐겼다. 탁자 서랍을 열었다. 서랍 속에 있는 DVD 한 장을 꺼냈다. <엉덩이가 예쁜 금발아가씨>. 한물간 에로물이었다. 순미가 떠나고 여자의 몸을 안을 수 있는 기회는 없었다. 내게 여자와 몸을 나누는 일은 오로지 영화나 환상을 통해서만 가능한 일이었다. 공사장을 전전하는 동안 여자들을 보는 일은 드물었다. 내가 눈길을 준 여자들은 내게 눈길조차 주지 않았다. 순잎따기 목 긴 장갑을 끼고 거울을 보며 열 손가락을 꼼지락거렸다. 순미의 소음순을 부드럽게 만지작거리는 환시가 나를 자극했다. 부드러운 순미의 모든 것을 만져줄 수 있을 것 같았다. 순미의 소음순을 애무하고 있다. 이슬이 맺힌 꽃봉오리처럼 붉은 소음순은 몸을 떨게 했다. 소음순은 촉촉하게 벌어지면서 피어났다. 나는 순미의 얼굴을 바라보았다. 생명력으로 가득 차 있는 순미는 음탕한 미소를 지으며 '어서 와' 하고 말했다.

빗소리가 모든 것을 삼켜버린다. 묻혀 버릴 것 같은 장화를 흙 속에서 겨우 빼어내며 걸음을 옮긴다. 판초의 끝에 힘을 주고 잡아당긴다. 빗물이 입속으로 흘러 들어간다. 눈앞에 희미하게 전나무 숲이 보인다. 비를 맞은 전나무 숲은 암흑이다. 비

바람이 한순간 거세게 달려든다. 텔레비전에서는 남쪽에서부터 태풍 <날개>가 올라오고 있다고 했다. <날개>는 집과 배를 습격하고 나무들을 뿌리째 뽑아 버렸다고 했다. 텔레비전 속의 남쪽 마을은 묵시록 속의 세계 같았다. 마을은 점점 가라앉아 땅끝의 바닥으로 도달할 듯 어두웠다. 어둠이 모든 소리와 움직임을 제압했다. 마을에는 이제 곧 위기에 놓일 것만 같은 견고한 침묵이 땅 위를 무겁게 덮쳐 내렸다. 어둠 속으로 적의가 쓰나미처럼 습격해 왔다. 내 내부에는 빠르게 분노의 기포가 터져나가고 있었다. 문이 발칵 열리며 펜션주인이 들어섰다. 주인의 눈이 방을 훑었다. 펜션주인의 입귀가 한쪽으로 비스듬히 올라가며 차가운 미소를 지었다. 이 냄새 나는 판초는 뭐요? 럭셔리한 분위기엔 안 어울리는데, 한쪽에 말아 두어요. 젊은 사람이 분위기 파악 못 하네. 우리 젊었을 때는 이런 데 구경조차 못 해봤어요. 있을 때 즐겨요. 이런데 와서는 쉬기보다는 구경하러 다니는 게 남는 거요, 즐기러 온 거잖아? 원하면 안내해드려? 펜션주인이 작은 협탁 위에 놓인 DVD를 집어 들더니 푸훗, 하고 웃었다. 펜션주인의 눈이 커졌다. 펜션주인이 DVD를 앞뒤로 돌렸다. 우리 펜션엔 이런 영화 보는 사람은 없는데. 왜 나한테 이래요? 나는 목소리를 높였다. 나는 DVD를 뺏어서 협탁 위에 올려두었다. 펜션주인이 어라, 하는 표정을 지었다. 그리고 계속 떠들었다. DVD라면 나한테 천 개는 있어요. 창고에 정리해 두었으니 가져다 봐요. 손님이 없을 때는 DVD 자주 봅니다. 영혼을 정화해주는 사랑 얘기도 많아요. 감동적이고 희망적인 메시지가 담겨 있는 영화가 많습니다. 나는 헛웃음을 지었다. 나는 인간의 음습한 욕정, 잔인함, 불안, 고독, 공포, 환상, 냉소, 이런 것들이야말로 진정 인간이 갖고 있는 실체라고 생각했다. 세상 사람들이 사랑이야말로 추악한 서로의 내면을 맞대는 독한 싸움이라는 사실을 던져버린 채, 순진무구한 사랑이라느니, 플라토닉 러브라느니, 영혼과의 만남이라느니 하는 달콤한 말로 나태하게 위로할 때마다 그들을 비웃었다. 펜션주인은 아예 반말까지 섞어 계속 떠들어댔다. 젊을 때는 좀 진취적 삶을 살아야지 나중에 후회 안 하지. 나이가 차면 참한 아가씨 골라 결혼도 하고, 아이도 낳고 안정된 일을 가지고 가정을 만들어야 나라도 태평하지, 수신제가 후 치국평천하 아닌가. 보아하니 혼자 사는 것 같은데 그럴수록 네트워크가 필요해. 인생 멘토도 필요하고. 부모 없이 자란 사람들은 어딘지 그늘이 보여. 그러다 보니 세상을 비관적으로 보고, 사는 일이 풀릴 리가 없지. 우리 때는 고통을 극복하고 성공하는 인생이 진짜로 멋진 인생이었지. 요즘 젊은이들은 그저 부모 재산 받아 살 궁리나 하고. 상황이 나쁘면 자살할 생각이나 하고. 한심한 인간들이야. 내 말 잘 들어. 요즘 어디에서도 젊은이들에게 어드바이스하는 어른은 없어. 세상에 공짜로 얻을 건 아무것도 없어. 노력해야지. 사는 날까지. 요즘 젊은이들 생각하면 잠이 안 와. 젊은이들이 이 지경이니 나라 꼴이 되겠어?

놈의 장화는 커서 발이 겉돌았고 발가락이 미끄러졌다. 왜 내 인생을 간섭하는 거요? 당신 인생이나 즐길 일이지. 당신 정말 왜 그랬어? 사랑 따위 관심 없습니다. 사랑만 있으면 희망이 있어. 아직 젊은데 인생 한번 즐겨봐. 긍정적으로 생각해. 혼자인거 같은데 우리 펜션 네트워크에 들어오시면 재미있을걸. 나는 자리에서 일어나 순잎 따기 목 긴 장갑을 낀 손으로 벽을 툭툭 치며, 더럽게 고마워요. 하고 대답했다. 이리스가 있다면 이런 위증을 참을 리 없다. 펜션주인이 여행은 즐기는 거잖아? 여행 와서 방에만 틀어박혀 있으면 의미가 없잖아? 하며 나를 돌아보았을 때 내 내부에서는 피가 솟구쳤다. 순잎 따기 목 긴 장갑을 낀 손은 눈앞의 목을 눌렀다. 목살의 부드러운 살결이 장갑에 짓이겨졌다. 열 손가락의 뼈에 바윗돌 같은 힘이 실렸다. 레인보우 캐슬 펜션주인은 몸을 비틀며 눈을 까뒤집고 내 팔을 비틀었다. 젊은 내 손에는 항문에서부터 대장, 소장, 위와 폐, 간을 거쳐 올라온 분노가 힘을 뿜어냈다. 펜션주인이 뒤쪽으로 엉덩이를 빼더니 비틀거리며 숨을 놓았다. 판초 위로 펜션주인의 몸이 쓰러졌다. 판초의 양쪽 끝을 몸 중심부에 엇갈려 묶었다. 미끈거리는 판초는 잘 묶이지 않았다. 배낭에서 화물용 테이프를 꺼내 판초 위를 둘둘 감았다. 판초의 아래쪽을 두 손으로 잡아끌었다. 마당으로 판초를 끌고 나오자, 폭우가 쏟아졌다. 빗줄기가 땅바닥에 내리꽂혔다. 펜션주인의 거무튀튀한 얼굴이 물에 젖었다. 이미 곤죽이 되어 버린 마당 위로 시체를 담은 판초를 힘을 주며 끌었다. 판초 밑바닥은 진흙과 엉겨 붙기로 작정한 듯 잘 끌려 나오지 않았다. 펜션주인의 둔부쯤 되는 부분에 손을 넣어 앞쪽으로 밀어 넣었다. 판초 윗부분이 움찔하며 밀려 나갔다.

저수지 속으로 빗방울이 맹렬하게 투신한다. 나의 '첫'이 시작된 판초. 나의 '끝'이 되어버린 판초. 화물용 테이프로 문이란 문들을 모두 봉하고 갈탄을 피운 다음 판초를 덮고 잠이 들 예정이었다. 공사장에서는 크레인이 넘어져 사람들을 덮치고 고시텔에서는 더 이상 삶을 견딜 이유가 없는 사람들이 목숨을 버렸다. 몸만 건강하면 팔십까지도 써 줄게. 못이라도 주우면 못살게 뭐야? 작업반장이 위로랍시고 하는 말은 내겐 저주처럼 들렸다. 등 굽은 노인이 아침 일곱 시부터 못을 줍고 판자들을 정리하고 작업반장에게 굽실거릴 때마다 저기까지 갈 일은 아니라고 생각했다.

텅, 흙더미가 무너진다. 잡목 사이 틈새가 너무 좁다. 판초 속의 시체가 미끄러지지 않도록 나무 사이에 끼워 넣는다. 판초를 나무 사이에 고정시키고, 비탈의 잡목들을 마구 휘어잡아 꺾어버린다. 나뭇가지가 장갑 속의 손을 찔러댄다. 순잎 따기 목긴 장갑을 낀 손바닥이 깊이 파인 것처럼 따갑다. 장화 안의 발가락이 딱딱하게 굳어버린 것 같다. 머리를 잡목에 기대며 판초 밑으로 장화를 들이밀었다. 장화 안의 발가락이 시체에 닿는다. 판초를 잡은 두 손에 힘이 들어간다.

굳어가는 손가락에 강한 힘을 주었다. 저수지에 떨어지는 빗소리가 거세게 온몸으로 달려든다. 빗물이 넘쳐 들어와 장화 속의 발을 매몰시킨다. 흙 속에 묻힌 장화는 옴짝달싹하지 않는다. 저수지 앞이다. 떼를 지어 몸을 흔드는 전나무 숲은 으르렁거린다. 나를 건드리지 마, 나를. 숲속에서 터져 나온 거센 바람이 번들거리는 습기를 싣고 와 내 목소리를 가로채 가 버린다. 비탈진 언덕 위에서 판초를 잡은 손을 놓는다. 판초는 쏜살같이 저수지 속으로 빠진다. 텅, 놈의 육체는 사라진다. 나도 물속으로 걸어 들어간다. 입안으로 썩은 물풀이 밀려든다.

작가의 말

새벽 3시에 일어나 따뜻한 생강차 한 잔을 마신다. 서서히 몸이 깨어나면 노트북 앞에 앉는다. 깊이 잠든 식구들의 모습은 더없는 위안을 준다. 세상으로부터 떨어져 나왔으나 혼자가 아니라는 안도감, 이들과 함께 인생의 길을 걷는다는 것은 내겐 큰 축복이다.

노트북 앞에 앉아 흰 여백에 까만 활자를 채워간다. 글이 잘 풀리지 않으면 책을 읽는다. 섞어 읽기를 좋아하는(섞어찌개가 얼마나 맛있는가를 기억하자) 나는 서너 권의 책을 같이 읽는다. <잃어버린 환상>, <화산의 연인>, <니클의 소년들>, <광기의 에머랄드>.

대개의 경우는 버틸 때까지 버티며 하나의 문장을 쓰기 위해 고심한다. 이것은 거대한 세계에 대한 유약하기 짝이 없는 나의 반항 행위이다.

(예술의 반항이란 언제나 참된 창조의 세계에 있다는 카뮈의 말을 기억하자).

부당한 세계, 한계에 갇힌 세계, 언제나 하나의 정답만을 요구하는 세계에서 나는 자유로워지고 싶었다. 자유로워지기 위해 소설을 쓰기 시작했고, 그것이 지루하고 반복되는 세계로부터 나를 구했다. 소설은 늘 새로이 시작되었으며 나를 매료시켰다.

등단으로부터 3년이 지났다. 2018년 등단을 했고 2019년 4월에 남편과 부산에서 대진까지 해파랑길을 걸었다. 2020년 봄에 파리와 바르셀로나를 여행했다. 그 후, 몸이 책을 읽을 수도, 글을 쓸 수도 없는 상태로 약해졌다. 투병의 시간 동안 남편의 끝없는 헌신 덕분에 버틸 수 있었다. 남편은 읽을 수 없는 나를 위해 일곱 권의 책을 읽어 주었다.(금각사, 시인의 집, 나는 고양이로소이다. 타키니아의 작은 말들, 연인, 여명, 눈부신 나의 친구).

소설 쓰기는 불가능해 보였다.

2021년 6월 고병권의 〈자본론 다시 읽기〉 한 권을 읽었다. 그것을 기회로 독서력을 회복했다. 그 힘으로 〈자본론 다시 읽기〉 열두 권을 완독했다. 그러고 나자 소설을 쓸 수 있었다. 신비로운 경험이었다. 단편 세 편을 썼고 장편 한 편을 완성했다. 사회학자 고병권의 다정하고 예리한 글에 감사드린다.

두 딸 연빈과 하빈에게 큰 사랑과 격려를 받았다. 제 몸처럼 나를 아껴준 두 딸이 없었다면 이 소설들은 쓰이지 못했을 것이다.

첫 소설집이다. 내 소설의 캐릭터들은 윤리가 정지된 땅에서 피 흘리며 사투하고 사랑하기 위해 자신을 허물었다. 이들은 이제 어떻게 견고한 세상에서 절망하고 투쟁했는가를 전하기 위해 그대들에게로 간다.

부디, 이 소설이 그대들을 섣불리 위로하거나. 모두 다 괜찮다는 식의 두루뭉실한 타협을 전하지 않길 바란다. 내 소설이 알 수 없는 삶의 신비- 그 결 속으로, 자연과 동물과 인간의 고통 가까이, 근원적 고독에 가까이 다가갈 수 있는 초대장이라면 좋겠다.

죽는 날까지 소설 쓰기를 멈추지 않겠다. 먼 고독 속으로 소멸되는 그 순간까지 쓰고 또 쓰겠다. 이제 호숫가로 산책을 나갈 시간이다. 호수는 여전히 제 몸에 물을 가두고 일렁이고 있을 것이다. 새벽까지 동무를 해준 고양이 다다가 내게 와 몸을 부빈다.

차별과 폭력(신체, 언어, 시선) 속에서도 자신이 인간임을 선언하고 고통 속에서 새로운 길을 만든 여성들에게 존경과 사랑을!

또한 부당한 노동 현장에서 어이없는 죽음을 당한 노동자와 자본과 거대권력의 탄압 때문에 숨죽여 우는 이들에게 깊은 조의와 사랑을 전한다.

그리고
지금 내 책을 펼치고 있는 당신

정말 고맙습니다.

봄을 기다리며
한뫼의 호숫가에서 2022년 2월 이 정 연